图书在版编目（CIP）数据

有喜有泪有孤独：陈忠实的真情世界 / 陈忠实著．—厦门：鹭江出版社，2019.4

ISBN 978-7-5459-1557-0

Ⅰ．①有…　Ⅱ．①陈…　Ⅲ．①散文集—中国—当代　Ⅳ．①I267

中国版本图书馆 CIP 数据核字（2019）第 004377 号

YOU XI YOU LEI YOU GUDU: CHEN ZHONGSHI DE ZHENQING SHIJIE

有喜有泪有孤独：陈忠实的真情世界

陈忠实 著

出版发行：鹭江出版社
地　　址：厦门市湖明路 22 号　　邮政编码：361004
印　　刷：三河市兴博印务有限公司
地　　址：河北省廊坊市三河市杨庄镇大窝头村西　　邮政编码：065200
开　　本：880mm × 1230mm　1/32
插　　页：4
印　　张：9.5
字　　数：181 千字
版　　次：2019 年 4 月第 1 版　2019 年 4 月第 1 次印刷
书　　号：ISBN 978-7-5459-1557-0
定　　价：49.80 元

目录

第一辑 风物：故乡的生灵

第二辑 绿原：生于斯，长于斯

第三辑 足迹：踏过泥泞几十秋

第四辑 心语：生命中的第一次

第一辑

风物：故乡的生灵

火晶柿子

我喜欢柿树。柿子好吃，这是最主要的因由。柿树不招虫害，任何害虫病菌都难以近身，大约是柿树特有的那种涩味儿构成了内在的天然抗拒，于是便省去了防虫治病的麻烦，也不担心农药残留的后患。柿树又很坚韧，几乎与榆槐等柴树无异，既不要求肥力和水分，也不需要任何稍微特殊的呵护。庭院里可以栽植，水肥优良的平川地里可以茁壮，土瘠水缺的干旱的山坡上、塄畔上同样蓬蓬勃勃，甚至一般柴树也畏怯的红石坡梁上，柿树仍可长到合抱粗。按照习惯或者说传统，几乎没有给柿树施肥浇水的说法。然而果实柿子却不失其甘美。

在柿树家族里，种类颇多。最大个儿的叫虎柿，大到可称出半斤。虎柿必须用慢火温水浸泡，拔去涩味儿，才香甜可口。然而慢火的火功和温水的温度要随机变换，极难把握，稍有不当就会温出一锅僵涩的死柿子，甭说上市卖钱，白送人也送不出去。再说这种虎柿还有一个致命的弱点，不能存放，温熟之后即卖即食，隔三天两日尚可，再长就坏了，属于典型的时令性水果。还有一种民间称为义生的柿子，个头也比较大，果实变红时摘下，搁置月余即软化熟透，味道十分香甜。麻烦的是软化后便需尽快出手，或卖钱或送亲友或自家享受，稍长时间便皮儿崩裂柿汁流出，不可收拾，长途运送都是比较难以解决的问题。再有一种名曰火罐的柿子，果实较小，一般不超过半两，尽管味道与火晶柿子无甚差异，却多核儿，成为重大的弹嫌之弊，所以不被钟爱，几乎遭到淘汰而绝种，反正我已多年不见此物了。只有火晶柿子，在柿树家族中逐渐显出优长来，已经成为独秀柿族的王牌品种了。

火晶。真是一个热烈而又令人富于想象的名字。火是这种柿子的色彩，单一的红，红的程度真可以用“文革”中用滥了的词“红彤彤”来形容来喻示。我在骊山南麓的岭坡上见到过那种堪称红彤彤的景观，一棵一棵大到合抱粗的柿树，叶子已经落光掉净了，枝枝丫丫上挂满繁密的柿子，红溜溜或红彤彤的，蔚为壮观，像一片自燃的火树。火晶的名字中的火字大约由此而自然产生，晶也就无须阐释或猜想了。把火的色彩与晶字联结起来，便成为民间命名的高雅一种，恐怕只有民间的智者才会创造出这样一个雅俗共赏的柿子的名字来。

火晶柿子比虎柿比义生柿子小，比火罐柿子大，个重两余，无核。在树上长到通体变成橙黄时摘下来，存放月余便软化熟透，尤其耐得存放，保管得法的农户甚至可以保存到春节以后，仍不失其新鲜甘美的原味。食时一手捏把儿，一手轻轻掐破薄皮儿，一撕一揭，那薄皮儿便利索地完整地去掉了，现出鲜红鲜红的肉汁，软如蛋黄，却不流，吞到口里，无丝无核儿，有一缕蜂蜜的香味儿。乡间小贩摆卖火晶柿子的摊位上，常见蜜蜂“嗡嗡”盘绕不去，可见诱惑。

关中盛产柿子，尤以骊山为代表的临潼的火晶柿子最负盛名。一种名果的品质决定于水土，这是无法改变的常识。我家居骊山之南，白鹿原原坡之北，中间流着一条倒淌河灞水，形成一条狭窄的川道，俗称灞川，逆水而上经蓝田约五十里进入王维的辋川。由我祖居的老屋涉过灞水走过平川登上骊山南麓的坡道，大约也就半个小时。水土和气候无大差异，火晶柿子的品质也难分上下，然而形成气候形成品牌的仍然是临潼。

大约是“文革”后期，诺罗敦·西哈努克亲王携妻引子到西安，参观兵马俑往来的路上，王子发现路边有农民摆的火晶柿子小摊，问及此果，陪随人员告之。回到西安下榻处，有心的接待人员已经摆放好一盘经过精心挑选的火晶柿子，并说明吃法。王子生长在热带，未见过亦未吃过北方柿子并不足怪，恰是这种中国关中的火晶柿子令其赞赏不绝，直到把一盘火晶柿子吃完，仍然还要，不管斯文且不说了，连陪随人员的劝告（食多伤胃）也任性不顾。果然，塞了满肚子火晶柿子的王子到晚上闹起肚子来，引起各方紧张，直接报告北京有关领导，弄出一场虚惊。王子虽然经历了一个难受的夜晚，离开西安时仍不忘要带走一篮火晶柿子。

这个真实的传闻流传颇广。在关中普通到不能再普通的柿子，竟然上了招待外宾的果盘，而且是高贵的王子，确实令当地人始料不及。想来也不足为奇，向来都是物以稀为贵的。二十世纪八十年代中期，我到与临潼连界的蓝田县查阅县志时发现，清末某年，关中奇冷，柿树竟然死绝了。我得到一个基本常识，柿树原来耐不得严寒的。但那年究竟“奇冷”到怎样的程度，却是无法判断的，那时怕是连一根温度计也没有。到二十世纪九十年代头上，我在原下的祖屋写作《白鹿原》的时候，这年冬天冻死了一批柿树，我至今记得这年冬天的最低温度为零下十四摄氏度，持续了大约半个月，这是几十年来西安最冷的一个冬天。村子里许多农户刚刚挂果的葡萄统统冻死了，好多柿树到春末夏初还不发芽，人们才惊呼柿树被冻死了。我也便明白，清末冻死柿树的那年冬天“奇冷”的程度，不过是零下十几摄氏度而已。

编志人在叙述“奇冷”造成的灾害时，加了一句颇带怜悯情调的话，曰：柿可当食。我便推想，平素当作水果的柿子，到了饥馑的年月里，就成为养生活命的吃食了。确凿把柿子顶作粮食的事发生在二十世纪六十年代初的“三年困难时期”及十年“文革”之中，临潼山上的山民从生产队分回柿子，五斤顶算一斤粮食。想想吧，作为口舌消遣的柿子是一种调节和品尝，而作为一日三餐的主食，未免就有点儿残酷。然而，我又胡乱联想起来，被当地山民作为粮食充饥的柿子，在西哈努克王子那里却成为珍果，可见人的舌头原本是没有什么天生贵贱的。想到近年某些弄得一点儿名堂的人，硬要做派出贵族状，硬要做派出龙种凤胎的不凡气象，我便担心这其中说不准会潜伏着类似火晶柿子的滑稽。

我在祖居的屋院里盖起了一幢新房，这是八十年代中期的事，当时真有点儿“李顺大造屋”的感受。又修起了围墙，立了小门楼，街门和新房之间便有了一个小小的庭院。我便想到栽一株柿树，一株可以收获火晶柿子的柿树。

我的左邻右舍及至村子里的家家户户，都有一棵两棵火晶柿树，或院里或院外；每年十月初，由绿色转为橙黄的柿子便从墨绿的树叶中脱颖而出，十分耀眼，不说吃吧，单是在屋院里外撑起的这一方风景就够惹眼了。我找到内侄儿，让他给我移栽一棵火晶柿子树。内侄慷慨应允，他承包着半条沟的柿园。这样，一株棒槌粗的柿树便植栽于小院东边的前墙根下，这是秋末冬初最好的植树时月里做成的事。

这株柿树栽下以后，整个儿前院便生动起来。走出屋门，一眼便瞅见高出院墙沐着冬日阳光的树干和树枝，我的心里便有了动感。新芽冒出来，树叶日渐长大了，金黄色的柿花开放了，从小草帽一样的花萼里托出一枚枚小青果，直到缀满枝丫的红灯笼一样的火晶柿子在墙头上显耀……期待和祈祷的心境伴我进入漫长的冬天。

二十世纪五十年代初我读小学时，后屋和厦房之间窄窄的过道里有一株火晶柿树，若小碗口粗，每年都有一树红亮亮的柿子撑在厦房房瓦上空。我于大人不在家时，便用竹竿偷偷打下两三个来，已经变成橙黄的柿子仍然涩涩的，涩味儿里却有不易舍弃的甜香。母亲总是会发现我的行为，总是一次又一次斥责，你就等不到摘下搁软了熟了吗？直到某一年，我放学回家，突然发现院里的光线有点儿异样，抬头一看，罩在过道上空的柿树的伞盖没有了，院子里一下子豁亮了。柿树被齐根锯断了。断茬上敷着一层细土。从断茬处渗出的树汁浸湿了那一层细土，像树的泪，也似树的血。我气呼呼问母亲。母亲也阴郁着脸，告诉我，是一位神汉告诫的。那几年我家灾祸连连，我的一个小妹夭折了，一个小弟也在长到四五岁时夭亡了，又死了一头牛。父亲便请来一个神汉，从前院到后院观察审视一番，最终瞅住过道里的柿树说：把这树去掉。父亲读过许多演义类小说，于这类事比较敏感，不用神汉阐释，便悟出其中玄机，“柿”即“事”。父亲便以一种泰然的口吻对我说，柿树栽在家院里，容易生“事”惹“事”。去掉柿树，也就不会出“事”了。我的心里便怯怯的了，看那锯断的柿树茬子，竟感到了一股鬼气妖氛的恐惧。

没有什么人现在还相信神汉巫师装神弄鬼的事了，起码在“柿”与“事”的咒符是如此。因为我的村子里几乎家家户户的院里门外都有一株或几株柿树。人在灾变连连打击下便联想到神的惩罚和鬼的作祟，这种心理趋势由来已久，也并非只是科学滞后的中国乡村人独有，许多民族，包括科学已很发达的民族也颇类同，神与鬼是人性软弱的不可避免的存在。我在前院栽下这棵柿树，早已驱除了“柿”与“事”的文字游戏式的咒语，而要欣赏红柿出墙的景致了。漫长的冬天过去了。春风日渐一日温暖起来。我栽的柿树迟迟不肯发芽。

直到春末夏初，枝梢上终于努出绿芽来。我兴奋不已，证明它活着。只要活着就是成功，就有希望。大约两个月之后，进入伏天，我终于发觉不妙，那仅仅长到三四寸长的幼芽开始萎缩。无论我怎样浇水，疏松土壤，还是无可挽回地枯死了。

这是很少有的现象，我喜欢栽树，不敢说百分之百成活，这样的情况确实极少发生。这株火晶柿子树是我尤为用心栽植的一棵树，它却死了。我久久找不出死亡的原因，树根并无大伤害，树的阴阳面也按原来的方向定位，水也及时适度浇过，怎么竟死了呢？问过内侄儿，他淡淡地说，柿树是很难移栽的，成活率极低。我原是知道这个常识的，却自信土命的我会栽活它。我犯了急功近利轻易求取成功的毛病，急于看到一棵成景的柿树。于是便只好回归到最老实之点，先栽软枣苗子，然后嫁接火晶柿子。

一种被当地人称作软枣的苗子，是各种柿树嫁接的唯一的砧木。软枣生长十分泼势，随便甚至可以说马马虎虎栽下就活了。我便在小院的西北角栽下一株软枣，一年便长到齐墙的高度。第二年夏初，请来一位嫁接果树的巧手用俗称热黏皮的芽接法一次成功，当年冒出的正儿八经的火晶柿子的新枝，同样蹿起一人高。叶子大得超过我的巴掌，新出的绿色的秆儿竟有食指粗，那蓬勃的劲头真正让我时时感知初生生命的活力。为了防止暴风折断它的尚为绿色的嫩秆，我为它立了一根木杆，绑扶在一起，一旦这嫩秆变成褐黑色，显示它已完全木质化了，就尽可放心了。我于兴奋鼓舞里独自兴叹，看来栽成树走捷径还是不行的。这个火晶柿子树的起根发苗的全过程完成了，我也就留下了一棵树的生命的完整印象，至今难以忘怀。

这株火晶柿树后来就没有故事了。没有虫害病菌侵害，在院里也避免了牛马猪羊的骚扰，对水呀肥呀也不讲究，呼呼啦啦就长起来了，分枝分杈了，长过墙头了，形成一株青春活力的柿树了。这年冬天到来时，我离开久居的祖屋老院迁进城里去，一年难得回来几次。有一年回来正遇着它开花，四方卷沿的米黄色小花令人心动，我忍不住摘下两朵在嘴里嚼着咽下，一股带涩的甜味儿，竟然回味起背着父母用竹竿偷打下来的生柿子的感觉。

今年春节一过，我终于下定决心回归老家，争取获得一个安静吃草安静回嚼的环境。我的屋檐上时有一对追逐着求偶的“咕咕咕”叫着的斑鸠。小院里的树枝和花丛中常常栖息着一群或一对色彩各异的鸟儿。隔墙能听到乡友们议论天气和庄稼施肥浇水的农声。也有小牛或羊羔蹿进我忘了关闭的大门。看着一个个忙着农事、忙着赶集售物的男人女人毫不注意修饰的衣着，我常常想起那些高级宾馆车水马龙衣冠楚楚口红眼影的景象。这是乡村，那是城市，大家都忙着，大家都在争取自己的明天。

我的柿树已经碗口粗了。我今年才看到了它出芽、开花、坐果到成熟的完整的生命过程。十月初，柿子日渐一日变得黄亮了，从浓密的柿树叶子里显现出来，在我的墙头上方，造成一幅美丽的风景。我此时去了一趟滇西，回来时，妻子已经让人摘卸了柿子。

装在纸箱里的火晶柿子开始软化。眼见得由橙黄日渐一日转变为红亮。有朋自城里来，我便用竹篮盛上，忍不住说明：这是自家树上的产物。多路客人无论长幼无论男女，无不惊叹这火晶柿子的醇香，更兼着一种自家种植收获的乡韵。看着客人吃得快活，我就想起一件有关火晶柿子的逸趣。某年到一个笔会，与一位作家朋友聊天，他说某年到陕西参观兵马俑的路上品尝了火晶柿子，尤感甘美，临走时又特意买了一小篮，带回去给尚未尝过此物的南方籍的夫人。这种软化熟透的火晶柿子稍碰即破，当地农民用剥去了粗皮的柳条编织的小篮儿装着，一层一层倒是避免了挤压。他一路汽车火车，此物不能装箱，就那么拎着进了家门，便满怀爱心献给了亲爱的夫人。揭开柳条小篮，取出上边一层红亮亮的柿子，顿觉情况不妙，下边两层却变成了石头。可以想象他的懊丧和生气之状了。事过多年和我相遇聊起此事，仍然大气难抑，末了竟冲我说：人说你们陕西人老实，怎么这样恶劣作假？几个柿子倒不值多少钱，关键是让我几千里路拎着它，却拎回去一篮子石头，你说气人不气人？这在谁也会是懊丧气恼的，然而我却调侃道，假导弹假飞船没准儿都弄出来了，陕西农民给柿篮子里塞几块石头，在中国蓬蓬勃勃的造假行业里，只能算是启蒙生或初级水平，你应该为我的乡党的开化而庆祝。朋友也就笑了。我随之自我调侃，你知道我们陕西人总结经济发展滞后的原因是什么吗？不急不躁，不跑不跳，不吵不闹，不叫不到，不给不要，所谓关中人的“十不”特性。所以说，一个兵马俑式的农民用当地称作料僵石（此石特轻）的石头冒充火晶柿子，把诸如我所钦敬的大城市里的名作家哄了骗了涮了一回，多掏了他几枚铜子，真应该庆祝他们脑瓜里开始安上了一根转轴儿，灵动起来了。

玩笑说过也就风吹雨打散了。我却总想着那些往柳条编的小篮里塞进冒充火晶柿子的石头的农民乡党，会是怎样一种小小的得意……

2001 年 11 月 20 日于原下

回家折枣

在巷子的水果摊上看到红枣摆上来。自然想到又到枣月了，也自然想到该回家折枣了。妻子肯定也知道了枣子开始上市，催促我说，抽空回家折枣。在关中乡村，一般不说摘字，凡用摘字的地方，大多数时候用折，譬如折豆夹、折桑叶、折棉花等，摘一切水果都说折。

“在我的后园，可以看见墙外有两株树，一株是枣树，还有一株也是枣树。”这是鲁迅《秋夜》开篇的绝句。我已记不得什么年纪读的，却记得是一遍成诵，自此便把一缕无尽的意味绵延到现在，也把一种文字的魅力绵延到现在。在我的前院中院和后院，栽了七八种树，有南方和北方的两种白玉兰，粉红色的紫薇，黄色的蜡梅，紫荆花树有红白两株，石榴树，火晶柿子树，还有三株枣树，都是我十余年间先后栽植的。几种花树依着各自的习性在不同季节开花，柿树和枣树也都挂果。每当花开或果熟时月，得空回到原下老屋小院，或尝花闻香，或攀枝折果，都是一种难以表达的清爽和愉悦。今天又要回家折枣了。虽然都是面对自家院子里的枣树，我已很难体验先生在“风雨如磐”的“秋夜”里的那种忧思的情境了。

正是秋高气爽的好季节。树依旧很绿。天空是少见的澄澈和透碧。可以看到远方影影绰绰起伏着的秦岭的轮廓。左首的北岭和右首的南原沉静地摆列在两边，清晰透彻，不时现出掩蔽在村树里的一角红瓦屋脊或一方净白的檐墙。路两边的樱桃园里显示着收获过的败落和冷寂。这条在我生活历程中走得最多也最熟悉的回家的土路，却从来都不曾发生熟悉里的厌倦，视力触摸到任何一个角落，都会在昨天的记忆里泛出新鲜的差异性意味来，夏收后泛着白光的麦茬地，采摘樱桃时不慎攀折断了的枝条，从路边野草丛中突然蹿飞的野鸡，都会把我在城市楼房里的所有思绪排解到一丝不剩，还有乡野的风对城市的污染空气的排除与置换。

进得我原下的村子，再踏进村子里我祖居的院子，先来到柿树下，缀满枝头的柿子，深绿渐变为浅绿，尚不到成熟的时月，似乎比往年结得稀。穿过前屋到了中院，扑面而来就是满树的枣子了。今年的枣子结得顶繁了，细软的枝条不堪负重，一条一条垂吊下来，像母亲过去挂在明柱上的蒜辫儿。且不说品尝吧，单是看见这缀满枝条的枣子，就令当初栽树的我有一种实现期待收获果实的无以名状的舒悦和幸福了。枣子已从绿色蜕变出鲜亮的乳白，果皮上有一坨一丝紫红色，尚未熟透到通体变成红色，完全可以折来品尝了。这种枣子比红透的枣子更脆更甜更有水津味儿。东墙根下一株，西墙根下两株，都把蒜瓣似的枣子展现在我的眼前，一派来自土地结晶而成的鲜活，一派无遮无喧亦无言的丰盛，真是让种植它的我感受体验到无与伦比的欢欣了。亲友已搬来梯子。我听到一声吃枣子的咔嚓的脆响，还有对枣子美味的欢叫声。

七八年前，我在早春的时候回家，路过一个业已城市化了的乡村，正逢着传统的庙会，顺便到会场去溜达，到处都摆着乡村人生产和生活的用品，庙会已无庙无神可敬，纯粹变成商品交易市场了。到处都摆着树苗，北方乡村适宜种植的柴树果树和花树秧子，成捆成捆堆放在路边，我总是忍不住在那些有树秧的摊儿前驻足停步；总是在抚摸那些树秧嫩秆的时候忍不住心动，绝不弱于面对稿纸拔开笔帽时的冲动和激情。也许是自小跟着喜欢栽树的父亲受到的影响，也许是应了一个乡村“半迷儿”卦人给我算就的木命，我确凿爱栽树。和我一起溜达的妻子更喜欢那些民间编织的生活用品，装馍用的竹篮和装筷子的箸笼儿，还有装提水果的竹编长条笼。她不时拽我并提醒我，不要再买任何树苗了，屋前院内再找不到栽树的空地了。其实我心里也明白，能容得我栽树的地皮，只有老家庄前屋后和小院里那几分庄基地了，早被我栽得满满当当的了。不经意间，碰见一位老相识，他也曾弄过文学，却仍然在乡间种地，还在业余写着剧本。我看见他就有说不出口的话，城里有十余家专业剧团，或排场或别致的舞台整年都晾着，一年也敲响不了几回梆子锣钹，你把剧本写给鬼演呀！他的架子车厢里放着一捆打开的枣树秧子，是他培育的一种新品种，比普通枣子个儿大，味儿更脆更甜，名曰梨枣，却与梨不相干。他卖得很好，满满一车只剩下半捆了。他一边给我说他正在写作的剧本，一边往我手里塞枣树秧子。他知道我乡下有屋院。再三谢辞不掉，我便拿了三株梨枣回家，下决心把中院一株老品种的樱桃和一株太泼也太占地盘的花树挖掉，给这三株枣树腾出空位。令人惊诧的是，这枣树一年就长到齐墙头高了。直到这枣树秧委实出脱成茁壮的枣树，而且挂了果，赠我枣树的朋友打电话说，他的剧本早已写完，请几位高手名家看过，都在说写得不错的同时，也都说着遗憾。不是剧本能不能排，而是专业剧团根本就不排戏演戏。他问我能不能帮忙想点儿办法。我不仅没有办法可支，连安慰他的话都说不出口。

到新世纪到来时，我终于下决心回到乡下久别的老宅新屋住下了。枣树是我的院子里最晚发芽的树。当那嫩芽在日出日落的日子里蓬勃出鲜绿的叶子，我发现了短短的叶柄根下的花蕾，不过小米粒儿大小，绣成一堆。我在那个早晨的心情顿然变得出奇的好。每天早晨起来，我都忍不住到枣树下站一会儿，看那小米粒儿似的花蕾的动静。直到有一天早晨，我刚走到屋檐下，便闻到一缕奇异的香气，凭直觉就判断出枣花开了。小米粒儿似的花苞绽放开来的花自然不起眼，比小米的黄色浅些，接近于白色，香味儿却很浓郁，枝条上稀稀拉拉的枣花，却使整个儿小院都弥漫着清香。蜜蜂先我绕着枣树飞舞了。枣花蜜是蜂蜜中的上品。

眼看着那枯萎的枣花里挣出一只枣子来，恰如刚落生的婴儿，似乎可以听到那进入天地之间的啼哭。小米粒儿大的枣子，似乎一夜或两夜之间就长到扁豆粒儿大了，豌豆粒儿大了，花生粒儿大了，最后就定格在乒乓球那般大小了，个别枣子竟然有柴鸡蛋的个头。在桌子前在椅子上坐得久了，无论读着什么或写着什么，走出屋子走到枣树下，看着隐蔽在枝杈叶丛里的青枣，那正在你眼皮下丰满和长大的果实，一种蓬勃的生命的活力便向人洋溢着。枣子青绿的颜色，在我日复一日的注视下，渐渐淡了，泛出乳白色了，又浮出一丝一坨的紫红，它成熟了。我折下最先显出红色的一颗，咬了一口，便确信是我有生以来吃到的最好一颗枣子了。这枣子皮薄肉细，又脆，满口竟有一股蜂蜜味儿。我便不忍心再吃第二颗，给家人品尝，也给那些从城里跑到乡下来找我的朋友享一回口福，让他们知道还有这样好吃的枣子。我给他们宣布政策，每人只能品尝一颗。无论年轻朋友，无论德高望重的老教授，都是咬下一口便禁不住声地赞叹起来。我便相信我的口感不粘连栽种者的偏爱因素，也毫不动摇地拒绝要吃第二颗的申求——总共只结了六七十颗，该当让更多的远道来客添一份情趣……后来几年的枣子，结得多了繁了，味道却大不如头一年。今年是前所未有的丰年，味道更差了，有点儿干巴。我心知肚明，肯定是干旱造成的。没有办法，我住了两年又离开原下的院子，一年回不来几回，枣子在每年伏天的旱季能保存不落，已属幸事了。

我已经不太在意枣子的多少和品味的差别了。我只寻找折枣的过程。常常庆幸得意我尚有一座可以栽植枣树的院子，以及折枣折柿子的机会。这心理往往是瞅见城里人悬在空中阳台上盆栽的花草而生发的。他们已无可以栽一株树或一窝花的土地，只能栽在盆里悬在楼房的阳台上。我在被晒得烫烧脚心的水泥路和被油气污染的空气里憋得透不过气时，得空逃回乡下的屋院，拔除院子疯长的草，为柴树花树和果树浇一桶水，在树荫里在屋檐下喝一瓶啤酒，与乡党说几句家长里短的话，尤其是回来折一回枣，心里顿然就净泊下来了。

今年回了家，折了一回枣。

明年还回家折枣。

2006 年 9 月 23 日夜于雍村

原上原下樱桃红

白鹿原的樱桃红了。

时令刚过立夏，向阳面的原坡上的樱桃率先红了；晚不过两天，原下灞河川道里的樱桃接着也红了；再过两三天，受地理高度温差制约的原上的樱桃，最后红了。

这个时候的白鹿原，便进入一年里最红火的时月。原上原下和原坡，新修的水泥大道和田间小径，便呈现着车水马龙熙熙攘攘的车流和人群，这是西安城里的男人女人或搭伙结伴或扶老携幼摘樱桃来了。他们散漫在樱桃园里，伸手攀下缀满或紫红或金黄的樱桃的树枝，摘下一串一串熟透的樱桃，填到嘴里，便发出舒心的赞叹，好鲜好甜耶。更有男孩儿或女孩儿，攀爬到树上，从树梢上摘下最大也熟透的樱桃极品，下树来送到情侣手里，会心的微笑里荡漾着别具一格的浪漫。喧哗声嬉笑声和呼朋唤友的声浪，此起彼伏在樱桃园里。原上原下通往樱桃园的大道和小路两边，摆满了盛着樱桃的筐篮和纸箱，叫卖声议价声嘈嘈一片，交易活跃。我看着那些抱着一箱箱樱桃乘车离去的男人和女人欣慰的脸色，无疑是北方这种第一料鲜果独有的滋味带来的。我更感兴趣的是那些出售樱桃的卖方收款装钱的动作，无论农夫农妇抑或小伙姑娘，从买方手里接过钱来数一数，尽管数钱的手指的动作有灵巧和笨拙的差别，而脸上的表情却无多大差异，不见惊喜，更不见得意，多是数过之后塞入挂在胸前的布兜，无论三十五十乃至三百五百，都是以习惯性的动作塞入布兜了事，又忙着招呼围过来的新的顾客了。他们一把一把往布兜里塞着钱时所显示的平静而又平常的表情，可以透见原上原下乡民的心理气象了。

这里的樱桃，在我已形成难以化释的情结。

我至今依旧清楚地记得，四十六年前的一九六五年，我在《西安晚报》发表过散文《樱桃红了》，是歌颂一位立志建设新农村带领青年团员栽植樱桃树的模范青年。这是我初学写作发表的第二篇散文，无论怎样幼稚，却铸成永久的记忆，樱桃也就情结于心了。樱桃在我生活的白鹿原地区，是当地乡民种植的诸如桃、杏、沙果等果类中的一种，多在原坡不能种植庄稼的坡地上生长，没有资料显示何朝何代开始栽植这种水果；村子里年龄最大的长者也说不清，只记得自己穿开裆裤的幼稚年纪，就吃樱桃，吃着自家园里的樱桃还嫌不够味儿，常常结伙偷摘品尝别家的樱桃。当地人自古以来不称樱桃，称作玛瑙。如果依这种水果的果形和色彩而论，玛瑙远比樱桃更为恰切也更富诗意，那缀满树枝的一嘟噜一嘟噜或鲜红或金黄的小颗粒，活脱就是一串串珍珠玛瑙。

加深且加重这种樱桃情结的另一种因素，说来就缺失浪漫诗性了。我在白鹿原地区生活和工作大半生，沉积在心底的记忆便是穷困的种种世相。不单是我和我的家庭，整个儿白鹿原的乡民，从年头到年尾都纠结在碗里吃食的稀了稠了有了空了。尤其是我在公社（现称乡或镇）工作的十年时间里，体味尤深。每年交上五月，即民间俗话说的青黄不接的时月，一些生产队（即今村民小组）的干部便三天两头赶到公社来，堵住分管粮食的干部，百般申述缺粮的困境，要求多给他们分配救济粮食。这些求助的生产队干部，多是来自白鹿原北坡上或大或小的村庄。坡上沟道里有小股泉水，仅供人畜饮用，“学大寨”大潮中修建过一些蓄水池，效益甚微；北坡上的田地，多为跑水跑肥不蓄墒的薄田，仅种一料庄稼的小麦产量，顶好的年份不过二百斤，遇到干旱缺雨的灾年，稀疏矮小的麦秆儿搭不住镰刀，只好用手撅拔，俗称猴拔毛，产量就可想而知了。上级调拨下来的救济粮可以说是杯水车薪，分管粮食的专干即使慈心软肠也只能撒胡椒面儿。那时候的樱桃虽然依旧开花结果，却当不得饭吃。随着“文革”愈来愈“左”到极端的农村政策，一只鸡蛋卖给国家还是卖给城里个人，都被提高到资本主义和社会主义两条道路斗争的严重性看待，又有“以粮为纲”的纲纪，樱桃树虽然没有被铲除，却也不提倡，处于自生自灭状态。尤其在“学大寨”学得几乎发疯的“文革”后几年，许多生长在坡地上的樱桃树，因为修造梯田而砍掉了。有幸存留的樱桃树，在青黄不接的五月初成熟的樱桃，由社员摘下再送到指定的国营商店，换回的有限的钱款，成为生产队空乏已久的钱柜里的库存，首先作为头等合理开销的项目，便是给发生疫情的牲畜做疗治费用，弥足珍贵。

在西安郊区辖属的二十六个公社里，地处坡、原和山岭地区的公社不过两三家，与那些占据渭河平原腹地的公社相比，难以望其项背。这两三家自然环境较差的公社干部遇合到一起，便自我调侃定位为“第三世界”；在“第三世界”里，我工作的原坡地区当属垫底的一家，走到处似乎都有矮人半截的感觉，所谓人穷气短不单说个人，工作单位似乎也应此话，我有双重体验。

彻底扭转以致完全改换那种不良感觉的卓绝一笔，便是樱桃。我约略知道，自上世纪八十年代中期起始，灞桥区的领头人，既得改革开放之“天时”，更度白鹿原地理特质之“地利”，确定该地区以樱桃种植为主业，为乡民开创一条脱贫致富的途径。且不赘述领头人和技术人员如何四处奔走，引进西洋大樱桃品种；如何向乡民推广普及樱桃种植的技术要领；还有为樱桃的销售不遗余力……我尤为赞赏尤为敬重的一点，二十余年来，灞桥区的领头人调换过一茬又一茬，而一茬又一茬的新继任的领头人，都一如既往地瞅住樱桃园的建设和发展，终于形成气候，形成产业化的规模。单是白鹿原原上原下和原坡，现已种植樱桃二点四万亩，结果的樱桃树有一点五万亩。三千余户乡民现在年均收入超过四万元，人均超过万元，竟然比本区那些过去的盛产粮食的平川地区的人均收入超出近两成。尽管我知道读者逆反文章里引用数字，仍然忍不住要把这些数字摆列出来；这些数字牵涉我的情感，甚至颠覆了情感记忆里最软最短的那一脉。我确凿相信这些数字，尽管没有必要挨家逐户去询问谁个收入了多少，因为你随便走进原上原下和原坡的或大或小的村庄，一街两行全部都是新建的房子，有平房也有二层小楼，三合院司空见惯，迎着大门的正面几乎全部都用白色瓷片包装，一派崭新气象。这里的乡民积习已久善于门楼的建筑，却几乎很少见到老祖宗们用青砖刻着神鹿白鹤的图案，而是用现代建筑材料或白色或紫红颜色的瓷砖，给人直观的感觉是清爽和温暖。每每看到这些宽敞漂亮的农家小院，我便想起高晓声的小说《李顺大造屋》来，如果说李顺大是上世纪八十年代初以前的中国农民生活形态和心理形态的一个典型，那么白鹿原上下一幢幢新房小楼的主人，便是对李顺大的终结。我在原坡的樱桃园里散漫时，看到龙湾村几幢破旧的厦屋，墙皮多半脱落，房檐多处垮塌，垒墙的土坯暴露无遗。这些尚未拆除的旧房破屋，却勾起我的似曾相识的记忆，在这些屋子里，我当年下乡时吃过派饭，约略还记得房子的主人。他们不是作家创造且难免夸张的李顺大，却是我亲历且认识的真实的村民。

有朋自远方来，恰逢樱桃成熟的五月，我便领他们上原摘樱桃。站在白鹿原头，原上平地里是蓬勃着的樱桃树，一眼难尽；原坡上随着坡势和浅沟起伏错落着一派绿色，自然都是樱桃树了，几乎看不到裸露的地皮；原下的川道，灞河自东而西蜿蜒过来，几乎被满川的樱桃树遮掩住了。朋友无论男女，也不论长幼，站在原头观赏这一方自然景致的时候，无不发出由衷的慨叹，你老兄（或老弟）竟独得这一方活水绿山！我便凑兴纠正，这不是山，是原和原下的坡。另有一点需要纠正的，活水绿坡绿原只是当今的景象，为不致扫兴，我不想提过去。远方的朋友多见过中国和世界多处的好风景，能对白鹿原的樱桃园流连忘返感慨连连，储存在我心底的那种“第三世界”的块垒，便悄然化释了。

进入五月，便进入这座古原最红火的季节。果农们选择了早熟和晚熟的多种樱桃品种，采摘的时间可以延续月余。这座雄踞于西安东南方位的开阔的古原，距离西安不过十来公里，工余假日，人们呼朋唤友引妻携子，驾车不过半个多小时便进入樱桃园了，或上原或上坡或到原下的河川，尽都是缀满红色金黄色珍珠玛瑙的樱桃树，诸种烦恼和疲倦顿然消解了。当各种媒体大呼急叫着西安城区应该形成“低碳”的健康空间的时候，这里的樱桃园无疑是一方天然氧吧，从城里赶来的男女老幼，从树枝上摘下一颗颗樱桃填到嘴里嚼咂品尝的时候，或在樱桃园里逸情漫步的时候，把在城市里吸入的污浊废气全都排出了，获得一种神清气爽的生命活力。即使在樱桃清园以后的夏天和秋天，原上原下和原坡的果园与小路上，仍有不少城里人观光散心，迷恋这个天然氧吧的洁净的空气。

每到清明，樱桃花开，原上原下和原坡，尽皆是粉白的樱桃花，香气弥漫。树叶刚刚吐芽，花却灿烂了，这原这川这原坡，望去是纯一色的樱桃花的世界。果农们忙着种种技术性管护，只企盼樱桃开花时不要下雨，雨水灌花就结不出樱桃。城里人搭帮结伙来赏花了，散漫在樱桃花的海洋里，留几张以樱桃花为陪景的照片，在农民开办的“农家乐”饭馆吃一顿地道的农家饭菜，不仅释放了胸中积存的废气，缓解了办公室或工作台上的紧张的神经，把粉白的樱桃花储入胸间，当属滋养精神心理的氧。

有朋友要约见，我便顺口说，如果事由不急，最好五月来，或清明前后来，或摘樱桃或赏花，坐在农家屋院或果园里说话，我会有最佳的情绪；相信南方北方来的朋友，也会感应而生诗性的灵气。

2011 年 5 月 30 日　二府庄

麦饭

——关中民间食谱之一

按照当今已经注意营养分析的人们的观点，麦饭是属于真正的绿色食物。

我自小就有幸享用这种绿色食物。不过不是具备科学的超前消费的意识，恰恰是贫穷导致的以野菜代粮食的饱腹本能。

早春里，山坡背阴处的积雪尚未退尽消去，向阳坡地上的苜蓿已经从地皮上努出嫩芽来。我掐苜蓿，常和同龄的男女孩子结伙，从山坡上的这一块苜蓿地奔到另一块苜蓿地，这是幼年记忆里最愉快的劳动。

苜蓿芽儿用水淘了，拌上面粉，揉、搅、搓、抖均匀，摊在木屉上，放在锅里蒸熟。出锅后，用熟油拌了，便用碗盛着，整碗整碗地吃，拌着一碗玉米糁子熬煮的稀饭，可以省下一个两个馍来。母亲似乎从我有记忆能力时就擅长麦饭技艺。她做得从容不迫，干、湿、软、硬总是恰到好处。我最关心的是，拌到苜蓿里的面粉是麦子面还是玉米面。麦子面俗称白面，拌就的麦饭软绵可口，玉米面拌成的麦饭就相去甚远了。母亲往往会说：白面断顿了，得用玉米面拌；你甭不高兴，我会多浇点儿熟油。我从解知人言便开始习惯粗茶淡饭，从来不敢也不会有奢望寄予；从来不会要吃什么或想吃什么，而是习惯于母亲做什么就吃什么，没有道理也没有解释，贫穷造就的吃食的贫乏和单调是不容选择或挑剔的，也不宽容娇气和任性。

麦子面拌就的头茬苜蓿蒸成的麦饭，再拌进熟油，那种绵长的香味儿的记忆是无法泯灭的。

按照家乡的风俗禁忌，清明是掐摘苜蓿的终结之日。清明之前，任何人家种植的苜蓿，尽可以由人去掐去摘，主人均是一种宽容和大度。清明一过，便不能再去任何人家的苜蓿地采掐了，苜蓿要作为饲草生长了。

苜蓿之后，我们便盼着槐花。山坡和场边的槐花放白的时候，我便用早已备齐的木钩挑着竹笼去采捋槐花了。

槐花开放的时候，村巷屋院都是香气充溢着。

槐花蒸成的麦饭，另有一番香味儿，似乎比苜蓿麦饭更可口。这个季节往往很短暂，家家男女端到街巷里来的饭碗里，多是槐花麦饭。

按照今天已经开始青睐绿色食品的先行者们的现代营养意识，我便可以耍一把阿 Q 式的骄傲，我们祖宗比你阔多了，他们早早都以苜蓿槐花为食了。

到了难忘的六十年代，被史称“三年困难时期”的六十年代初，家乡的原坡和河川里一切不含毒汁的野菜与野草，包括某些树叶，统统都被大人小孩儿挖、掐、拔、摘、捋回家去，拌以少许面粉或麸皮，蒸了，食了，已经无油可拌。这样的麦饭已成为主食，成为填充肚腹的坐庄食物。男人女人老人小孩儿都别无选择，漂亮的脸蛋儿和丑陋的黑脸也无法挑剔，都只能赖此物充饥，延续生命。老人脸黄了肿了，年轻人也黄了肿了，小孩子黄了肿了，漂亮的脸蛋儿黄了肿了时尤为令人叹惋。看来，这种纯粹以绿色野菜野草为食物的实践，却显示出残酷的结果，提醒今天那些以绿色食物为时尚为时髦的先生太太切勿矫枉过正，以免损害贵体。

近日和朋友到西安大雁塔下的一家陕北风味饭馆就餐，一道“洋芋叉叉”的菜令人费解。吃了一口便尝出味儿来，便大胆探问，可是洋芋麦饭？延安籍的女老板笑答，对。关中叫麦饭，陕北叫洋芋叉叉。把洋芋擦成丝，拌以上等白面，蒸熟，拌油，仍然沿袭民间如我母亲一样的农家主妇的操作规程。陕北盛产洋芋，用洋芋做成麦饭，原也是以菜代粮，变换一种花样儿，和关中的麦饭无本质差别。不过，现在由服务生用瓷盘端到餐桌上来的洋芋叉叉或者说洋芋麦饭，却是一道菜，一种商品，一种卖价不低的绿色食品，城里人乐于掏腰包并赞赏不绝的超前保健食品了。

家乡的原野上，苜蓿种植已经大大减少。已经稀罕的苜蓿地，不容许任何人涉足动手掐采。传统的乡俗已经断止。主人一茬接着一茬掐采下苜蓿芽来，用袋装了，用车载了，送到城里的蔬菜市场，卖一把好钱。乡俗断止了，日子好过了，这是现代生活法则。

母亲的苜蓿麦饭槐花麦饭已经成为遥远而又温馨的记忆。

2001 年 7 月

搅团

——关中民间食谱之二

家乡灞河川道自古盛产苞谷。由苞谷面做的搅团便应运而生，历久不衰，绵延至今。

把新磨下的苞谷面，在滚开的铁锅里抛撒，一边撒着，一边用木勺搅动。顺时针搅一阵子，再逆时针搅一阵子。苞谷面要一把一把均匀地撒下去，不匀则容易结成搅不开的干面疙瘩。灶锅底下的火不能灭断，灶下大火烧着，锅里撒着搅着，紧张而又热烈，一般均需夫妻二人同时搭手默契配合，才能打出一锅好搅团。搅团这种饭食的操作过程，常常可以看到农家夫妻的温情和爱意。夫妻间闹了气，男方或女方企图结束冷战状态，便会提议打搅团。在灶下和锅台上近在咫尺的夫妻紧密配合中，搅团打成了，夫妻关系也重修旧好了。

这种搅团，说白了，不过是一锅糨糊。

然而，绝对区别于一般的糨糊。

一锅用苞谷面打成的糨糊。

一般的糨糊，必须用麦子面打成才黏。苞谷面黏力不足，即使农家主妇双手抱着木柄大勺搅动，那搅团只增加筋道却不甚黏糊。所以，地道的搅团必以苞谷面为原料。麦子面打出的反而真成了糨糊。

苞谷面搅团千家万户的锅里打出来的大同小异，区别在于臊子。最简单的是用好醋好酱调汤，伴以葱花蒜泥佐味，有香油滴入自然更好。复杂一点儿的是用臊子浇汤。用荠菜做汤浇到搅团碗里，野味鲜味俱佳。最复杂的臊子，在关中东府如同臊子面的臊子做法一样，肉丁红白萝卜丁黄花木耳等烩成臊子，浇到搅团之上，那是超常享受了。以上均为热搅团。

搅团凉吃亦很别致。用勺舀到可以下漏的竹篮里，轻压轻挤，搅团便像一条条小鱼或更像蝌蚪一样漏进盛水的盆里。再捞出来，调进酸辣调味品，口感好极了，怀娃娃的孕妇尤好此食。再把搅团晾在案板上，摊平，冷却后切成小块，调了油盐酱醋，作为喝稀饭的佐菜。一边是热烫的苞谷糁子稀饭，一边是冰凉可口的搅团，男女皆好此一热一冷的刺激。还有烩搅团，不再赘述。

无论热吃凉吃烩了吃，谁都明白，只是把苞谷这种粗粮变一个花样儿以图好进口罢了。

少年和青年时期，粗粮为主，苞谷坐庄。苞谷稀饭苞谷馍馍，一天三顿均为黄颜色的苞谷做成的饭食，民间戏谑：早上苞谷吃，晌午苞谷喝，晚上苞谷把皮脱。搅团便是把难吃的苞谷面变一种饭食花样儿。农村孩子，没有谁能逃躲苞谷饭食的，自然也逃躲不了搅团。

搅团又被乡人戏称“哄上坡”。说它耐不得饥，易消化。肚子吃得膨胀，干活儿去走到坡上就又饿了。我曾经发过誓，如果能有福分不吃搅团，我将永远不再想它。

当我和乡民都以白面为主食的日子到来时，过了几年，却想吃搅团了，真是不曾料到。随着年岁递增，对这种曾经厌腻透了的饭食更多一层回味与依恋。

到渭南市，作家李康美约我到他家吃饭，我首选搅团。李夫人买来新磨的苞谷面，味道真是好极了。

到咸阳市，作家文兰约我吃饭，我仍然首推搅团。文兰又约来作家叶广芩，说她已早有约求，待有搅团吃时一定相告。叶广芩为清室皇家血统，想品尝关中民间饭食，自然除了新鲜，还有体验民情之美意。不料，我等吃得满头大汗口香腹胀仍不想丢碗筷，叶广芩却一脸茫然，感叹：我就一种感觉——猫吃糨子嘛！

陕西作家协会院内有一家搅团专业户，便是文学评论家李星。平均每周至少打一次搅团，从春吃到夏，吃到秋再吃到冬，全以时令蔬菜做汤伴着。我等想吃搅团，便先告知一声，多撒一把苞谷面。或是在楼下闻到搅团锅底烧着了的香味儿，便直接上楼去讨一碗吃。人说，李星写了大半辈子文学评论，打了半辈子搅团。

搅团而今也被开发被提升到大小饭店的食谱上，卖得一把好价，真是大出我半生之意料，惊疑今天富裕了的人疯了。

2001 年 8 月

又见鹭鸶

那是春天的一个惯常的傍晚，我沿着水边的沙滩漫不经意地悠步。旱草和水草都已经蓬勃起来，河川里满眼都是盎然生机，野艾苦蒿薄荷和鱼腥草的气味混合着弥漫在空气里，风轻柔而又湿润。在桌椅间窝蜷了一天的四肢和绷紧的神经，渐渐舒展开来松弛开来。

绕过一道河石垒堆的防洪坝，我突然瞅见了鹭鸶，两只，当下竟不敢再挪动一步，生怕冲撞了它惊飞了它，便蹑手蹑脚悄悄默默在沙地上坐下来，压抑着冲到唇边的惊叹。哦！鹭鸶又飞回来了！

在顺流而下大约三十米外，河水从那儿朝南拐了个大弯儿，弯儿拐得不急不直随心所欲，便拐出一大片生动的绿洲，贴近水流的沙滩上水草尤其茂密。两只雪白的鹭鸶就在那个弯头上踯躅，在那一片生机盎然的绿草中悠然漫步；曲线优美到无与伦比的脖颈迅捷地探入水中，倏忽又在草丛里扬起头来；两条峭拔的长腿淹没在水里，举趾移步优然雅然；一会儿此前彼后，此左彼右，一会儿又此后彼前，此右彼左；断定是一对儿没有雄尊雌卑或阴盛阳衰的纯粹感情维系的平等夫妻……

于是，小河的这一方便呈现出别开生面令人陶醉的风景，清澈透碧的河水哗哗吟唱着在河滩里蜿蜒，两个穿着艳丽的女子在对岸的水边倚石搓洗衣裳，三头紫红毛色的牛和一头乳毛嫩黄的牛犊在沙滩草地上吃草，三个放牛娃三对角坐在草地上玩扑克，蓝天上只有一缕游丝似的白云凝而不动，落日正渲染出即将告别时的热烈和辉煌……这些时常见惯的景致，全都因为一双鹭鸶的出现而生动起来。

不见鹭鸶，少说也有二十多年了。小时候在河里耍水在河边割草，鹭鸶就在头前或身后的浅水里，有时竟在草笼旁边停立；上学和下学涉过河水时，鹭鸶在头顶翩翩飞翔，我曾经妄想把一只鸽哨儿戴到它的尾毛上；大了时在稻田里插秧或是给稻畦里放水，鹭鸶又在稻田圪梁上悠然踱步，丝毫也不戒备我手中的铁锨……难得泯灭的永远鲜活的鹭鸶的倩影，现在就从心里扑飞出来，化成活泼的生灵在眼前的河湾里。

至今我也搞不清鹭鸶突然离去突然绝迹的因由，鸟类神秘的生活习性和生存选择难以揣摩。岂止鹭鸶这样的小河流域鸟类中的贵族，乡民们视作报喜的喜鹊也绝迹了，张着大翅盘旋在村庄上空窥伺母鸡的恶老鹰彻底销踪匿迹了，连丑陋不堪猥琐笨拙的斑鸠也再不复现了，甚至连飞起来遮天蔽日的丧婆儿黑乌鸦都见不着一只，只有麻雀种族旺盛，村庄和田野处处都只能听到麻雀的叽叽喳喳。到底发生了什么灾变，使鸟类王国土崩瓦解灭族灭种留下一片大地静悄悄？

单说鹭鸶。许是水流逐年衰枯稻田消失绿地锐减，这鸟儿瞧不上越来越僵硬的小河川道了？许是乡民滥施化肥农药污染了流水也污浊了空气，鹭鸶感到窒息而逃逸了？许是沿河两岸频频敲打的庆贺“指示”发表的锣鼓和震天撼地的炮铳，使这喜欢悠闲的贵族阶级心惊肉跳恐惧不安，抑或是不屑于这一方地域上人类的愚蠢可笑拂尾而去？许是那些隐蔽在树后的猎手暗施的冷枪，击中了鹭鸶夫妻双方中的雌的或雄的，剩下的一个鳏夫或寡妇悲怆遁逃？

又见鹭鸶！又见鹭鸶！

落日已尽红霞隐退暮霭渐合。两只鹭鸶悠然腾起，翩然闪动着洁白的翅膀逐渐升高，没有顺河而下也没见逆流而上，偏是掠过小河朝北岸树木葱茏的村庄飞去了。我顿然悟觉，鹭鸶原是在村庄里的大树上筑巢育雏的。我的小学校所在的村庄面临河岸的一片白杨林子里，枝枝杈杈间竟有二十多个鹭鸶搭筑的窝巢，乡民们无论男女无论老幼引为荣耀视为吉祥。一只刚刚生出羽毛的雏儿掉到地上，竟然惊动了整个儿村庄的男女老少，合议着公推一位爬树利落的姑娘把它送回窝儿里。更不必担心伤害鹭鸶的事了，那是被视为作孽短寿的事。鹭鸶和人类同居一处无疑是一种天然和谐，是鸟类对人类善良天性的信赖和依傍。这两只鹭鸶飞到北岸的哪个村庄里去了呢？在谁家门前或屋后的树上筑巢育雏呢？谁家有幸得此吉兆得此可贵的信赖情愫呢？

我便天天傍晚到河湾里来，等待鹭鸶。连续五六天，不见踪影，我才发现没有鹭鸶的小河黯然失色。我明白自己实际是在重演那个可笑的“守株待兔”的寓言故事，然而还是忍不住要来。鹭鸶的倩影太富于诱惑了。那姿容端的是一种仙骨神韵，一种优雅一种大度一种自然；起飞时悠然翩然，落水里也悠然翩然，看不出得意时的昂扬恣肆，也看不出失意下的气急败坏；即使在水里啄食小虫小虾青叶草芽儿，也不似鸡们鸭们雀们饿不及待的贪馋和贪婪相。二三十年不见鹭鸶，早已不存再见的期冀和奢望，一见便不能抑止和罢休。我随之改变守候而为寻找，隔天沿着河流朝下，隔天又溯流而上，竟是一周的寻寻觅觅而终不得见。

我又决定改变寻找的时间，于是舍弃了一个美好的出活儿的早晨，在黎明的曦微中沿着河水朝上走。大约走出五华里路程，河川骤然开阔起来，河对岸有一大片齐肩高的芦苇，临着流水的芦苇幼林边，那两只鹭鸶正在悠然漫步，刚出山顶的霞光把白色的羽毛染成霓虹。

哦！鹭鸶还在这小河川道里。

哦！鹭鸶对人类的信赖毕竟是可以重新建立的。

我在一块河石上悄然坐下来，隔水眺望那一对圣物，心头便涌出一首脍炙人口的诗歌来：

蒹葭苍苍
白露为霜
所谓伊人
在水一方

1992 年 8 月于西安

告别白鸽

老舅到家里来，话题总是离不开退休后的生活内容，谈到他还可以干翻扎麦地这种最重的农活儿，很自豪的神情；养着一只大奶羊，早晨起来挤下羊奶煮熟和孙子喝了，孙子去上学，他则牵着羊到坡地里去放牧，挺诱人的一种惬意的神色；说他还养着一群鸽子，到山坡上放羊时或每月进城领取退休金时，顺路都要放飞自己的鸽子。我禁不住问："有白色的没有？纯白的？"

老舅当即明白了我的话意，不无遗憾地说："有倒是有……只有一对。"随之又转换成愉悦的口吻："白鸽马上就要下蛋了，到时候我把小白鸽给你捉来，就不怕它飞跑了。"老舅大约看出我的失望，继续解释说："那一对老白鸽你养不住，咱们两家原上原下几里路，它一放开就飞回老窝里去了。"

我就等待着，并不焦急，从产卵到孵化再到幼鸽独立生存，差不多得两个月，急是没有用的。我那时正在远离城市的乡下故园里住着读书写作，有七八年了，对那种纯粹的乡村情调和质朴到近乎平庸的生活，早已生出寂寞，尤其是陷入那部长篇小说的写作以来的三年。这三年里我似乎在穿越一条漫长的历史隧道，仍然看不到出口处的亮光，一种劳动过程之中尤其是每一次劳动中止之后的寂寞围裹着我，常常难以诉述难以排解。我想到能有一对白色的鸽子，心里便生出一缕温情一方圣洁。

出乎我意料的是，一周没过，舅舅又来了，而且捉来了一对白鸽。面对我的欣喜和惊讶之情，老舅说："我回去后想了，干脆让白鸽把蛋下到你这里，在你这里孵出小鸽，它就认你这儿为家咧。再说嘛，你一年到头闷在屋里看书呀写字呀，容易烦。我想到这一层就赶紧给你捉来了。"我看着老舅的那双洞达豁朗的眼睛，心不由怦然颤动起来。

我把那对白鸽接到手里时，发现老舅早已扎住了白鸽的几根羽毛，这样被细线捆扎的鸽子只能在房屋附近飞上飞下，而不会飞高飞远。老舅特别叮嘱说，一旦发现雌鸽产下蛋来，就立即解开它翅膀上被捆扎的羽毛，此时无须担心鸽子飞回老窝去，它离不开它的蛋。至于饲养技术，老舅不屑地说："只要每天早晨给它撒一把苞谷粒儿……"

我在祖居的已经完全破败的老屋的后墙上的土坯缝隙里，砸进了两根木棍子，架上一只硬质包装纸箱，纸箱的右下角剪开一个四方小洞，就把这对白鸽放进去了。这幢已无人居住的破落的老屋似乎从此获得了生气，我总是抑制不住对后墙上的那一对活泼泼的白鸽的关切之情，没遍没数地跑到后院里，轻轻地撒上一把玉米粒儿。起始，两只白鸽大约听到玉米粒儿落地时特异的声响，挤在纸箱四方洞口探头探脑，像是在辨别我投撒食物的举动是真诚的爱意抑或是诱饵。我于是走开，以便它们可以放心进食。

终于出现奇迹。那天早晨，一个美丽的乡村的早晨，我刚刚走出后门扬起右手的一瞬间，扑啦啦一声响，一只白鸽落在我的手臂上，迫不及待地抢夺手心里的玉米粒儿。接着又是扑啦啦一声响，另一只白鸽飞落到我的肩头，旋即又跳弹到手臂上，挤着抢着啄食我手心里的玉米粒儿。四只爪子掐进我的皮肉，有一种痒痒的刺疼。然而听着玉米粒儿从鸽子喉咙滚落下去的撞击的声响，竟然不忍心抖掉鸽子，似乎是一种早就期盼着的信赖终于到来。

又是一个堪称美丽的早晨，飞落到我手臂上啄食玉米的鸽子仅有一只，我随之发现，另外一只静静地卧在纸箱里产卵了。新生命即将诞生的欣喜和某种神秘感，立时就在我的心头漫溢开来。遵照老舅的经验之说，我当即剪除了捆扎鸽子羽毛的绳索，白鸽自由了，那只雌鸽继续钻进纸箱去孵蛋，而那只雄鸽，扑啦啦扑向天空去了。

终于听到了破壳出卵的幼鸽的细嫩的叫声。我站在后院里，先是发现了两只破碎的蛋壳，随之就听到从纸箱里传下来的细嫩的新生命的啼叫声。那声音细弱而又嫩气，如同初生婴儿无意识的本能的啼叫，又是那样令人动心动情。我几乎同时发现，两只白鸽轮番飞进飞出，每一只鸽子的每一次归巢，都使纸箱里欢闹起来，可以推想，父亲或母亲为它们捕捉回来了美味佳肴。

我便在写作的间隙里来到后院，写得拗手时到后院抽一支烟，那哺食的温情和欢乐的声浪会使人的心绪归于清澈和平静，然后重新回到摊着书稿的桌前；写得太顺时我也有意强迫自己停下笔来，到后院里抽一支雪茄，瞅着飞来又飞去的两只忙碌的白鸽，聆听那纸箱里日渐一日愈加喧腾的争夺食物的欢闹，于是我的情绪由亢奋渐渐归于冷静和清醒，自觉调整到最佳写作心态。

这一天，我再也按捺不住神秘的纸箱里小生命的诱惑，端来了木梯，自然是趁着两只白鸽外出采食的间隙。哦！那是两只多么丑陋的小鸽，硕大的脑袋光溜溜的，又长又粗的喙尤其难看，眼睛刚刚睁开，两只肉翅同样光秃秃的，它俩紧紧依偎在一起，静静地等待母亲或父亲归来哺食。我第一次看到了初生形态的鸽子，那丑陋的形态反而使我更急切地期盼蜕变和成长。

我便增加了对白鸽喂食的次数，由每天早晨的一次到早、午、晚三次。我想到白鸽每天从早到晚外出捕捉虫子，不仅活动量大大增加，自身的消耗也自然大大增加，而且把采来的最好的吃食都喂给幼鸽了。

说来挺怪的，我按自己每天三餐的时间给鸽子撒上三次玉米粒儿，然后坐在书桌前与我正在交缠着的作品里的人物对话，心里竟有一种尤为沉静的感觉，白鸽哺育幼鸽的动人的情景，有形无形地渗透到我对作品人物的气性的把握和描述着的文字之中。

又是一个美丽的早晨，我在往地上撒下一把玉米粒儿的时候，两只白鸽先后飞下来，它们显然都瘦了，毛色也有点儿灰脏有点儿邋遢。我无意间往墙上的纸箱一瞅，两只幼鸽挤在四方洞口，以惊异稚气的眼睛瞅着正在地上啄食的父亲和母亲。那是怎样漂亮的两只幼鸽哟，雪白的羽毛，让人联想到刚刚挤出的牛乳。幼鸽终于长成了，所有可能发生的意外或不测的担心顿然化解了。

那是一个下午，我准备到河边上去散步，临走之前给白鸽撒一把玉米粒儿，算是晚餐。我打开后门，眼前一亮，后院的土围墙的墙头上，落栖着四只白色的鸽子，竟然给我一种白花花一大堆的错觉。两只老白鸽看见我就飞过来了，落在我的肩头，跳到手臂上抢啄玉米。我把玉米撒到地上，抖掉老白鸽，好专注欣赏墙头上那两只幼鸽。

两只幼鸽在墙头上转来转去，瞅瞅我又瞅瞅在地上啄食的老白鸽，胆怯的眼光如此显明，我不禁笑了。从脑袋到尾巴，一色纯白，没有一根杂毛，牛乳似的柔嫩的白色，像是天宫降临的仙女。是的，那种对世界对自然对人类的陌生和新奇而表现出的胆怯和羞涩，使人顿时生出诸多的联想：刚刚绽开的荷花，含珠带露的梨花，养在深山人未识的俏妹子……最美好最纯净最圣洁的比喻仍然不过是比喻，仍然不及幼鸽自身的本真之美。这种美如此生动，直教我心灵震颤，甚至畏怯。是的，人可以直面威胁，可以蔑视阴谋，可以踩过肮脏的泥泞，可以对叽叽咕咕保持沉默，可以对丑恶闭上眼睛，然而在面对美的精灵时却是一种怯弱。

小白鸽和老白鸽在那幢破烂失修的房脊上亭亭玉立。这幢由家族的创业者修盖的房屋，经历了多少代人的更替而终于墙颓瓦朽了，四只白色的鸽子给这幢风烛残年的老房子平添了生机和灵气，以至幻化出家族兴旺时期的遥远的生气。

夕阳绚烂的光线投射过来，老白鸽和幼白鸽的羽毛红光闪耀。

我扬起双手，拍出很响的掌声，激发它们飞翔。两只老白鸽先后起飞。小白鸽飞起来又落下去，似乎对自己能否翱翔蓝天缺乏自信，也许是第一次飞翔的胆怯。两只老白鸽就绕着房子飞过来旋过去，无疑是在鼓励它们的儿女勇敢地起飞。果然，两只小白鸽起飞了，翅膀扇打出啪啪啪的声响，跟着它们的父母彻底离开了屋脊，转眼就看不见了。

我走出屋院站在街道上，树木笼罩的村巷依然遮挡视线，我就走向村庄背靠的原坡，树木和房舍都在我眼底了。我的白鸽正从东边飞翔过来，沐浴着晚霞的橘红。沿着河水流动的方向，翼下是蜿蜒着的河流，如烟如带的杨柳，正在吐絮扬花的麦田。四只白鸽突然折转方向，向北飞去，那儿是骊山的南麓，那座不算太高的山以风景和温泉名扬历史与当今，烽火戏诸侯和捉蒋兵谏的故事就发生在我的对面。两代白鸽掠过气象万千的那一道道山岭，又折回来了，掠过河川，从我的头顶飞过，直飞上白鹿原顶更为开阔的天空。原坡是绿的，梯田和荒沟有麦子和青草覆盖，这是我的家园一年四季中最迷人最令我陶醉的季节，而今又有我养的四只白鸽在山原河川上空飞翔，这一刻，世界对我来说就是白鸽。

这一夜我失眠了，脑海里总是有两只白色的精灵在飞翔，早晨也就起来晚了。我猛然发现，屋脊上只有一双幼鸽。老白鸽呢？我不由得瞅瞄天空，不见踪迹，便想到它们大约是捕虫采食去了。直到乡村的早饭已过，仍然不见白鸽回归，我的心里竟然是惶惶不安。这当儿，舅父走进门来了。

“白鸽回老家了，天刚明时。”

我大为惊讶。昨天傍晚，老白鸽领着儿女初试翅膀飞上蓝天，今日一早就飞回舅舅家去了。这就是说，在它们来到我家产卵孵蛋哺育幼鸽的整整两个月里，始终也没有忘记老家故巢，或者说整个儿两个多月孵化哺育幼鸽的行为本身就是为了回归。我被这生灵深深地感动了，也放心了。我舒了一口气：“噢哟！回去了好。我还担心被鹰鹞抓去了呢！”

留下来的这两只白鸽的籍贯和出生地与我完全一致，我的家园也是它们的家园；它们更亲昵地甚至是随意地落到我的肩头和手臂，不单是为着抢啄玉米粒儿；我扬手发出手势，它们便心领神会从屋脊上起飞，在村庄、河川和原坡的上空，做出种种酣畅淋漓的飞行姿态，山岭、河川、村舍和古原似乎都舞蹈起来了。然而在我，却一次又一次地抑制不住发出吟诵：这才是属于我的白鸽！而那一对老白鸽嘛……毕竟是属于老舅的。我也因此有了一点点体验，你只能拥有你亲自培育的那一部分……

当我行走在历史烟云之中的一个又一个早晨和黄昏，当我陷入某种无端的无聊无端的孤独的时候，眼前忽然会掠过我的白鸽的倩影，淤积着历史尘埃的胸脯里便透进一股活风。

直到惨烈的那一瞬，至今依然感到手中的这支笔都在颤抖。那是秋天的一个夕阳灿烂的傍晚，河川和原坡被果实累累的玉米棉花谷子与各种豆类覆盖着，人们也被即将到来的丰盈的收获鼓舞着，村巷和田野里泛溢着愉快喜悦的声浪。我的白鸽从河川上空飞过来，在接近西边邻村的村树时，转过一个大弯儿，就贴着古原的北坡绕向东来。两只白鸽先后停止了扇动着的翅膀，做出一种平行滑动的姿态，恰如两张洁白的纸页飘悠在蓝天上。正当我忘情于最轻松最舒悦的欣赏之中，一只黑色的幽灵从原坡的哪个角落里斜冲过来，直扑白鸽。白鸽惊慌失措地启动翅膀重新疾飞，然而晚了，那只飞在头前的白鸽被黑色幽灵俘掠而去。我眼睁睁地瞅着头顶天空所骤然爆发的这一场弱肉强食、侵略者和被屠杀者的搏杀……只觉眼前一片黑暗。当我再次眺望天空，唯见两根白色的羽毛飘然而落，我在坡地草丛中捡起，羽毛的根子上带着血痕，有一缕血腥气味。

侵略者是鹞子，这是家乡人的称谓，一种形体不大却十分凶残暴戾的鸟。

老屋屋脊上现在只有一只形单影孤的白鸽。它有时原地转圈，发出急切的连续不断的咕咕的叫声；有时飞起来又落下去，刚落下去又飞起来，似乎惊恐又似乎是焦躁不安；我无论怎样抛撒玉米粒儿，它都不屑一顾更不像往昔那样落到我肩上来。它是那只雌鸽，被鹞子残杀的那只是雄鸽。它们是兄妹也是夫妻，它的悲伤和孤清就是双重的了。

过了好多日子，白鸽终于跳落到我的肩头，我的心头竟然一热，立即想到它终于接受了那惨烈的一幕，也接受了痛苦的现实而终于平静了。我把它握在手里，光滑洁白的羽毛使人产生一种神圣的崇拜。然而正是这一刻，我决定把它送给邻家同样喜欢鸽子的贤，他养着一大群杂色信鸽，却没有白鸽。让我的白鸽和他那一群鸽子合帮结伙，可能更有利生存；再者，我实在不忍心看见它在屋脊上的那种孤单。

它还比较快地与那一群杂色鸽子合群了。

我看见一群灰鸽子在村庄上空飞翔，一眼就能辨出那只雪白的鸽子，欣慰我的举措的成功。

贤有一天告诉我，那只白鸽产卵了。

贤过了好多天又告诉我，孵出了两只白底黑斑的幼鸽。

我出了一趟远门回来，贤告诉我，那只白鸽丢失了。我立即想到它可能又被鹞子抓去了。贤提出来把那对杂交的白底黑斑的鸽子送我。我谢绝了。

又过了一些日子，失掉我的两只白鸽的情感波澜已经平静，老屋也早已复归平静，对我已不再具任何新奇和诱惑。我在写作的间隙里，到前院浇花除草，后院都不再去了。这一天，我在书桌前继续文字的行程，窗外传来了咕咕咕的鸽子的叫声，便摔下笔，直奔后院。在那根久置未用的木头上，卧着一只白鸽。是我的白鸽。

我走过去，它一动不动。我捉起它来，它的一条腿受伤了，是用细绳子勒伤了的。残留的那段细绳深深地陷进肿胀的流着脓血的腿杆里，我的心里抽搐起来。我找到剪刀剪断了绳子，发觉那条腿实际已经勒断了，只有一缕尚未腐烂的皮连接着。它的羽毛变成灰黄，头上沾着污黑的垢甲，腹部黏结着干涸的鸽粪，翅膀上黑一坨灰一坨，整个儿污脏得难以让人握在手心了。

我自然想到，这只丢失归来的白鸽是被什么人捉去了，不是遭了鹞子。它被人用绳子拴着，给自家的孩子当玩物？或者连他以及什么人都可以摸摸玩玩的？白鸽弄得这样脏兮兮的，不知有多少脏手抚弄过它，却根本不管不顾被细绳勒断了的腿。我在那一刻突然想到，它还不如它的丈夫被鹞子扑杀的结局。

我在太阳下为它洗澡，把由脏手弄到它羽毛上的脏洗濯干净，又给它的腿伤敷了消炎药膏，盼它伤愈，盼它重新发出羽毛的白色。然而它死了，在第二天早晨，在它出生的后墙上的那只纸箱里……

1996 年 8 月 16 日于西安

遇合燕子，还有麻雀

燕子来了。

刚一打开门，燕子就飞过来，“叽叽叽叽”吵叫着，在过庭的四周旋飞，自然是寻找可以筑巢的地方。有时候多到十余只，在前屋后屋的过庭和屋檐下旋转。整个儿屋院里，呈现熙熙攘攘热热闹闹的气氛。无论在南方或在北方，燕子都被平民视为吉祥的美和善的形象，也是春天的象征。尽管寒风依旧刺脸，尽管冰雪封冻枯草遍地，心里却已洋溢着春天的气息了。燕子都来了啊！

拒绝燕子，我便闭了前门，也关了后门，不许燕子到屋内筑巢。我十分喜欢这种洋溢着吉祥洋溢着善良的鸟儿，却又不得不硬着心肠拒绝它们进屋，确是无奈的事。

二十世纪八十年代某一年，小燕子在我刚刚建成的前屋里寻觅栖息之地，最后选定了装着电灯开关的那个圆形木盒子，据此便衔泥筑窝。我和妻子与孩子都怀着一份欣喜，在新屋里添一对喜气洋洋的燕子，于心理上似乎平添了一份令人舒悦的吉祥气氛，都十分珍爱十分欢迎这一对客鸟。很短几天，小燕的窝巢极快地长高着，令我惊讶，曾戏谑简直是深圳速度啊！那时候，深圳建筑业挣脱了中国建筑行当习以为常的慢腾腾，以几天建一层楼房的高速度震惊了中国，被誉为深圳速度，也成为中国经济改革的一个形象化的代名词。我同时也发现了不妙：燕子用泥筑成大半的窝上，夹杂着一枝枝细长的草枝草叶，悬吊在空中，看上去乱糟糟脏兮兮的。印象中燕子是用纯粹的河泥造窝的，怎么会夹杂这么多草枝？问及村人，老者说，燕子有两种，一为瑚燕，用纯粹的河泥筑窝；一为草燕，用杂合着草枝草叶的河泥造窝。我才大开眼界，知道燕子中也有精致和粗糙的类别。

在我新屋里筑巢的这一对燕子，无疑是属于粗糙类的草燕一种了。但终归是燕子，粗糙就粗糙一点儿吧，我自己其实也不属于精致雅细之人，粗糙的人和粗糙的燕子正好合拍，正好可以为邻为伍，谁也不必嫌烦谁。到得这一对燕子夫妇开始轮换卧巢孵卵的时候，我又发现了不妙。墙上开始出现黑一道黄一道的排泄物。留心观察发现，卧巢孵蛋的燕子后急了，便把屁股撅出窝口，完了事又钻进窝去继续孵蛋，墙上就流下来一道儿秽物。我就觉得不能容忍，粗糙也不能粗糙到这种程度嘛！然而还是容忍了，主要是因为那窝里正在孵化的两枚蛋，说不定小燕就要破壳而出了呢。家人已多怨言，说没见过这样又懒又脏的燕子。怨归怨，嫌归嫌，只盼小燕尽早出窝离巢。

及至雏燕出壳，及至嫩雏逐渐长大羽丰，食量与日俱增，排泄量也同步增加，整个儿那一片墙壁，已经被燕粪涂抹得不堪入目，地上也落着脏物。每有客人来，迎面看见这幅景象，总是说把窝捣了，太不像样子了。我忍耐着那份惨不忍睹，承受着那份脏，直到发现雏燕已经出窝试飞，终于下了逐客令……因为实在无法辨别瑚燕和草燕，便闭了门，一律拒绝燕子进屋，有点儿因噎废食的简单。

拒绝燕子，另有一个更硬的原因。我一个人住在这个祖居老屋里，常有出门的时候，短则一日，长则十天半月，走了就得锁门，燕子苦心巴力筑巢育雏，都会前功尽弃，甚或虐杀幼雏。即使精致的瑚燕，也无法容留。然而心里确实期盼能有一对瑚燕为邻为友，每天"叽叽啾啾"呢喃着，添一分生气和祥和。

真是令人喜出望外的事。早春时节去南方十天，回到原下老家时，我的第一发现，就是有燕子择定了居地。在前屋的后檐下，在那个粗大的挑梁和后墙构成的三角地带，有一个正在建筑着的燕窝。我一眼就看出来，那窝纯粹是用细腻的河泥垒堆的，一根一丝杂草也不见，据此可以断定属于精致的瑚燕了。它选择的地方也太好不过，无论我在家或出外，都不妨碍它筑窝和将来育雏。

又是深圳速度。两只燕子轮番衔着泥回来，把泥团搭在茬口上，歪着小脑袋左按一下，右按一下，然后就飞走了。我很奇怪，一团一团的河泥里掺着细沙，本是很松散的，比普通黄泥的黏合力差得远了，怎么会黏结得牢靠？似乎村人说过，燕子嘴里自含胶。是说燕子的口腔里分泌一种可以使泥团增强黏结力的液体。无法验证，不得而知，反正那窝与日俱增着，速度极快。我在暗自庆幸遇合了这一对精致的瑚燕的愉快心境里，看着专心致志忙忙碌碌筑巢的燕子，常常浮出幼年的一幅难忘的情景来。

大约是我刚刚入学启蒙，还没有认下几个字的时候。某天放早学回家，看见父亲在后屋明间的脚地上锯一块小小的薄板，比我的课本大不出多少。我便问，锯这板干什么？父亲说给燕子架一个垒窝的台板。他说有一双燕子在屋梁上飞来飞去，有两三天了，估计找不到可以落泥垒窝的台板。叔父在一边不经意地说：等你给燕儿把台板架好了，它又不来了。父亲自顾自做着，在刨光的木板的一面，用毛笔写下四个大字，并问我：你都算是学生了，认不认得这几个字？我丝毫也不觉得难堪，因为父亲其实也明白我不可能认识这四个笔画很繁杂的汉字。他有点儿扬扬得意地念道：喜燕来朝。他继续以扬扬得意的口吻给我讲说，燕子是吉祥鸟，也是喜鸟善鸟，在谁家垒窝是喜事。我便问“朝”是什么意思。父亲嗯了一声，朝嘛也不敢说朝拜，咱是穷家百姓……叔父已经走开了。他几乎是个文盲，大约不屑看取父亲咬文嚼字的做派。然而父亲随之端来木梯，先在檩木上砸进两枚生铁方钉，再把木板架上去，又用细绳捆扎牢靠。我在梯子旁边瞅着“喜燕来朝”那四个悬在空中的毛笔字，积着灰尘结着隔年蛛网的老房旧梁，似乎顿然有了可期待的灵气了。母亲在催过我和父亲吃饭之后，随口说出几句关于燕子的歌谣：不吃你家米，不脏你家地，只借你家高房垒窝育儿女，也给你家添份喜……

我对燕子最初的认知和记忆，就是这天早晨留下的。父亲精心搭置的木板平台，真的招来了一对燕子。后来怎么垒窝、孵卵、育雏，年代久远，已不甚了了，只是清楚地记得，那对燕子不仅自己不在窝口拉屎，连它们孵出的雏燕的排泄物，也都转移到屋院以外的野地里去了。父亲说，燕子叼着虫回到窝喂小燕，出窝时就把小燕拉的屎叼走了，燕子这鸟比有些人还通灵性儿。这是事实，在写着“喜燕来朝”的木板上筑成的燕窝下面的脚地上，从来也没见过一次秽物，直到雏燕出窝。几十年后我才知晓，燕子中还有既脏地又脏墙令人生厌的草燕一类。据村人说，现在的燕子比过去多多了，村里好多人家都有燕子垒窝，十之八九都是粗糙的草燕，弄得屋里脏兮兮的，又不忍心赶出门去。珈燕已经少得不成比例，越显得珍贵，也越难遇合了。我多庆幸啊！

看着最后一团湿泥干涸，再不见有新的湿漉漉的河泥垒加，我就明白燕子的这个建筑物大功告成了。这是怎样奇妙的一幢鸟类的伟大建筑啊：贴着墙的一面逐渐悬吊下去，形成一个小小的兜儿，然后又缓缓地朝前往上垒上去，最后收成一个仅仅容得燕子出入的小口。我便可以推想，那个悬吊在最下部的兜儿，肯定是为产卵设计的，卵不至于乱滚，雏燕藏在这个兜底儿，恰如一个四面设围的摇篮，避免了瞎滚瞎爬而掉出来摔死的危险。这个燕窝是倚赖挑梁和墙壁平面屋檐的三角地带垒成的，根本没有像我父亲在屋梁上架设的木板做基础，也没有十余年前那对草燕在前屋电灯开关的木盒上垒窝的依托，难度就很大了。这是一个完全悬空的建筑。这是燕群里的一对建筑大师出神入化的杰作，令我叹为观止。可以断定，这是它们的父母无法教给它们的方法和技巧，也是无法从它们的同类那儿模仿的，因为根本不存在完全相同的垒窝筑巢的环境，一切都得依据具体环境提供的可能性，去构思去设计去施工。由此可以推想每一对燕子的每一次筑巢，都是一次重新开始的全新的创造，无法仿效同类，也无法重复自己。

我察觉新垒的燕窝呈现出一种静谧，只有一只燕子在屋院里偶尔掠过，估计这是那只公燕，母燕静卧新巢产卵了。我无意间也就放轻了脚步，出入后门走过头顶的那个神秘的燕窝时，自然生出一缕拘谨，生怕惊扰了它。想到再过一些时日，那神秘的窝巢里将会传出雏燕争食的声音，该是多么美妙哦。

外出一周回到原下，打开已经积尘的铁锁，首先想看一看前屋后檐下的燕窝，似乎没有任何动静。我便想到，可能正在产卵或孵卵哩，不到饿极或后急，燕子是不会出窝的。几天过去了，我竟然没有发现燕子一次出入其巢，便有些疑惑，担心也就潜生了。后来就站在较远处的后屋前门口耐心等候，许久仍不见燕子出入的踪迹，倒是有两只甚至多只燕子出入前屋和后屋的大门，或在屋院上空旋飞，却不见进出窝口，这是怎么回事呢？又过了许多天，我终于断定，这个燕窝已是一个空巢，心里竟冷寂起来，猜想这对精心设计苦力构建了窝巢的燕子，不可能另择栖地重筑新巢，也不可能是被孩子虐杀，因为即使最捣蛋的孩子，也不会捉燕子的。我唯一能想到的是农药的绝杀。然而这个时节的乡村里，麦子已经接近成熟，早熟的水果都是不再施洒农药的。然而也不敢肯定，说不定什么人在菜园里喷了药汁……无论这种猜测的可靠性几何，结果却是不可改变的残酷，燕子确凿没有了，难得遇合的不脏我家地的瑚燕。

我的心里渐渐平复，在后屋里继续我写字或看书的事。某日中午，我撂下钢笔点燃一支卷烟，透过窗户玻璃无意朝前看去，看到一只麻雀从前屋后檐下飞出来，心里一惊，用水泥板构建的前屋后檐，没有任何鸟雀可以落脚的东西，这麻雀是不是从燕窝里飞出来的？我便走出后屋前门，站在台阶上想看个究竟。待了许久，再也看不到麻雀进出燕窝的奇迹发生，便想到刚才可能恰恰看见了一只从屋檐下掠过的麻雀，怪我多疑了，便重新拾起钢笔。

当我再次点烟的时候，无意间又看见了从前屋后檐下飞出一只麻雀。这回我没有走出门去，就隐蔽在原位上隔着窗玻璃偷窥，果然，一只麻雀从屋檐上空折转下来，钻进那个燕窝里去了。我几乎脱口而出，雀占燕巢，千古奇观。随之就放声大笑了，笑得我都岔住气了。我读书读到有趣处时哑然失笑，是常有的事，有时候一个人走路想着某些滑稽可笑的事或人，也会暗自发笑。然而像这样的忍俊不禁的大笑，而且是我一个人独居着的偌大空寂的屋院，却是绝无仅有的事。真是不可思议！好你个麻雀兔崽子！任谁都知道鸠占鹊巢的故事，然而恐怕没有谁如我有幸亲眼看见雀占燕巢的滑稽了。那么精美的燕窝里，现在飞出来又钻进去的，竟然是土头灰脑的麻雀。乡村人惊奇这类不可思议的怪事时常说，奇哉怪哉，楸树上结串蒜薹。现在恰好可以套用乡村人的这个句式，奇哉怪哉，燕窝里飞出麻雀。我突然想到那位诡秘奇思的天才作家蒲松龄，编尽了天下妖魔鬼怪的奇事逸闻，怕是也想不到麻雀竟会占据燕巢。我听说过蛇和老鼠钻进燕窝偷食燕蛋的事，并不为奇，只觉得残忍。然而麻雀怎么可能欺侮燕子呢？

在鸟儿的王国里，有益鸟和害鸟之分，这是人类按鸟的习性对自身的利害而做出的划界。如果就鸟儿王国本身而言，有食肉类和以草虫为食物的区分。食肉一类的鸟如鹰、鸠、雕、鹞等，以捕杀各种鸟儿和小型动物营养自己，甚至凶残暴戾到敢于攻击人类，它们是鸟类王国里的希特勒和日本鬼子。以各种植物的叶子和果实或小虫为食物的鸟儿，是鸟类王国里的“各民族人民大众”，在广阔的大地上寻觅自己喜好的嫩叶、种子和虫子，互不干扰互不威胁和平共处。鸠占鹊巢就是鸟类王国里恶对善的欺凌。鸠是嗜血成性的凶鸟，而鹊是被人作为报喜禳灾的喜鸟而钟爱的。

我却突发奇想，鸠残忍地捕杀喜鹊一类善鸟可能是时时发生的事，而鸠霸占喜鹊窝巢的事恐怕谁也没有目睹过。我见过无数的喜鹊窝巢，是鸟类中最不讲究最潦草的一种，用比较粗硬的树枝杂乱无章地搭压在一起，疏漏如同罗眼。这样的窝，鸠怕是看不到眼里的。鸠占鹊巢无非是喻示恶对善的欺凌，强武对弱势的霸道，没有谁去考察鸠是否真的霸占过鹊的窝巢。

麻雀却霸占了燕子的窝巢，我已先睹为快。

麻雀在鸟类王国里，无疑属于弱势一族中的弱势，那么小的体形，对任何鸟儿都不会构成威胁。在人类的眼里，不该被视为与人争谷的害鸟而曾被动员起来的六亿人民（一九五八年全国人口）围歼，即使为其平反之后，人们也没有太在乎过它，小孩子们的弹弓首先瞄准的还是麻雀。这个被凶鸟欺压也被人类轻贱着的小小麻雀，却可以欺侮燕子。而燕子在人的眼里和心里，自古都是颇为高贵的可以享受“喜燕来朝”架板的贵宾。如果用人类拳击的规则来度量，麻雀和燕子属于同一个量级，大约都不过零点一公斤的体重吧。然而麻雀却可以以武力霸占燕巢，怕是燕子生性太善也太娇弱了……我这样推测。

我把这个类似“楸树上结了蒜薹”的奇事讲给村里人，听者哈哈一笑便解谜了。村人说，麻雀根本不会和燕子动武。麻雀只要往燕子窝里钻一回，燕子就自动给麻雀把窝腾出来了。为啥？麻雀身上的臊气把燕子给熏跑了。燕子太讲究卫生了，闻不得麻雀的臊气。

哦！这又是我料想不到的学问，一个令我惊心的学问。

鸠以武力霸占鹊巢，如同人类历史中大大小小的臭名于世的侵略者，人们恐惧他们的暴力，却不奇怪他们曾经的出现和存在。然而麻雀呢？虽不具备如鸠一样的强力和嗜血成性的残暴，却可以用自身的腥臊气味把太过干净的燕子恶心一番，逼其自动出逃，达到如鸠一样霸占其巢的目的，而且不留鸠的恶。由此类推到自然界，如若蛆虫爬进了蚕箔，蚕肯定会窒息而死，其实蛆对蚕是不具备攻击力的。如若把一株臭蒿子栽到兰花盆里，后果将不言而喻。再推及人类社会生活中的臭与香、丑与美、恶俗与高雅、鸨婆与林黛玉、泼皮无赖与谦谦君子，其实是不必交手结局就分明了。

这倒成为我开心的一大景观。我站在台阶上抽烟，或坐在庭院里喝茶，抬头就能看见出出进进燕窝的麻雀的得意和滑稽，总忍不住想笑。起初，麻雀发现我站着或坐在院里，还在屋檐上或墙头上窥视，尚不敢放心放胆地进入燕窝，一旦我转身进屋，“刺溜”一声就钻进去了，还有点儿不好意思的心虚，显现出贼头贼脑的样子。时间一久，大约断定我其实并不介入它占燕巢的劣行，就变得无所顾忌的大胆了，无论我在屋里或檐下，它都自由出入于燕窝。我也就对麻雀吟诵：放心地在燕窝里孵蛋，再哺育小麻雀吧！毕竟也还是一种鸟咯！

2002 年 7 月 9 日于原下

我经历的狼

几个根系都扎在乡村的朋友遇到一起，很随意也更自然地慨叹着生活发生的急促到不敢想象的变化，由此而不由自主地感慨童年时期乡村生活的艰难，有人说到一块糖疙瘩留下的难忘的记忆；有人说到他直到进县城寄宿读中学时，晚上睡觉脱裤子时才发现别人穿着贴身衬裤，回家哭闹着要母亲赶制一条；有的人说他和一位女同学同坐一条长凳同趴一张课桌整一个学年，竟然发现没有说过一句话，甚至不敢正眼看对方一眼，往往是伪装看书用眼角的余光偷瞄一眼，如此等等。这些旧时生活经历的细节，几乎是一人道来人人呼应，都有过同样的或类似的经历。其实不难理解，那时候关中乡村乡民的生活情况大同小异，如上三种在今天几乎是不可思议的事，在我都经历过也发生过，那时候寻常存在的生活世相，今天竟有恍若隔世之感，却又如此鲜活，如在昨天发生。

这种老朋友老同学老乡党的聚合，没有任何主题话语，纯粹闲聊，想到哪儿就说到哪儿，一种再轻松不过的气氛，再加上几杯酒下肚，情绪愈加亢奋，往往发生几个人同时说话各说各的人生际遇以及感慨。我往往在这种境况里省下口舌，享受听的乐趣，却也有控制不住的时候，便是有人说到了狼。几个人都争抢着说到自己幼年遭遇狼的险事和趣事，我也加入了说狼的旧话之中。朋友中竟有人插话说，你能写文章，把你这些狼的故事写出来，挺有意思。我曾动过此念，之后又觉得意思不大，便拖下来。前几日在电视上看到一个说狼的短片，业已沉寂的写狼的兴趣又发生了。

自有生活能力的幼稚时期，我对自己生活的世界最早产生的恐惧来自两种东西，一是狼，另一个是鬼。印象里对狼的恐惧肯定早于鬼，先说狼，暂且搁置鬼的故事。

小时候闹性子耍脾气，父母顺口一句恐吓的话，狼来了。尤其是晚上，玩得兴奋不安生睡觉，或是因什么不高兴的事使性子，父母没招儿了就请出狼来吓唬我。狼是什么样子无法想象，恐惧的效应却在心里形成了。我对狼的近距离感知，发生在十三四岁的时候。

那年实行了农业合作化，劳动分红需得等到年底，父母平时只顾在农业社出工干活儿，属于自己的土地和土地上的物产都归集体了，自然没有任何经济收入了。家里总不能缺盐，醋可以由母亲酿造，也难免头疼脑热去看病买药，还有我和家兄的学费，都得花钱。父亲想到了养猪，猪养肥杀了卖肉，或是把肥猪卖给屠户，都会赚一点儿利钱。父亲在后院垒了猪圈，春天买回一只小猪，放进猪圈。那个猪圈的上方，横着搭了几根木棍，上边又架着一束一束从坡坎上砍下来的满身长刺儿的野酸枣棵子，是为防狼跳进猪圈咬小猪的。在猪圈的外墙上，用当地出产的一种白土化成浆水画了几个圆圈，据说狼怕钻圈。其实，村子里凡养猪的人家，猪圈四周和上边都是这种防狼的措施。然而，不妙的是，把小猪放进猪圈仅仅半天一夜的第二天早晨，父亲便在猪圈外边的地面上发现了狼的蹄印。尽管小猪安然幸免，父亲仍断然采取措施，白天把小猪关进猪圈，晚上把小猪放出来安置到屋子里，在后门左侧的木梯下的墙拐角，铺了一层黄土，又撒了一撮稻草，小猪便卧在那里过夜。

我那时在城里读初中，寄宿学校，周六晚上才回家一次。有天晚上睡到半夜，我被敲击后门的响声惊醒。父亲却依旧打着鼾声。我摇醒父亲说谁在敲门。父亲随口不在意地说："是狼。"我不由得"啊"的一声，睡意全吓跑了。父亲便告诉我，自打把小猪安置到后门门内的墙角，夜里时不时就有狼来守在后门口，初发生门被撞响的头两次，他手抓一根木棍，拉开后门门闩时，狼便蹿上后门外的白鹿原坡上了。他曾在月光下看见慌急逃窜的狼的身影，佯装追赶几步，吓一下狼，多少能安生几晚。过不了十天半月，狼又来了，又把后门板弄得咣咣当当响，他不仅懒得招理，而且照睡不醒。父亲告诉我，狼能够在很远的原坡上闻到猪的气味，总想吃猪。父亲还告诉我，狼是用屁股碰撞后门板，狼是铜头铁尻子（屁股）豆腐腰，打狼要打腰。

说罢，又睡着了。

我却睡意全无，似乎心还在慌跳着。后门板停住了响声，大约是狼听见了父亲说话的声音。当父亲睡着不久，后门板又响起来，我更加害怕了，从我睡觉的后屋的炕，到后门不过几步，狼就在后门外用屁子碰撞后门，门板响几声，卧在后门内的猪就发出却也不甚惊慌的一两声哼哼。我怎么也睡不着，想象着狼的发着绿光的眼睛，龇着长牙的大嘴，越想越怕越睡不着。我又摇醒父亲。他披衣下炕，懒得开后门，只听他用脚把后门板蹬得山响，就回屋睡下了。后门再未发出响声，狼吓跑了。我缓了好久才睡着。

到这年冬天放寒假时，这头猪已长成一头大肥猪了，正在加精料追肥，不久就该卖掉或宰杀了。我几乎每天晚上半夜时分都能听到狼用屁子碰撞后门板的响声，竟然也不再发生惊吓睡不着的事了。有一晚，又被狼碰撞后门板的声响惊醒，我竟然想和狼有一个短距离接触的冒险举动，捞起父亲常备的那根木棍，走到后门口，本想拉开后门敲那只恶作剧的狼一棍子，但到后门前却胆怯了，万一在我拉开后门板的一瞬间，那馋急了的狼朝我扑来怎么办？我便学着父亲的做法，用脚猛蹬后门板，狼逃走了。这是我与狼的最短距离的接触，之间仅隔两扇门板。过了几天，杀了肥猪，再也听不到夜半狼用屁子撞碰后门板的响声了，我竟觉得有点儿寂寞，似乎缺失了什么。

早在一年前的冬天，还经历过一回狼的故事，不是发生在通常的乡野，却是发生在省会城市西安。我刚刚考上初中，新建的校舍尚未完工，便把新招的四个班级的学生临时安排在一所停歇的教堂里。教堂在西安城东门外的东关北边一条狭窄的小巷里，倒也清静，是一方听讲写字的好地方。教堂的后门外，是一块很大的平场，有一孔早已废弃的砖窑，可以判断这儿曾经是一个制砖烧砖的场地。有人在这里养了一群羊，用很简陋的围栏围住羊群，养羊人自己食宿在废弃的也很破旧的砖窑里。教堂的后门外设置男女厕所，我和同学一天几次走出后门去方便，不久也就看出过去的砖场，现在的“牧场”上的生活景象，大约在太阳出来许久，养羊人才赶羊出场（据说羊吃不得有露水的草）到野外去放牧。太阳落山时，他又把吃饱了牧草的羊拦回“牧场”，圈进围栏里。入学时看见的小半大羊，眼看着到冬天就长成大羊了。

临近寒假，正是关中地区最寒冷的数九季节。我在某日早晨进入教室开始早读，听班里同学说，昨晚“牧场”上的羊被狼咬死了两只。我架不住好奇，和一个同学跑出教堂后门，头一眼就看见，放羊汉子正在持刀剥着羊皮，那羊是倒挂在一根凌空架起的横杆上，并排挂着两只，一只已经剥光了皮，鲜红的肉体，且已开膛，内脏就堆在脚旁边的一只木盆里，正在剥离这一只羊的羊皮。我闻到一股血腥味儿，却也没问羊的主人，想来昨天夜里发生狼咬死羊的惨事是无疑的了。

这是一九五五年的冬天，西安城东门外的东关北边一条小巷里发生的狼咬死羊的事。顺便简介一下那时的西安古城的格局。西安古城有一圈虽则破旧却基本完整的明代修筑的城墙，墙顶上可以对开汽车，足见其雄厚。西安城中心有钟楼鼓楼作为标志，以此展开东西南北四条大街，也就有了东门西门南门北门四道大城门。四道城门外仍然延续着城市的格局，分别为东关西关南关北关，比之四道城门内的四条大街的规模自然小而短得多了。我在一九五五年看到的东关的东面南面和北面都是庄稼地，这里那里散落着村庄，却不与东关里的城市人混居。就在东关的北面的小巷里，庄严肃静的教堂后门外，竟然有狼光顾，且咬死了两只即将出栏的肥羊，约略可以想到五十多年前古城西安的一斑。我曾猜想，说不准那野狼完全可以蹿进东门，在东大街乃至钟楼鼓楼下转悠觅食……在我却是看到了弱肉强食的直观现场，竟然是在城市范围内的教堂后院。

我第一次看见狼，是在两年后的一天早晨。我上初中三年级时，转学到离家较近的一所中学，约二十华里，依旧继续着背馍寄宿的生活。已成规律的生活秩序，是周六下午放学回家，周日下午背着母亲蒸好的馍上学，绝大部分的农村学生都是这样求学读书的，不仅不以为只啃干馍喝白开水的生活艰苦，而且对国家给予的上中学的机会心怀感恩。记不得那个周日下午因何故未能返校，周一天不明便起身背馍赶路，那时没有公交车，更不敢奢望自行车，只有步行，却也习以为常。因为天尚未明，父亲便陪我赶路，主要担心是怕遇见狼，那时候拦路打劫的凶事几乎闻所未闻。

暑末秋初的灞河川道的黎明时分，弥漫着一层白色的水雾。路上不见行人。过了一个马家村，也未遇见一个早起的村人。出马家村要翻一道流沙沟，很深，仅有一步宽的小道，这是传说中多有野狼出没的地方，往往使人有阴森的心理压迫。有父亲相陪，我只顾走路，没有任何恐惧，下沟再上沟丝毫也不觉得累，只怕迟到，尤其是陌生的新学校的开学第一天。不觉间翻上流沙沟对面的平地，天色有亮光了。父亲突然惊叫一声，狼！我吓得当即收住脚步，便看见离我们不过十来步远的谷子地头，有两只狼，灰黄色。两只狼在谷子地头的流沙沟边上嬉戏，这只跳起来扑向那只，那只歪头躲过，纵身跃起又扑向这只。狼肯定看见了父亲和我，却不逃走，依然戏耍着。人说虎不失威，我直接看到了的狼也不失威。父亲似乎不甘于就此走掉，顺手在地上捡起两块石头，接连朝狼扔去。那两只玩得正开心的狼并不惊慌，却也终止了嬉闹，缓缓慢跑着朝北边去了，给人以悻悻的感觉。这是我平生唯一一次在乡野间和狼的遭遇，距离很近。有父亲在身边，短暂的惊怕很快过去，我又真实体验了父亲存在的意义。再说，那两只戏耍着的狼，没有任何凶猛残忍的外相，和我见惯了的戏耍的狗儿乎没有差别。这是一九五八年九月初“大跃进”正热火的年月的一次奇遇，这年我十六岁。

这时候，我尚无在生产队参加劳动挣工分的资格，每逢学校放假，寒假时到坡上拾柴火，暑假也是到坡上割草，可以挣工分。这里所说的坡，就是地理上白鹿原的北坡，起伏有急有缓，形成一条连着一条的大沟浅峪；舒缓的坡地上被先人们开垦为田地，种植小麦；陡峭的坡坎和沟峪里只能生长荆棘和野草，间有杂树。我和伙伴拾柴割草的时候，常常能发现狼拉下的新鲜粪便。狼的粪便很容易辨认，常常挟裹着白色的羊毛和黑色的猪毛，任何其他动物不会拉出这种粪便来。可以想到，就在昨夜，狼从这里走过，不由得心里发紧，偶尔还会看到被狼撕扯破烂的小孩儿的衣裤，那是不幸早夭的孩子因为埋得浅，被狼刨出来了，却不见残骨，我常被吓得不敢多看一眼。后来的许多年间，时不时会听到村人中间的传闻，临近哪个村子什么人家的猪或羊被狼咬死了，或叼走了，甚至偶尔传闻吓人的惨事，什么村什么人家的小孩儿被狼伤害了。这样积久的传闻，即使无意，也在加深着对狼的印象，凶残。

大约到了“文革”发生的第二年，我所工作和生活的西安东郊地区，也和西安其他地区一样激烈着造反夺权的风潮，几乎是村村社社无宁日。与这里那里不断发生的武斗相映成趣的是，有两只狼似乎也被疯狂的社会气氛感染了，到处为非作歹，前日咬死了坡上某人家的猪，昨天夜里又叼走了河川一户人家的羊，还有威胁行人的危险事相继发生，已经闹得人心惶惶。我那时候正在一所民办中学任教，造反伊始便停课闹革命了，学生时来时不来，教师也获得了来去自由。我因被划到“保皇”系列，受到小小的批判，虽然成了什么组织也不参加的逍遥派，却不敢任性，坚守在学校养那只正待产的老母猪（农业中学自力更生办校）。这时几乎心如死灰，却也没有了任何欲望的烦恼，业余爱好文学创作的兴趣早都消亡了，能否继续做一名教师都不敢太乐观。尽管如此，却仍然不敢马虎对老母猪的保护，到坡地上挖来酸枣刺棵子，几乎把猪圈上边纵横交错架满了，料定那两只癫狂的狼也只能徒叹奈何。我真的在猪圈外边的土地上不仅发现了狼的蹄印，还发现了狼拉的粪便，完全可以想见在猪圈外踅摸着又不能得逞施暴的狼猴急的样子，可惜这里没有我家的后门板供它用尻子碰撞撒野，我自安然睡觉。

这年春节过后不久的一天，早晨起来便看到地上落了一层不薄亦不太厚的雪，原也不足为奇。我正洗脸的当儿，突然听到学校背后传来几声响亮的枪声，扔下毛巾便跑到院子里，心里想着武斗虽不新鲜，却还没有动用过枪炮，是不是今日破禁了？跑到院子里往后看去，白鹿原北坡上茫茫一层白雪，蓝天下的白雪地上，有三四个人在缓慢行走，可以辨认出是穿着绿色服装的军人，手里提着枪。起初以为驻军借着难得的雪地演练，随之遇到一位路过学校的熟人说，解放军为民除害，打死了那两只呈疯狂状态作恶多端的狼。我当下便有欢呼的欲望，表现出来却是脱口而出的一句“这下好嘞”的话。

我的家乡有一所军事性质的高校，就在白鹿原北坡一个很大的深洼里。据说是经过反复论证，这是一方最可隐蔽的好地方，便把军校设置在这里。军校有警卫连，常常做许多爱民的善事，在当地群众中口碑甚好。他们肯定听到乡民被那两只癫狂的狼危害的议论，便决定为民除害。难得这一场雪，再狡猾的狼也无法消除行走留下的蹄印。战士便循着狼的蹄印，在白鹿原北坡的沟梁坡坎之间追踪发现了两只狼，先打死一只，再追着逃脱的另一只，又打死了。我听到的那几声枪响，就是射击逃到学校背后坡沟里的那只狼时发生的。

眼看着战士们从坡坎上走下来，从学校门前的公路上经过。我站在路边等着，看见两个战士用步枪抬着一只狼，另两个战士跟在左右，侍候着换肩。那只狼的皮毛上染着血，刚刚结束它癫狂的生命。狼头耷拉着蹭着地皮，舌头伸到长嘴外边。我不自觉地留心看了看狼的皮毛的颜色，灰黄色，只是比我十年前上学路上碰到的那两只狼的灰色偏重一点儿，感觉却相去甚远，那两只狼在熹微的晨光里嬉闹，尽情撒着欢，眼下看到的却是被枪击致死的一具狼尸。

这是我的家乡灞河川道白鹿原坡地最后的两只狼，死在解放军战士的枪口下。四十多年过去，这方有原有坡有河有川的颇为适宜野生兽类生存的地方，却再也没有发现过狼的行踪。

在濒临灭绝的动物名单中，似乎还没有列入狼，可见狼的生命力之强。然而，就我眼见的关中平原地区，自不必说，单是渭北高原乃至毛乌素沙漠，十余年间已经变得铁路、公路和高速公路纵横交错形成网状体系，火车奔驰汽车穿梭，狼们便失去了任性撒野随性作恶的自由空间，迁徙到更僻远也更阔大的荒野地带去了。可以想见狼的数量在减少，比不得上世纪五十年代随处都有狼的蹄印的现象了，却远远不到濒临灭绝的危机状态。我又想到，有些濒临灭绝的动物，除了生存环境恶化等因素外，很重要一条是这些动物自身所具备的商品价值，被那些生财无道挣钱无门的人盯住，或捕捉或猎杀，偷换几张钞票。譬如老虎，虎皮虎骨乃至虎血，都是任人随意张口要价的昂贵之物。狼的皮毛不值几个钱，狼的骨头亦无保健的药用功能，内脏无疑属于废物。即使作为动物的一个品种，狼在动物园里，其形象也缺失观赏趣味，甚至连狐狸的毛色也不及。狼是以凶残而造成深远影响的。如果不是它对人类和家畜为害太过太烈，一般情况下，人是不会和狼计较的，也懒得费劲儿劳神去捕杀它。同样可以对比的是狐狸，不在乎它天性就喜欢偷鸡，可见人的宽容；人之所以捕杀狐狸，诱因全在它那一身珍贵的皮毛，狐皮做褥不仅色彩漂亮，而且特别暖和，尤其是它的尾毛，是中国传统的书写工具毛笔的绝佳用料。狼与狐狸是连一点儿优势都比不出的，且不说虎。

时不时地从媒体上得知老虎生存的危机，便引发担心；获知仅剩几只的朱鹮，经持续多年的精心救助和保护，已经繁衍到一千余只的颇为壮观的族群，完全脱离灭绝的危情，我甚为欣慰，那鸟儿实在太漂亮了；无论狼是否会灭绝，我却怎么也操不上心来。平心而论，我和狼没有构成成见的因由，尽管它曾经用尻子撞碰过我家的后门门板，却不过是猴急的无奈的举动罢了，没有对家养的猪造成伤害；尽管上学的路上遇见过两只狼，因为身边站着如山的父亲，我也没有受到威胁，倒是看到嬉闹着的狼的可爱的一面。在我生存的白鹿原下灞河川道，四十年不见狼的声息和踪迹，似乎也没有听到过一声惋惜或遗憾。

我相信狼不会绝种，少几只就少几只吧；也希望狼不要灭绝，它毕竟是野生动物之一种，是造化赋予世界的一种生命形态，无论其可恶或可爱与否。

2010年4月30日　二府庄

我经历的鬼

知道世界上有鬼，和知道有狼一样，都是在少不更事的愚顽时期。晚上玩得癫狂不能安生睡觉，母亲为了节省灯油，好话规劝无奈，往往就用绿眼长牙凶相毕露的狼来吓唬我，却从来不说鬼，这已成铁定的忌讳。然而，她不说鬼却有人说鬼，谁家屋里昨晚闹鬼了，一个看不清面目的黑衣女人从院中飘到房脊上；隔不了三五天又有鬼事发生，某人在村人回家歇工的正午时到坡地上寻找丢遗的烟袋，看到乱葬坟堆里有二三人影，均无头，他咳嗽一声便消失了；某妇人走娘家回来，看到不远处的柿树下有一位老妇人在哭着诉着，便加快脚步想劝慰其节哀，不料竟眼睁睁看着那人隐去了……我的这个不过三十多户人家的小村庄，隔不过几天就有鬼事发生，当天便传得家喻户晓，两人一堆，五人一伙，说得如同亲见一般生动翔实。夹在他们胯旁的我听得头发倒立毛骨悚然，却仍忍不住想听。相对于狼而言，鬼更可怕，狼一般在夜深人静时才到村子里偷叼猪羊，鬼却不管白天黑夜都在游荡；狼活动在山野荒坡，鬼却天上地下荒野宅院任由出入，防不胜防，想躲更难。年少时我不仅不敢独睡一屋，甚至不敢走进空无一人的自家院子，心里总怯着房顶上、过道里或屋梁上会隐藏着一个鬼。

我只说我经历过的几次鬼事。

有月亮的夜晚，往往是村里孩子聚合玩耍的天赐良机。我平生仅有一次碰见过的鬼，就发生在一个冬天的月色朦胧的村巷里。我跟着比我稍高一点儿的哥哥到村子东头去玩耍，刚走到离家门不过百十步的一户人家的围墙口时，他却突然改变主意不许我跟他走了。眼睁睁看着他和几个伙伴往前走去，我很失落地转身回家。就在刚转过身的一瞬，看见不过五步远的一个茅厕里有一个怪物，体形像一头半大的牛，又像一只超大的猪。出奇更在不是我每天都能看见的活牛生猪，而是如同过年时乡村集市上叫卖的纸扎的动物造型的灯笼，从头到脚涂饰着红的黄的绿的色彩鲜艳的圆形和方块形的图案，似乎还有一缕亮光透出。好奇心驱使我停住脚步，那纸扎的“四不像”的怪物竟然走动起来。那时候的乡间茅厕，多是三堵半的土墙围成的一方避身遮丑的小小空间，那怪物笨拙地移动着纸扎的躯体，竟然还扭过头来看着我。恰是在这一瞬间，我的毛发倒竖，后脊发冷，恐惧顿时攫住了我的心，腿都软了。我已经记不得是怎么回到家的，也不记得母亲后来施用了民间的哪种措施为我驱鬼除邪，随后似乎也未遭遇什么灾祸或病痛。然而，那个纸扎的却会移动的“四不像”的怪物的身影，却铸成永久的记忆，及至六十年后的今天，我仍然能够描绘出曾经眼见的形态和色彩。

我更多经见过的鬼事，都是发生在村子里这家或那家、这个人或那个人身上。

村子里以及周边最爱闹鬼的地方，是距村子不过一里路的一座孤坟。这座孤坟在很窄的一畛地的南头，倚着矮矮的一道地坎。这畛地的北边有一条两步宽的土路，是我们村子通向外部世界的主干道，离那座孤坟不过十来步远。这里埋着一个不幸死去的年轻男子。我很小的时候就听到村里某个女人或某个男人在这里撞见了鬼，有的人在夜里撞见，有的人竟然在大白天撞见，还有早起赶路的人在微明的晨光里，也撞见过鬼。有人撞见的是有身躯却无脑袋的鬼，有人撞见的竟然是有头有脸四肢齐全的走动着的鬼，还有人竟然看到坐在孤坟不远的路边发出呜呜哭声的鬼。谁都会想到，这是孤坟里那个年轻男人的鬼魂再现。

我记不清从这座孤坟旁走过几千上万次了，却一次也没有撞见那个被许多人都看见过的鬼。然而，每一次走过这座孤坟旁的进村路时，我都不敢扭头去看土坎下的那个小小的长着荒草的坟堆，而且头发便倒立起来，头皮感觉到一缕凉意。小时候不敢单人走过这里，即使和家人或伙伴大白天走到这座孤坟旁，仍然抑制不住头发倒立头皮生凉的反应。及至成年，我自信已经成为不信神更不信鬼的唯物论者，每当单人路过这里，头发照旧倒竖头皮仍然会生出一缕凉气，甚至连自己都忍不住暗暗自嘲。有一回我和自己较起劲儿来，当头发倒竖头皮生凉的反应发生时，我索性停住脚步，点燃一支烟，直对着孤坟抽起烟来；似乎这样还不足以把劲儿较足，干脆走到土坎下的孤坟堆前，转过去又转过来，抽着烟转了三圈，又伫立在坟堆前，直到倒竖的头发不再倒竖，头皮上的凉气消散，我才离去。我以为经过这次最近距离的心理抗争之后，当会终止往常生理反应的惯性，结果却依然故我。说来更不可思议的是，在我住在原下老屋写作《白鹿原》的最后一年，难耐每天停笔歇工之后的无聊，迷上了下象棋，本村的棋友如若凑不到一起，我便到东边或西边的邻村去找棋友，常常玩到半夜方可尽兴。关键是去西边邻村下完棋回家时，满天星光，走到土坎下的孤坟旁，仍然头发倒竖头皮生出凉气，须知我已经是年近五十岁的准老汉了。幼年时因为这座孤坟野鬼的传闻而发生的恐惧，由恐惧而引发的头发倒竖头皮生凉气的生理反应，竟然成为一种惯性，直到准老汉的年岁都难以消除，也就只好任其发生罢了。

真正致成我心里创伤的鬼事，却是发生在一九六二年。

这一年，我高中毕业，高考的作文题有两个，一为《雨中》，一为《说鬼》，前者无疑是记叙文，后者亦无疑为论文体。依我自己而言，选择叙述文体的《雨中》为宜，因为我在初中的作文本上早就写过几篇小说了，颇得语文老师好评，记事的叙述文体当胜过论文一筹。然而，我却鬼使神差地选择了《说鬼》。我已不记得我是如何说鬼的，也不必说我把鬼论说得如何，致命在于我没有写完。考场的铃声响起的时候，我的紧张在残酷的铃声里完全失控了，脑子里一片空白，完了！我完了。看着监考老师从我桌上收走考卷，我连站起来的力气都没有。我走出考场和设置考场的中学的大门，看到街道上熙熙攘攘的人群，这时才意识到已经尿湿裤裆了。

后来自我检讨，之所以选择我并不擅长的论文体去写“说鬼”，原是出于一种错误的判断；之所以发生判断的失误，说穿了是自作的小聪明所致；再扎实说来，是不无投机心理的。我读高中的上世纪六十年代初，有一本名为《不怕鬼的故事》的书，不仅风靡全国，而且成为高中生的必读物，是政治课的补充教材。后来才知道出版并要求党政干部和高中以上学校师生阅读这本书的社会背景，既有国际因素，又有国内因素。国际关系中，兄弟般的苏联和中国，矛盾已发展到不可调和的面临翻脸成仇的地步，视苏联为修正主义，简称“苏修”。修正了马克思列宁主义的修正主义的代表人物赫鲁晓夫，被喻为鬼。国内的背景是庐山会议关于“大跃进”大炼钢铁和人民公社造成灾难的事，持这种观点的彭德怀被定为右倾机会主义者。右倾机会主义者也是鬼。无论赫鲁晓夫，无论彭德怀，两大事件尚没有向国民公开，先以打鬼运动造成舆论。我那时候似乎在私下里隐隐听到一点儿风声，便自作聪明地选择了论文《说鬼》的题目，以为正合拍于社会的大命题，肯定要比《雨中》这类抒情的叙述文更切社会热点……不料却栽倒在“说鬼”上。那个年代的高考语文试卷，问答题占六十分，一篇作文占四十分。我的作文无疑为零分，我便觉得完了。

我回到那个三四十户人家的小村庄，才切实感到曾经热烈到热切的人生梦想彻底破灭了。上初级中学时，关于人生前途还黏黏糊糊，而一当坐进高级中学的教室，便想着某所大学，几乎再无第二种意向。我是我们那个小村庄的第一个高中毕业生。我回乡务农的事实开了一个念书白念也白花钱的糟糕先例。当然，关键还是对我自身的挫伤，“说鬼”没有说完，更遑论完美，这个意象里的鬼便刺刻在我的心灵深处。

单举填表一例。从我走出学校走进社会，几十年来不知填过几百成千次表，无论什么用途的表，不可或缺“文化程度”专栏，我都填写“高中”。每一次写着“高中”这两个字时，心底便泛出《说鬼》这道作文题目来，几乎没有一次幸免。尽管随着岁月的流逝和年龄的递增，“说鬼”泛出的心理滋味渐渐淡化；尤其是得幸成为一个作家写出了一些作品，“说鬼”没有说完全的那种无以言状的挫伤感基本平复，然而仍缺失不了填表每遇“文化程度”栏目写着“高中”俩字时，便泛出“说鬼”的事。那情形极其类似每过村子西边土坎下孤坟时头发倒竖头皮生凉的生理反应。孤坟野鬼致成的是纯粹的恐惧，由恐惧致成的头发倒竖头皮生凉的纯粹生理反应竟然成为根深蒂固的生理惯性，即使成为无神无鬼的唯物论的信徒，仍抑制不住生理惯性的发生。相对而言，“说鬼”写作的失败造成的心理伤害，是我人生历程中可以用致命来划档的三两次最厉害的伤害之一，且是第一次。

高考落榜的那年暑假，我不止一次于半夜里惊叫着翻跌到床下。父亲大约担心我会弄成“神经客”，却也只有一句平常的话来劝慰：天底下农民一层人哩。正是这句平常到平庸的话，遏止了我的慌乱无着的情绪的恶性发展，我的人生参照是中国最庞大的人群——农民，我的悬空的心便落到了鸡鸣狗叫猪哼哼的村巷里了。然而，“说鬼”里的那个纯属意象的鬼，尽管没有村子西边土坎下孤坟里的野鬼可怕，却远远超出其伤害的重和深。有一年我被邀出国访问，办公室王主任让我填写出国申报表时，笑着为我建议，在“文化程度”栏目里填上高等学历，至少应该填成大专学历。他替我操心，怕我以往所填的中等学历会被洋人轻视；他又为我释疑，反正也没人查验毕业证书。我拿着表格回到自己办公室，犹豫之后，还是填写上“高中”二字。这一回，“说鬼”里的鬼所引发的心理反应较大，办公室王主任好心替我出谋划策的时候，这个意象里的鬼就在心里泛浮出来，一直盘旋在心头，直到我回到自己的办公室，直到我犹豫不决的一段时间，直到我终于拿定主意写上“高中”二字，那鬼才隐去……村子西头孤坟里的野鬼和高考作文《说鬼》里的鬼，竟然几乎伴我一生，我至今辨不清有幸或不幸。

还遭遇过更严峻的鬼事。

上世纪八十年代后半段写作《白鹿原》时，涉及田小娥被杀后变鬼的情节，有二，一是田小娥的鬼魂附着在杀死她的公公鹿三身上。关于这个情节的合理性和我写作的原意，且不自白，以免自我阐释之忌讳，单说出处。

乡村中的层出不穷的鬼事，有一种便是鬼魂附体，即刚刚死去不久乃至死去多年的某个男人或女人，其鬼魂附在活着的女人或男人身上（女性居多），说出他或她生前未能实现的心愿，甚或冤情。被鬼魂附体的人往往处于失去自我的半癫狂状态，说出的事乃至说话的口吻，都很像死鬼生前的神态。

我小时候看见过被鬼魂附体的人，成年及至中年也都见过和听过。印象深的是一个接近成年尚未成年的女孩儿，昏倒在灞河岸边的浅水里，被午后出工的人发现救回家中，恢复知觉后便自说自话，竟然说什么他被淹死灞河的事，亏了什么他的妻子养大了孩子云云。那口吻显然不是一个尚未成年的女孩儿说话的习性。她说着说着又昏厥过去，围着的女人们便往她身上扣一张簸箕，用桃树枝条抽打簸箕（桃树枝条驱邪），她竟又苏醒过来，又自说那些鬼话。我看得身上直起鸡皮疙瘩。我写田小娥鬼魂附着鹿三的情节，得益于许多年前亲自目睹的鬼事。

然而，让我敢把这种可能被认为是“宣扬迷信”的情节写进小说，却是得了马尔克斯的启示，他敢让他的人物长出尾巴，我何必要忌讳写鬼。再说，他让人物长出尾巴等情节属拉美魔幻。我面对至今也不能消除的乡村鬼事，自审依旧属于生活真实的现实主义范畴。好在基本没有人批评我“宣传迷信”。

二是田小娥的鬼魂不散制造瘟疫，朱先生和白嘉轩修塔镇压的情节，却出了一点儿麻烦。关于这个情节的合理性，同样不做阐释，我已因评论家和读者的评说深感欣慰了。麻烦恰恰出在关于这个情节的写作上，有一位批评《白鹿原》的评论家说，这是模仿鲁迅《论雷峰塔的倒掉》里那座镇压白蛇的塔而写作的。如实说来，我从构思到实施写作这个情节时，确实想到过镇压白娘子的雷峰塔，我最终没有回避，是以为此塔与彼塔还是有区别的。再者，储存在我记忆里的塔，有记不清的许多座，而镇压白娘子的雷峰塔是在中学语文课本上才知道的。单说我们那个三四十户人家的小村庄，不仅有四座敬神的庙，敬着关公敬着佛爷（不知谁），还有一座仅为一间房的马王爷庙，那是为保家畜安全而修建的最小的庙。此外，还有四座镇邪驱鬼的高低和粗细不同的塔，分别建在村子的东头和西头。

我能在村子里玩耍的年纪，常和伙伴在其中的三座塔周围游戏，至于这三座塔因何故而修建，不甚了了，而第四座塔却是我眼见着修建起来的。上世纪五十年代初，我们村子发生过牛的瘟疫，作为农户半个家当的犍牛和母牛一头接着一头死掉了，我父亲养的一头黄色皮毛的牛也未躲过。第二年又有一种儿童传染病流行，村子里夭折了六七个娃娃。接连发生的灾难，搞得村子里一片悲伤的气氛，便有人出招，应该找一位能禳灾驱祸的阴阳先生来，看看哪儿出了毛病。被请来的阴阳先生很认真，把我们村子东部和西部的坡地踏察了一遍，最后把脚步停驻在村子西头稍微偏后的小台地上，说，给这儿修一座塔。据说他给村里干部说明修塔的原因，是村子东头有一道深沟，村口已有一座塔，避了邪气妖孽，邪气妖孽却从村子西边的沟里钻进村子来施虐了。村里干部召集全体村民议事，得到一哇声的拥护，家家户户都交去了该分摊的粮和款，这座青石垫底料礓石砌身青砖镶顶的塔很快垒成了，塔的高度和塔身的直径，都是严格遵照阴阳先生设定的尺码修筑的。这是我眼看着平地而起的一座塔。

我家在村子西头的倒数第二家，距这座新修的也是村子里最高最粗的塔，不过百十步距离，尽管当时我只是一个小学高年级学生，似乎隐隐也感觉到了驱邪避灾的安全感。其实，何止我们那个小村子，在我走到过的大大小小的原上原下的村子，都有敬神的庙，更有驱邪避祸的塔，有的且不止一座。

乡村里后来经历了一场连一场的运动，传承了许多代人的敬祭神灵的庙会废止了，香火也断了，庙里神像的色彩也渐渐褪色，以至褪皮，再也没有谁敢张罗重塑，却也没有人搬掉神像，而是一任其垮塌。塔更无人问津，风吹雨淋，村东村西的四座高低不同的镇压不同来路鬼魅邪恶的塔，先后倒塌，了无痕迹。这些敬神驱鬼的庙和塔的消亡，主要是多种运动扫荡的结果，也包含着乡民对神和鬼之事看法的变化，通常说觉悟提高了，起码对神鬼这类被指斥为封建迷信的事是如此。我在高中政治课上学习《辩证唯物主义常识》时，又有附加教材《不怕鬼的故事》，自信已基本确定为既不信神又不信鬼的唯物论者，回到村子听到鬼事时，我便向乡民宣讲纯属迷信的道理，年轻气盛到不能容忍鬼事继续迷蒙乡人。尽管如此，直到我在上世纪八十年代中期回看白鹿原前半世纪的生活演变时，那些沉潜在记忆深处的庙和塔里的神与鬼，以及我亲历的听说的鬼事，竟然也都浮泛上来了，而且不仅只是封建迷信的概念，而是和原上原下的男女人物的心理结构中的文化色彩大有关系……无法排除神，更无法回避鬼，尽管知道法海用雷峰塔镇压过白娘子，仍然让白嘉轩把田小娥的尸骨压埋到塔下，不惜犯模仿这种写作之大忌。唯一让我可以强词夺理的因素，便是原上原下那个时代里的真实生活的难以回避的世相，白嘉轩面对田小娥的鬼魂，除却修塔这种惯用的也是极端的手段，似乎都不足以达到彻底解决的目的。

生活发展到改革开放的年代，科学思维以迅猛之势连续冲决政治概念上的个人迷信，无疑给人鼓舞，而传统习惯里的封建迷信却在刚现宽松的社会氛围里死灰复燃。上世纪八十年代初，我的家乡的一座业已拆除多年的古庙又得以重建，引发了不大不小的社会舆论。这座古庙位于白鹿原北坡西段，曾经是西安城东规模最大的一个庙会，每年农历二月二俗称的龙抬头的吉祥日子为会日，人山人海。在“文革”前两三年已被拆毁，倚坡而挖的敬着多路神仙的窑洞也被挖掘机械毁掉了，那儿刚刚建立了一家机械生产砖瓦的国营工厂。二十多年后，当地乡民串通联手，捐资捐粮，在原坡上很快挖出新窑洞，窑洞里又塑成了神像，二月二烧香拜神包括乞子的庙会又红火起来。当地政府曾经力阻而不能止，随后就任其自然了，直到现在红火依旧。我曾在事发之初，理智和情感上都不能接受这种封建迷信活动，曾写过一篇随笔类短文发在当地报纸上，不惜惹恼乡党。然而谁也不在乎我那篇小文章，庙会每年依旧红火，我也只能随其自然了。

说了这些鬼事，似乎想图得一缕抛却的轻松；回头一想，其实无论镇鬼的塔或记忆里的鬼事，早已失去分量，仅留下习惯性的生理反应；写罢这篇谈鬼事的文章，不知能否除去头发倒竖头皮发凉的生理反应，还有“说鬼”没有说好更没有说完全的心理亏损，也只能随其自然了。

2010 年 8 月 8 日　二府庄

第二辑

绿原：生于斯，长于斯

拥有一方绿荫

——《我的树》之一

农历十月初一是家乡的鬼节，活着的人要给死去的亲人烧纸送钱，好让他们在冬季到来之前备置防寒的衣物。在这种事情上我一直是处于理智和情感的分离状态，结果却是一次又一次顺从了情感的驱使，便匆匆赶回乡下老家，去为我的那位终身都在为吃饭穿衣愁肠百结的父亲烧一匝纸钱，让他在冥冥之域不再饥寒交困。

转过村里那座濒临倒塌的关帝庙，便瞅见我的家园。那株法桐撑开偌大的三角形树冠，昂昂扬扬侍立在大门前不过十米的街路边。我的树——每一次回归家园第一眼瞅见这株法桐，我的心里就会涌出“我的树”的欣然浩叹。原因再简单不过，这株法桐是我栽的。父亲在世时喜欢栽树，我们家的房前屋后现在还蓬勃着他老先生栽植的树群，场塄上的那株白椿树已经有一搂粗了。然而我每一次回乡看见自己栽下的树都要比看见父亲栽的树更亲切，说穿了不过是栽树的人对那株幼苗当初所寄托的希冀将实现。是的，当我看见自己掘坑栽下的那株不过指头粗细的幼苗终于雄壮起来，倚立在村巷里，在浩渺的天空撑起一片绿盖的时候，我的那种感觉颇近似阅读自己刚刚写完的一部小说。

十二年前的这个月，我调进陕西作协专业创作组。我那时的唯一感觉便是开始进入最理想的人生状态；专业创作对我来说它的实质性含义只有一点，所有时间可以由我自由支配，再不要听命于谁对我的指派了。压力也同时俱来，生活、学习、创作既然全由自己支配，那么再写不出像样儿的作品，也就没有任何托词可以替自己遮羞了。

我几乎同时决定回归老巢。回归我父亲我爷爷我老太爷一脉相承的家园。不是因为他们都死了需要由我来承继，纯粹是为了图得一个耳根清净的环境，可以平心静气地坐下来读书，思考一些不单是艺术也包括艺术的问题。深知自己知识残缺不全，而生活演进的步伐又如此急骤，好多好多问题太需要沉心静气地想一想了。

住在乡间真是令人心旷神怡，所有的骚扰和诱惑都自然排除。每每在清静到令人寂寞的时候我便走出大门，和村巷里随意相遇的任何一个人拉拉闲话，哪怕逗小孩儿玩玩也觉得十分快活。夏天暴日当头时，走出门来就招架不住炎炎烈日的烤炙，暴晒后我的头顶和赤臂就生出一层红红的小米粒儿似的斑点，奇痒难支，医生说那叫日光性皮炎。我便畏惧已构成暴力的太阳，于是便想到应该有一方绿荫做庇护。出得大门站在浓厚而清凉的树荫下和农人闲谝、抽烟那真是太惬意了……便想到栽两株树。

首先是树种的选择。我要栽两株法桐。几近四十年前我读初中，看过一场中国和法国合拍的儿童电影《风筝》，巴黎街道上那高大的街树令我记忆特深，我在家乡没有见过这种树。又过二十年我才知道这种树叫法桐，中国的许多城市的公路两边已经形成风景，家乡的一些农家屋院也栽植起来。

是我动手那部长篇小说写作那年的早春，我托村子里一位青年从庙会上买回两株法桐，一株一块钱。树买到了自然很遂心愿，只是遗憾着它太小太细了，仅仅有食指那么粗。天哪！想要乘它的阴凉，想要拥有一方绿荫，得等多少年啊！

我仍然毫不犹豫地挖了坑，给坑底垫下土肥，把它栽下了；栽下了它，也就把一种对绿荫的期盼坚定地埋下了。我拄着铁锨把儿抹着脸上的汗水，欣赏着只及我胸脯高的幼株，一缕忧虑产生了，猪可以拱断它，小孩儿随手可以掐折它，它太弱小了嘛！于是我便扛着塄头上山坡，挖回一捆酸枣棵子，插在幼株周围，把它严严密密地保护起来。

令我失望的是，几乎所有树木的嫩叶都变成了绿叶，我的两株法桐依然叶苞不动。我拨开酸枣棵子在那树干上掐破表皮，发现已经是干死的褐色。我想把它拔起来扔掉，就在我拽住树干准备用力的一瞬，奇迹发生了，挨近地皮露出来一点儿嫩黄的幼芽，我的心就由惊喜而微微颤抖了。

这是从法桐的根部冒出的新芽，证明树根还活着。树根活着就会发出新的幼芽，生命多么顽强又多么伟大啊！那是一个尚看不出叶形的粗壮的锥形幼芽，刚刚拱破地皮而崭露头角，嫩黄中有淡淡的嫩绿，估计也不只经受过一两回春天阳光的沐浴吧。我久久地蹲在那里而舍不得离开，庆祝一个新的生命的诞生。我把扒掉的酸枣棵子重新插好，这幼芽不仅经不起车碾马踏人踩猪拱，鸡爪子只要一下就会轻而易举地把它刨断把它摧毁。

我一日不下八次地看那幼芽。它蹿起来了。它由嫩黄变成嫩绿了。它终于伸出一片绿叶了。它又抽出一片新叶了。它终于冒过围护着它的酸枣棵子，以一身勃勃的绿叶挺立起来，那么欢势、那么挺拔地向着天空……唯其丝毫不敢松懈，每年春天挖一捆酸枣棵子加固防护的围障，它依然还弱小，依然经不起意外的或有意的伤害。

它长到我的胳膊粗的时候，我终于享受到它的绿荫了。那树荫投射到地面上，有筛子般大小，我站在我的树的阴凉下，接受它的庇护。它的尚不雄壮的枝干和尚不宽厚的绿叶，毕竟具备遮挡烈日烈焰的能力，我想拥有的一方绿荫的愿望实现了。那一年底，我也终于完成了历时四年的长篇小说写作工程，回城里去了。临走之前，我仍然给它的周围加固一层酸枣棵子。

去年夏天我回去，发现那树干已经长到小碗那么粗了。不知哪家的孩子用小刀在树干刻写下我的名字，刻刀的印迹已经愈合，颜色却是褐红色的，在树皮的灰白色中十分显朗。从去年到这次回归，我发现那树干急骤加粗，刻着我名字的那俩字也在长大。树下已经有偌大一片绿荫了。

法桐已经成为一株真正的树挺立在那里，巨大的伞状树冠撑持在天空。父亲在世时给我说过，树冠在天空有多大，树根在地下就会伸延多么远；树干有多粗，树的主根也就有多粗；树枝在空中往上往前伸长一尺一寸，树根在地下也就往下往周围延伸一尺一寸。我至今无法判断父亲这话有多少科学的可靠性，但确凿相信，这树的根已经扎得很深了，即使往坏处想到极点，譬如说突然被过往的汽车撞断了，或者几十年不遇地在某一天遇到了雷劈电击，这自然都无法预防，但这根是不会被撞毁劈断的。它会重新冒出新芽，它的生命还会重新开始。真的发生这种情况，我将无怨无悔地再去挖酸枣棵子，重新开始对我的法桐新芽的围护。

我久久伫立在我的法桐树旁，欣赏着那已经变形却依然清晰可辨的我的名字，那刻下我名字的淘气鬼也该和这树一样长高长壮了吧？天空飘落着零星小雨，日头隐没了，虽然看不到树荫，却也毫无遗憾。到明年三伏那燥热难熬的时候，我就回家园，享受暴日烈焰下的我的那一方绿荫。

绿蜘蛛，褐蜘蛛

——《我的树》之二

记不清究竟是临近清明前的哪一天早晨，我洗罢脸走出房门便惊得站住了脚，小院围墙根下的梨树开花了，一嘟噜一嘟噜粉嫩嫩的白花，疏疏朗朗点缀在嫩绿的枝叶之间，密集的花朵绣结成团，稀疏的花朵独秀一枝。在我最初瞧见的一瞬顿然幻化出一位白衣天使的绰约风姿。

我走到梨树下，竟然是潜意识的轻脚慢步，似乎单怕惊飞了这位白衣仙女。树干上湿漉漉的，夜气和露水浸润着的褐色的树干像刚刚出浴的小腿。嫩绿的叶片也湿漉漉的，像仙女濯洗过后随意披散的长发。花是一簇一簇的，一根花梗里多则生出七八朵，少则四五朵，团成一簇；白如雪的花瓣，暗黄的花蕊，绿色的花柄儿，团团簇簇有如凝脂，装扮得这梨树恰如一位冰清玉澈神采仙风的白衣天女了。

记得是五年前秋末冬初的一天傍晚，邻村的一位青年时期的农民朋友到我家来，腋下挟着一捆果树苗，有几株桃树，有几株杏树，有几株李树，还有几株梨树，都是刚刚嫁接一年的幼株，说是特意送给我的。我解开捆扎的草绳，捏着看着那一株株细如小指的树苗，竟然激动起来了。他说他知道我盖起一年多的新房前有一块小院，他说他知道我喜欢栽树，他说他觉得给围墙内的小院栽几株各色果树最好。我也知道他现在在责任田里侍弄各种果树苗，嫁接树苗和管理果树的本领在本地区小有名气，常常被一些果树专业户请去指导。他虽然只有小学文化，生性却极聪慧，闲暇时总是对果树栽培专业书籍乐而不疲。他和我坐下喝茶，头头是道娓娓述说各类果树管理的尖端新潮技术，美国怎么怎么了，日本又怎么怎么了，令我大开眼界。

送他走后我就作难了，小院里已经栽下两株樱桃和一株小柿树，剩下的空间无论如何也容纳不下这一捆树苗生存发展的，于是我就开始了甚为困难的抉择。首先淘汰的是桃树，原因是农业合作化前我家拥有一方桃园，那几种美好的桃子的味道至今想起来依然馋涎欲滴，对如今种种好听的新品种实在不敢恭维。杏树随之也被否决了，原因是我家后坡上长过一抱粗的一棵杏树，杏子又是我们这里的土著果品已无新鲜感觉。最后割舍的是那李子树，这水果红里透紫十分好看，味道却不怎么可口，耐看而耐不得嚼。这样，便留下来四株梨树苗了，我没有种过梨树，我父亲似乎也没有栽过梨树。幼年时记得我们家有一小块地叫作梨园，父亲总是说“后晌割梨园地里的麦子”，或者说“梨园那儿的苞谷旱得撑持不住了水还轮不上浇”。我问过父亲梨园地里为啥没有一株梨树，没有一株梨树为啥把这块地又叫作梨园。父亲说他也不知道其中的缘由，说他从爷爷手里继承下来家业时这块地就称作梨园，爷爷这么称梨园他也就跟着叫梨园，我在跟着父亲称梨园的同时却多了一份期望，这梨园真要是有几株梨树会多好啊！我们村子里压根儿就没见过谁家种过一棵梨树，我那时候尚不知梨树的叶子是圆的还是长条的。

赶在天黑之前，我便把三株小小的梨树栽在小院里，剩下一株左看右看再也无法插足，便只好栽到围墙外边靠近大路的空地里。遭到淘汰的桃、杏、李子树毅然分送给邻居的小伙子，他们有责任田有果园。我顿然产生了失丢田地以后的某种失落感和生存的狭窄感。

这时候我基本完成了一部长篇小说的构思和准备工作，就要开始草拟，不料母亲却大病始发，整整一个冬天都奔波在医院和家园之间，难得进入创作的沉心静气状态，便推后到次年春季。

草稿本子上记下的草拟开工的日子是四月一日，其时梨树苗已经绽出新叶，四株全部成活，显示出勃勃的生命的茁壮气势。我便在写作困倦想抽一口烟时走到小院里，在这一株旁边蹲一会儿了，在那一株跟前站一站，数一数叶子增加了几片，心头恬静得如同抚摸着小儿头上的黄毛。梨树周围是坚决不能容忍一株杂草的，几乎每天早晨都能发现刚刚拱出地皮的草芽，我随手便用一把锋利的挖铲连根刨出来……到了秋天落叶时，我竟然有一缕不忍落去的依恋，然而看着这梨树由小拇指加粗到大拇指粗，从齐我胸高一下子冒过我的头顶，一年里长高了一米多，而且四周抽出几条旁枝，初具树形了，我就真切地惊叹这绿色生命的伟力了。

当春风又一次吹绿万物，我的梨树也应时发出新芽绽出绿叶。我已不再惊讶和好奇，而是以一种沉稳踏实的心境开始盘算，到今年秋天它肯定要冒过围墙了，树干也会加粗到擀面杖一般了。去年冬天到来时，我给它们的根部埋下了充足的有机肥料，整年生长发育的养分都会绰绰有余。

意外的挫折使我心疼不已。那天我写累了又抽着烟转悠到梨树跟前，发现地上掉下来几片嫩叶，还有两个小芽尖儿。往树上一看，发现主干刚刚冒出半尺长的新芽尖儿被掐断了，一根朝西的小小分枝的芽尖也被掐断了，还有一些嫩叶梗被折断。我大为惊诧，甚为惋惜心疼，便猜想是谁家小孩子弄坏的。可是大门一直关着，孩子不可能翻墙来干这种事的。我就在这幼树上一枝一叶逐渐查证，突然在一片稍大点儿的叶子的背面发现了一只怪物，它不过像一颗扁豆粒儿那么大小，通体绿色，绿得嫩亮亮的，六只左右对称着的复足也是绿色，纹丝不动趴伏着。我在看见它的一瞬心头掠过一阵恐惧，皮肉收缩而悸颤起来。它的绿色不像梨树的嫩绿唤起人对于生命的礼赞，而切实让我感到了阴冷鬼祟和毛骨悚然。我虽然自小生长在农村，自以为天上飞的地上跑的飞禽走兽都可以按家乡习惯叫出名字，这个绿色的怪物却系头一遭发现。我便斗胆用手去捉它，刚刚触及树叶，那怪物便自动掉下来，在地上跑得好快，我一脚便把它踩得灰飞烟灭了。在它从树上自动坠地时，我发现了它吐出一道细丝，大约是一种自卫的安全坠地的本能，这倒启示我把它与吐丝做网的蜘蛛联系起来：绿蜘蛛。

一场你死我活惊心动魄的人蛛大战便由此启幕。我逐树逐枝逐叶一一检查，发现了绿蜘蛛，便用一根树棍儿轻轻敲击一下树叶，那怪物故技重演坠到地上，我便跟上一脚将它消灭。我得意于我对它的战略战术的成功。却不料发生了问题，在东墙角的梨树上一敲，那怪物没有弹到地上而是弹到另一片树叶上，然后就在绿叶中哧溜哧溜逃窜，搞得我眼花缭乱而终于丢掉了目标。好在就这么一棵小树，没有几根分枝，从头再侦察起来。到我终于再发现它的诡秘的行踪，便忘记了它可能身蕴毒汁，一把抓上去，连同那片绿叶都揉碎在掌心了。

整死了绿蜘蛛我也陷入老大的不自在，这右手的手心总是感到别扭和不舒服。我已经用肥皂洗过三回，没有发红也没有发肿，证明那怪物体内尚无蝎子和蛇一群的毒汁。然而我仍然感到极大的不自在，我便坐在小院里抽烟。这绿蜘蛛其实既不食枝也不噬叶，它是咬断芽尖和嫩叶叶梗吸吮树的汁液来养活那绿色肉体的，这未免有点儿太可恶。我又想了，我未栽梨树的时候，这种怪诞的昆虫从未发现过，梨树刚刚栽下一年，它就出现了，或者说它就来了。那么，它是打哪儿来的？也许它的卵在我朋友的苗圃里就附着在小秆上或根部，而它是专门以梨树汁液为生的寄生虫却确定无疑。我也就明白了，世上有多少种禾苗多少种花草多少种树木，就会有多少种专门以各种禾苗各种花草各种树木的叶、汁甚至干为生存依托的寄生物，不必惊诧。

我后来便不再愤愤更不惊诧了，便在写作间隙里转到小院来捕杀绿蜘蛛，常常使我疲惫的神经亢奋起来，然后又沉心静气地拔出钢笔写作。整个儿一个春天和夏天都在进行着这种习以为常的间断性的战争，四株梨树在我的游戏似的战斗保护下蓬蓬勃勃生长起来，四棵中生长最慢的一棵也有擀面杖那么粗了。

到第三个年头的春天到来时，门外的那一株成熟了，当嫩芽开始在枝上逐渐膨胀肥大起来的时候，我发现有四五个芽苞几倍于普通的芽苞，我突然想到这是花苞而不是芽苞。果然，那包裹着花苗的胞衣在那天夜里自然破裂了，蹦出一束花蕾来。我更加警惕地监视绿蜘蛛的出现，绝不能让它危害第一茬花朵。花绽开了，是在夜里。早晨我推开大门时就瞅见绿叶之间点缀的那几束白花，心都微微悸颤了。

绿蜘蛛果然出现了，而且又多出了一种灰褐色的蜘蛛。比起绿蜘蛛来，这种灰褐色的蜘蛛就显得太平常太土老帽儿了，它与普通的蜘蛛似乎无大的差异，只是个儿很小；普通的常见的蜘蛛凭自己天才的织网本领捕捉昆虫以为生存手段，而这种灰褐色的蜘蛛却和那种绿蜘蛛一样，以吸吮梨树汁液来养肥壮大自身，它吐出的丝不是为织网而是作为潜逃保命的护身宝器，本质的差异就在这里，作为人类的我们判定它们为益虫或害虫的分界也在这里，绿蜘蛛褐蜘蛛的生存和发展是以残害梨树为生存条件的，而且是一种无可改变的生性本能。

在我严密的监视下，七束梨花完成了授粉而终于凋谢了，花心里托出一枚小小的豆粒儿大小的青色小梨。我竟然一时不敢相信，这小不点儿日后果真能长成一只拳头大的黄灿灿的梨子？在我的疑惑尚未解除的时候，突然发现，那些小青果的果梗全部被咬伤而干死了。我搞不清是绿蜘蛛咬的，还是褐蜘蛛咬的，反正是咬了，却又没把那梗咬断，依然支撑着，可能是那梗把儿比嫩芽坚硬吧？它把梗咬破吮咂了汁液就达到目的了。我一枚一枚揪下已经干死的豆粒儿大的小梨，心头涌出的不单是愤怒，还有对自己过失的内疚。反省之后的重大举措就是动用化学武器。我向邻居借来喷洒农药的器械，十毫升灭虫剂就把四棵梨树喷洒得药水滴答，蜘蛛们无论绿的还是褐色的全都毙命——树大叶密了，凭眼睛瞅瞄凭手抓脚踩已经是费力而难以收效的笨事了。

终于又等到梨树开花！

靠近北边围墙的那一棵长得最健壮的梨树，花开得好繁，头一次开花就如此繁盛却是出乎预料。金色的蜜蜂在花朵上嗡嗡缭着绕着亲吻着，在白色的花瓣上起落蠕扭，我居然嫉妒起那小精灵如此亲近我的梨花仙子的举动了。我在放下笔点燃烟以后，便走出房间在这棵梨树下站一站，又转到那一棵梨树下站一站，尽管这棵只开了一束五朵花，也值得看，然后又走出大门站在第二次开花的这棵梨树旁边，她也是满树雪片一样的白花。悠悠的花香沁人心脾，嗡嗡的蜂声柔声蜜语，我忽然从心头飘出一句悠扬的歌：每当梨花开遍了原野……

我时刻也不敢忘记那绿的褐的蜘蛛。我按捺着不敢动用化学武器，唯恐杀伤采花酿蜜同时也替我的梨树完成授粉的蜜蜂。待到花色呈现衰败花心已现出麦粒儿大小的梨子的时候，我便又动用了化学武器。而且根据去年积累的经验，二十天喷洒一次，不等前次喷洒的药力消失，这一次又喷上树叶了。这一年，狡猾而阴毒的绿蜘蛛褐蜘蛛都没有构成大的危害。我胜利了。

这一年难以忘记，就在梨花开放的前一周，我把那部长篇小说的手稿交给了北京来的高、洪两位先生。交给他们的时候，我心里涌到唇边一句话：我连生命一起交给你们了。考虑这话会对他们构成心理压迫，我终于忍住不说。

我真正进入一种闲适的轻松状态，像负重远行走到尽头卸下了负载，而这负载又是精神的。我在小院里铺就一方砖地，垒起一个小小的石桌，砖地上可以放置一把竹编躺椅和一只竹编矮凳。天气渐渐热起来，我早晨喜欢躺在竹躺椅上喝茶，晚上更喜欢躺在这里独斟独饮“西凤”。太阳从东边移向西边，月亮也随其后从东边的原顶沉入西边的原坡，灞河里涨起的湿润的水汽则不管阴阳转换一直滋润人的肺腑。我躺在竹椅上，看着那从花瓣里分离出来的小梨渐渐膨胀，栗子大了，核桃大了，鸡蛋大了，又渐渐呈现出大头细尾的形状了。这么小小的一棵树上，居然长成了近五十个梨子，果梗终于承受不住不断长大的梨子的重负而变弯了，梨子便一个个头颅下垂吊在树上。乡邻们发现了我的梨树上的奇观，接二连三来参观，纷纷感叹：“咱们这地方还是可以种梨树的嘛！”

梨子的颜色由深绿渐渐褪色为浅绿，而终于透出淡黄来，我知道它成熟了，怎么也舍不得把它摘下来，破坏了这一方风景。我总是想，如若摘去了梨，我躺在竹椅上看到的将会是怎样空落的梨树？每当村里有乡邻来看稀罕，我就只摘下一两个，用刀切了让大伙品尝，都说是酥脆水大甜香……直到剩下的梨子成熟过度而自己往下掉时，我才把它们摘了。我的那位送来梨树苗的朋友教导我说，梨子熟了就要摘，摘了好让梨树歇息下来，要不就会影响明年收成，我大为惊讶。

这年冬天我进城住了，小院的大门便永久性地锁上了，连同我的家园和我的梨树。我一去便陷入了一种无序的忙乱之中，常常几个月不能回乡下的家。到我夏天终于抽暇回家打开大门时，天哪，擀杖粗的蒿子被风吹倒匍匐在院子里，过道也被堵得走不过去。最悲哀的是梨树，不要说挂果了，芽芽叶叶被咬断得七零八落，真个是疮痍满身，可见绿蜘蛛褐蜘蛛以怎样的疯狂和得意对我进行了报复。

今年初春，我依然搅缠在纷纷纭纭的杂事之中而不能脱身，看到城市街树绿了，便想着家园里的梨树也该绿了，花苞也该开绽了，何时再能得到早晨起来看见袅袅娜娜的白衣仙女的惊喜？遂成一阕拙词:《阳关引·梨花》——

春风撩拨久，梨花一夜开。露珠如银，纤尘绝。晨光里，看团团凝脂，恰冰清玉澈。四年矣，终究等到清明节。

便手舞足蹈，歌一阕，自信千古，有耕耘，就收获。依旧谢浮华，还过愚人节。花无言，魂系沃土香益烈。

1994 年 12 月 9 日于西安

绿风

——《我的树》之三

大约是十年前的那个夏天的末尾，即我下决心从都市返归故居的那一年，据说是关中几十年不遇的一个湿夏。这一年的麦子被连绵不断的淫雨浸泡得在麦穗上又发出绿芽来，稀泡泥泞的麦田里，农人无法挥动镰刀收割已经熟透已经发霉已经出芽的麦子。阴雨持续到夏末，满川已是一片绿色的苞谷、谷子和棉花，阴雨还在持续着，往常的百日大旱变成了百日阴雨，农家用石头和土坯垒筑的猪舍和茅厕十有八九都倒塌了，猪们便满村满地乱跑乱拱……

那天晚上交过子夜睡得最酣的时刻，一声天崩地裂似的响声震得我从被窝里蹦起来，坐在炕上足足昏厥了五分钟。天塌了？地震了？我是否还活着？当我肯定并没有发生这样的灾难的时候，也就判断出来后院里可能有小的灾变发生。我打着手电筒出了后门，后坡上滑坡了，幸亏滑塌的泥浆土方不大，否则我早已在酣睡中被泥浆葬埋了——我祖居的房根距后坡充其量不过十米。

我吓得再也无法入睡，坐等到天明一看，才真正地惊恐了。绿草和树木全部倾覆在后院里，和泥浆石头搅缠在一起。坡上竟是一片白花花的沙石鹅卵石堆积起来的沙坡。我从有智能的年岁起，就记得这后坡上长满了迎春花，每年春天便率先把一片金黄的花色呈现给世界也呈现给父亲。父亲年年都要说一句：迎春花开了！然而父亲也说不清是我们家族的哪一位祖宗栽植的，反正整个儿后坡上都覆盖着迎春花的厚茸茸的枝条，花丛中长着一些不能成材的枸树榆树和酸枣棵子。现在完了，整个儿都完了，什么树什么花什么草全都滑塌下来，和泥浆沙砾搅缠堆积在坡根下捂死了。陡坡上也不知被掩盖了几千年乃至几万年的沙砾重新裸露出来，某种史前的原生原始的气韵瞬间使我感觉到一种莫名的畏怯。我联想到被剥掉了衣服刮光了皮肉的一架骷髅，这骷髅确凿又是我们祖先我们家族里男人的骷髅……一种从家族墓穴里透出的幽冷之气直透我的骨髓。

我在那一刻便想到了覆盖，似乎不单是覆盖那一片史前的沙砾，而是把家族的早已腐蚀净尽血肉的骷髅覆盖起来。我要栽树、植草，然而须得等到秋后。

树叶落光白露成霜的秋末冬初是植树的好时节。我到山坡上挖了十余株野生的洋槐树，很随意地栽下了。所以随意，是我深知洋槐树生存能力特别强，一般树难存活的贫瘠干旱的石山河滩都能繁衍它的族类。然而我也不能太随意，在那很陡峭的沙坡上挖下坑，再给坑里回填上肥沃的一筐黄土，以便它能扎根。我相信，在这一堆黄土里扎下根来，它就可能再把它的根一寸一寸一尺一尺地伸向砂层。

当这一批指头粗细的小洋槐绽出绿叶的时候，我又忍不住浮想联翩。一束一束鲜嫩的绿枝绿叶婷婷于沙坡上，一种最悠远的古老和新近的现实联结起来了，骷髅和新生的血脉勾连起来了，生命的苍老和生命的鲜嫩融合起来了……无法推演无法判断家族悠远的历史，是一个从哪儿来的什么样的人在这里落脚或者可能是落草？最先是在山坡上挖洞藏身还是在河滩上搭置茅草棚？活着的最老的一位老汉只记得这个家族出过一位私塾先生，“字写得跟印出来的一样”。这位先生可能是近代以来家族中最伟大的一位，因为后人只记着他和他的字并引以为骄傲……整个儿家族的历史和记忆全部湮没了，只有一位先生和他写的一手好毛笔字的印象留传，家族没有湮没的竟然只是一个会写字的先生。

洋槐很快就显出了差异，栽在坡根下有黄土的一株独占优势水肥，越往高处的树苗就逐渐生长缓滞了，尤其是最顶头的那一株，在抽出最初的几片叶子之后便停止生长了。直到随之而来的伏旱，我终于惊讶地发现它的叶子蔫了。我想如果再旱下去，不过三五天它就会残废，便提了半桶水爬上坡顶，那次水倒下去像倒入一个坑洞，然而那叶子就在眼皮下重新支棱起来了……这株长在最高处也是沙层最厚的地方的洋槐苗子，终究无法蓬勃起来。几年过去，最下边的那棵已经粗到可以做椽子了，而它却仍然只有指头粗细。那里没有水，它完全处于饥渴之中。在濒临旱死的危亡时刻，我才浇给它半桶水，而且每次都要累出我一身汗。然而它毕竟活下来了。

活下来就是胜利。它和其他十余棵洋槐苗子并无任何差异，在我从山野把它们挖出来移栽到我家后坡上的时候，它们自身仍然没有任何差异，只是我移栽的生存条件发生了巨大的差别，它们的命运才有了天壤之别。最下边的坡根下完全植根于肥沃土壤的那一株自然很欢势，我也最省事，从来也没给它浇过一滴水。而最上边的那一棵生存最艰难，我甚至感伤无意或者说随意选中它植于这块缺水缺肥几乎没有生存条件的地方真是亏待了它，把它给毁了，它未来也应该有长成一棵大树的生存权利的。然而它也给我以启迪，使我理解到一种生命的不甘灭亡的伟大的顽强。

这个启示是前年初夏又加深了的。那些洋槐已经成为一片林子，它们的各种形态的树冠在空中互相交接，形成一个巨大的绿盖，把那史前沉沙严密地覆盖起来，那沉沙上也逐年落积了一层或薄或厚的黄土，各种耐旱的野草已形成植被，只有少许几坨地方像秃疤裸露。五月初，我的后坡上便爆出一片白雪似的槐花，一串串垂吊着，蜜蜂从早到晚都嗡嗡嘤嘤如同节日庆典。那悠悠的清香随着微微的山风灌进我的旧宅和新屋，灌进大门和窗户，弥漫在枕头床被和书架书桌纸笔以及书卷里。我不想说沉醉。我发觉这种美好的洋槐花的香气可以改变人的心境，使人从一种烦躁进入平和，从一种浮躁进入沉静，从一种黑暗进入光明，从一种龌龊进入洁净，从一种小肚鸡肠的醋意妒气引发的不平衡而进入一种绿野绿山清流的和谐和微笑……尤其是我每每想到这槐香是我栽植培育出来的。

最上边的那一棵没有开花。我根本没有对它寄托花的期望，它能保住生命就很不容易了，它保存生命所付出的艰辛比所有花串儿繁密的同族都要多许多。前年春天我回家去，我惊喜地发现它的朝着东边的那根枝条上缀着两朵白花，两朵距离很大而不能串结成串儿的花。我的心不由得微微悸动了，为了这两朵小小的洋槐花而悸颤不止。它终于完成了作为一种洋槐树的生命的全过程，扎根、绿叶、青枝和开花，一种生命体验的全过程，而且对生存的艰难生存的痛苦的体验最为深刻。我俯身低头亲吻了这两朵小花，香气不逊于任何别的一树。

每有风起，这片洋槐组成的小森林便欢腾起来，绿色的树冠在空中舞摆，使我总是和那海波海涛联系起来。是的，绿色的波涛汹涌回旋千姿百态风情万种，发出低吟响起长啸以至呐喊，都使我陷入一种温馨一种激励一种亢奋。每有骤雨声和整个儿村庄的树木群族不可分割地融会在一起。每当风和日丽，我在写作疲惫时便走出后院爬上后坡，手抚着那已经粗糙起来的树干倚靠一会儿，或者背靠大树坐在石头上抽一支烟，便有一种置身森林的气息。旱薄荷依然有薄荷的清香，腐烂的落叶有一股腐霉的气味。我的小森林所形成的绿色的风，给我以生理和心理的调节；而这种调节却是最初的目的里所没有的。

1995 年元旦于西安

父亲的树

又有两个多月没有回原下的老家了。离城不过五十华里的路程，不足一小时的行车时间，想回一趟家，往往要超过月里四十的时日，想来也为自己都记不清的烦乱事而丧气。终于有了回家的机会，也有了回家的轻松，更兼着昨夜一阵小雨，把燥热浮尘洗净。也把心头的腻洗去。

进门放下挎包，先蹲到院子拔草。这是我近年间每次回到原下老家必修的功课。或者说，每次回家事由里不可或缺的一条。春天夏天拔除院子里的杂草，给自栽的枣树柿树和花草浇水；秋末扫落叶，冬天铲除积雪，每一回都弄得满身汗水灰尘，手染满草的绿汁。温习少年时期割草以及后来从事农活儿的感受，常常获得一种单纯和坦然，甚至连肢体的困倦都是另一番滋味的舒悦。

前院的草已铺盖了砖地，无疑都是从砖缝里冒出来的。两个月前回家已拔得干干净净。现在又罩满了，有叶子宽大的草，有秆子颇高的草，有顺地扯蔓的草，吓得孙子旦旦不敢下脚，只怕有蛇。他生在城里，至今尚未见过在乡村土地上爬行的蛇，只是在电视上看过。他已经吓得这个样子，却不断问我打过蛇没有，被蛇咬过没有。乡村里比他小的孩子，恐怕没有谁没见过蛇的，更不会有这样可笑的问题。我的哥哥进门来，也顺势蹲下拔草，和我间间断断说着家里无关紧要的话。我们兄弟向来就是这样，见面没有夸张的语言行为，也没有亲热的动作，平平淡淡里甚至会让生人产生其他猜想，其实大半生里连一句伤害的话从来都没有说过，更谈不到脸红脖子粗的事了。世间兄弟姊妹有种种相处的方式，我们却是于不自觉里形成这种习惯性的状态。说话间不觉拔完了草，堆起偌大一堆，我用竹笼纳了五笼，倒在门前的场塄下，之后便坐在雨篷下说闲话，懒得烧水，幸好还有几瓶啤酒，当着茶饮，想到什么人什么事，有一搭没一搭地聊着。还有一位村子里的兄弟，也在一起喝着扯着闲话。从雨篷下透过围墙上方往外望去，大门外场塄上的椿树直撑到天空。记不清谁先说到这棵树，是说这椿树当属村子里现存的少数几棵最大的树，却引发了我的记忆，当即脱口而出，这是咱伯栽的树。这话既是对哥说的，也是对那位弟说的。按当地习俗，兄弟多的家族，同一辈分的老大，被下辈的儿女称伯，老二被称爸，老三老四等被称大。有的同一门族的人丁超常兴旺，竟有大伯二伯三伯大爸二爸三爸和大二大三大到八大的排列。这里的乡俗很不一般，对长辈的称呼只有一个字，伯、爸、大、叔、妈、娘、姨、舅、爷等，绝对没有伯伯、爸爸、大大、妈妈、娘娘、姨姨、爷爷、舅舅等的重复啰唆……我至今也仍然按家乡习惯称父亲为伯。父亲在他那一辈本门三兄弟里为老大，我和同辈兄弟姐妹都叫一个字：伯。如此说来，这文章的标题该当是《伯的树》。

我便说起这棵椿树的由来。大约是“三年困难”最困难的一九六〇年或是一九六一年，我正上高中，周日回到家，父亲在生产队出早工回来，肩上扛着镢头，手里攥着一株小树苗。我在门口看见，搭眼就认出是一株椿树苗子。坡地里这种野生的椿树苗子到处都有，那是椿树结的荚角随风飘落，在有水分的土壤里萌芽生根，一年就可以长到半人高的树秧子。这种树秧如长在梯田塄坎的草丛中，又有幸不被砍去当柴烧，就可能长成一棵大椿树；如若生长在坡地梯田里，肯定会被连根挖除晒干当作好柴火，怕其占地影响麦子生长。父亲手里攥着的这根椿树苗子是一个幸运者，它遇到父亲，不是被扔在门前的场地上晒干了当柴烧，而是要郑重地栽植，正经当作一棵望其成材的树了，进入郑重的保护禁区了：也自这一刻起，它虽是普通不过平凡不过的一种树，却已经有主了，就是父亲。父亲给我吩咐，你去担水。他说着就在我家门前的场塄边上挖坑。树只是个秧儿，无须大坑，三镢头两铁锨就已告成，我也就没有要替父亲动手，而是按他的指令去担水。那时候我们村里吃的是泉水，从村子背后的白鹿原北坡的东沟流下来，清凌凌的，干净无染。泉水在村子最东头，我家在村子顶西边，我挑一回水，最快也需半小时。待我挑水回来，父亲早已挖好坑儿，坐在场塄边儿上抽旱烟。他把树苗置入一个在我看来过大的土坑里。我用铁锨铲土填进坑里，他把虚土踩踏一遍，让我再填，他再踩踏。他教我在土坑外沿围一圈高出地面的土梁，再倒进水去。我遵嘱一一做好，看着土坑里的水一层一层低下去，渗入新填的新鲜土坑里，成活肯定是毫无一丝疑义。父亲又指示我，用酸枣刺棵子顺着那个小坑围成一圈栽起来，再用铁丝围拢固定，恰如篱笆，保护小椿树秧子，防止猪拱牛抵羊啃娃娃掐折。我从场边的柴堆上挑选出一根一根较高的业已晒干的酸枣棵子（这是父亲平时挖坡顺手捡回来的），做着这项防护措施。父亲坐在地上抽烟，看着我做。我却想到，现在属于父亲领地的，除了住房的庄基，就是这块附属于庄基地门前的这一小片场地了，充其量有二厘地。下了这个场塄，就是统归集体的土地了。父亲要在他可以自主掌控的二厘场地上，栽种一棵椿树。

我对父亲的一个尤为突出的记忆，就是他一生爱栽树。他是个农民，种玉米种麦子务弄棉花是他的本职主业，自不必说，而业余爱好就是栽树。我家在河川的几块水地，地头的水渠沿上都长着一排小叶杨树。水渠里大半年都流淌着从灞河里引来的自流水，杨树柳树得了沃土好水的滋养，迎着风如手提般长粗长高。随意从杨树或柳树上折一根枝条，插到渠沿的湿泥里，当年就长得冒过人头了，正如民间说的“三年一根椽，五年长成檩”的速度。二十世纪五十年代中期以前，我的父亲就指靠着他在地头渠沿培植的这些杨树，供给先后考上高小和初中的哥与我的学杂费用。那时的小学高年级，我都是住宿搭灶的学生。父亲把杨树齐根斫下来，卖了椽子，七八毛钱一根，再把树根刨出来，剁成小块，晒干，用两只大老笼装了，挑过灞河，到对岸的油坊镇上去卖，每百斤可卖一块至一块两毛钱。我至死都不会忘记五十年代中期的这两项货物——椽子和木柴的市场价格。无须解释原因，它关涉我能否在高小和初中的课堂上继续坐下去。父亲在斫了树干刨了树根的渠沿上，当即就会移栽或插下新的杨树秧或树枝，期待三年后斫下一根椽子卖钱。父亲卖椽卖柴供两个儿子念书的举动无意间传开，竟成为影响范围很宽的事。直到现在，我偶尔遇到一些同里乡党，见面还要感叹几句我父亲当年的这种劳动，甚至说“你伯总算没有白卖树卖柴”的话。不久，农村实行合作化以后，土地归集体，父亲也无树根可刨了。我就是在那一年休了学，初中刚念了一个学期。不过，我那时并不以为休学有多么严重，不过晚一年毕业而已，比起班上有些结婚和得了儿女的同学，我是年龄最小的一个。这是解放后才获得念书机会的乡村学生的真实情况，结婚和生孩子做父母的初一学生每个班都有几个，不足为奇。

我在每个夏天的周日从学校回到家中，便要给父亲的那棵椿树秧子浇一桶水。这树秧长得很好，新发出的嫩枝竟然比原来的秆子还粗，肯定是水肥充足的缘由。某一个周六下午我回家走到门口，一眼望见椿树苗新冒出的嫩枝折断了头，不禁一惊，有一种心疼的惋惜，猜想是被谁撞折了，或被哪个孩子掐折了。晚上父亲收工回来吃晚饭时，说是一个七八岁的骚娃（调皮捣蛋的娃）用弹弓打断的。父亲说，娃嘛！就是个骚娃咯，用弹弓耍哩瞄准哩，也不好说他啥。后来就在断折处，从东西两边发出两枝新芽来，渐渐长起来。我曾建议父亲，小树不该过早分杈，应该去掉一枝，留下一枝才能长高长直。父亲说，先不急，都让长着，万一哪个骚娃再折掉一枝，还有一枝。父亲给骚娃们留下了再破坏的余地，我就不仅仅是听从了，还有点儿感动。再说这椿树秧子刚冒出来便遭拦头折断的打击，似乎憋了气，硬是非要长出一番模样来，从侧旁发出的两根新芽更见茁壮，眼见着拔高，竞相比赛一般生机勃勃。父亲怕那细秆负载不起茂盛的叶子，一旦刮风就可能折断，便给树干捆绑一根立杆，帮扶着它撑立不倒不折。这椿树便站立住了。无意间几年过去，我高考名落孙山回乡当了民办教师，为生活为前程多所波折，似乎也不太在意它了，这椿树已长得小碗粗了。小碗粗的椿树已经在天空展开枝杈和伞状的树冠，却仍然是两根分枝，父亲竟没有除掉任何一根，他说越长越不忍心砍那多余的一根分枝了，就任其自由生长。这椿树得了父亲的宽容和心软，双枝分杈的形态就保持下来，直到现在都合抱不拢的大树，依然是对称平衡的双枝撑立在天空，成为一道风景，甚至成为一种标志。有找我的人向村人问路，最明了的回答就是，门口场塄有一棵双杈椿树。

到二十世纪八十年代初始，生活已发生巨大转机，吃饱穿暖已不再成为一个问题的好光景到来时，我已筹备拆掉老朽不堪的旧房换盖新房了，不料父亲发生了绝症。他似乎在交代后事。对我说，场塄上那棵椿树，可以伐倒做门窗料。我知道椿树性硬却也质脆，不宜做檩当梁，做门窗或桌椅却是上好木材。父亲感慨说：我栽了一辈子树，一根椽子都没给自家房子用过，都卖给旁人盖房子了，把这椿树伐下来，给咱的新房用上一回。我听了竟说不出话，喉头发哽。缓解一阵儿后，我对父亲说，门窗料我会想办法购买（那时木材属统购物资），让椿树长着。我说不出口的一句话是，父亲留给我的活物，就只剩下这一棵椿树了。不久，父亲去世了，椿树依然蓬勃在门外的场塄上。八十年代初，我随之获得专业写作的机会，索性回到原下老家图得清静，读书写作，还住在遇到阴雨便摆满盆盆罐罐接漏的老屋里，还继续筹备盖房。某一天，有两三个生人到村子里来寻买合适的树，一眼便瞅中了我父亲的这棵椿树，向村人打听树的主人。村人告诉说，那主家自己准备盖房都舍不得伐它，你恐怕也难买到手。买家说可以多掏一些钱，随之找到我，说椿树做家具是好材料，盖房未必好，可以多给一些钱，让我去选购松木这些上好的盖房材料，并说明他们是做家具卖的生意人。我自然谢绝了。这是绝无商议余地的事。我即使再不济，也不能把父亲留给我的最后一棵树砍了。这椿树就一直长着，直到现在。每隔一段时日抽空回到老家，到门口第一眼看到的就是这棵椿树，父亲就站在我的眼前，树下或门口；我便没有任何孤独空虚，没有任何烦恼，没有任何腌臜的事能够把人腻死……

我和我哥坐在雨篷下聊着这棵椿树的由来。他那时候在青海工作，尚不清楚我帮父亲栽树的过程。他在“大跃进”的头一年应招到青海去了，高中只学了一年就等不得毕业了，想参加工作挣钱了。其实，还是父亲在这时候供给着两个中学生，可以想见其艰难。我是依靠着每月八元的助学金在读书，成为我一生铭记国家恩情的事。“大跃进”很快转变为灾难，青海兴建的厂矿和学校纷纷下马关门，哥和许多陕西青年一样无可选择又回到老家来，生产队新添一个社员。哥听了我的介绍，却纠正我说，这椿树还不是最老的树，父亲栽的最老的树要算上场里地角边的皂荚树。那是刚刚解放的二十世纪五十年代初，我们家诸事不顺，我身后的两三个弟妹早夭，有一个刚生下六天得一种“四六风症”死去，有一个妹妹和一个弟弟都长到三四岁了，先后都夭亡了。家养一头黄牛，也在一场畜类流行瘟疫里死了。父亲惶恐里请来一位阴阳先生，看看哪儿出了毛病。那阴阳先生果然神奇，说：你家上场祖坟那块地的西北角太空了，空了就聚不住“气”，邪气就乘虚而入了。父亲吓得不知如何是好，急问如何应对如何弥补。阴阳先生说，栽一棵皂荚树。并且解释，皂荚树的皂荚可以除污去垢，而且树身上长满一串串又粗又硬的尖刺，更可以当守护坟园的卫士。父亲满心诚服，到半坡的亲戚家挖来一株皂荚树秧子，栽到上场祖坟那块地的西北角上，成活了也长大了，每年都结着迎风撞响的皂角儿。这皂荚树其实弥补得了多少空缺是很难说的，因为后来家里也还出过几次病灾，任谁都不会再和阴阳先生去验证较真了。这儿却留下一棵皂荚树，父亲的树，至今还长着，仍然是一年一树繁密的皂角，却无人摘折了，农民已经不用皂角洗涤衣服，早已用上肥皂洗衣粉之类。哥说了父亲的这棵皂荚树，我隐约有印象，不如他清楚，我那时不太在心，也太小。现在，在祖居的宅院里，两个年过花甲的兄弟，坐在雨篷下，不说官场商场，不议谁肥谁瘦，也不涉水涨潮落，却于无意中很自然地说起父亲的两棵树。父亲去世已经整整二十五年，他经手盖的厦屋和他承继的祖宗的老房都因朽木蚀瓦而难以为继，被我拆掉换盖成水泥楼板结构的新房了，只留下他亲手栽的两棵树还生机勃勃，一棵满枝尖锐硬刺儿的皂荚树，守护着祖宗的坟墓陵园；一棵期望成材做门窗的椿树，成为一种心灵感应的象征，撑立在家院门口，也撑立在儿子们心里。

每到农历六月，麦收之后的暑天酷热，这椿树便放出一种令人停留贪吸的清香花味儿，满枝上都绣集着一团团比米粒儿稍大的白花，招得半天蜜蜂，从清早直到天黑都嗡嗡嘤嘤的一片蜂鸣，把一片祥和轻柔的吟唱撒向村庄，也把清香的花味儿弥漫到整个儿村庄的街道和屋院。每年都在有机缘回老家时闻到椿树花开的清香，陶醉一番，回味一回，温习一回父亲。今年却因这事那事把花期错过了，便想，明年一定要赶在椿树花开的时日回到原下，弥补今年的亏空和缺欠。那是父亲留给这个世界也留给我的椿树，以及花的清香。

2006 年 8 月 31 日　二府庄

年年柳色

时令刚刚进入关中的初春季节，冷气却依旧凛冽，冬天御寒的衣服一件也减不下来。某天早晨出门，无意间的一瞥，路边的柳树枝条上泛出一片鹅黄的嫩叶，毕竟是春天了，这是瞬间发生的一种本能的心理反应。几乎同时映现于脑际的景致，便是家乡灞河岸边独成一景的柳色，还有回响于心头的李白的词句，年年柳色，灞陵伤别……

在灞河岸边生活和工作了大半生，柳色已储成永久的鲜活的记忆，确凿捺不住初春时节那一抹鹅黄色的嫩叶的诱惑，约一二乡友回到灞河滩上，在瞥见那一派柳色的瞬间，我顿生遗憾，不过迟来了三五天，柳树枝条上的叶子已经转换成绿色了。河岸边的柳林，恣意纵横伸张着的粗干和细枝上，都缀满刚刚由鹅黄转换为嫩绿的新叶；没有一丝风，连接成一道绿色浮云似的柳叶纹丝不动，沐浴着午后温柔的阳光。我还是看到了一团夹杂在望不到头的绿叶中的鹅黄色嫩叶，大约是柳树种族中的一株异类，或者类同双胞胎中的那个后生孩儿，却让我感受到鹅黄嫩色的无可替代的诗意。也许明天或后天，那一团鹅黄色的嫩色就转换为绿色，和漫空的绿云融为一体，成为今年的灞桥柳色了。

眼前的灞河和河上的桥，以及河边桥头的柳色，既不是李白们千古吟诵的柳色，也不是我记忆里的柳色。我无能想象千古诗家词人眼里所见和笔墨所吟的柳色，却淡漠不了我曾经看惯也依旧鲜活的柳色。上世纪五十年代末到六十年代初，我在灞桥南头的中学读书，学校的北围墙紧贴灞河河堤的南坡。河堤向水的一面，不过百米便有一道青石垒筑的挡水坝，坝与坝之间全蓬勃着一株株合抱粗的柳树，无疑也是为着减弱洪水对河堤的冲击力。站在灞桥上远眺，柳树的绿叶顺河而上而下绵延三五十里，成为一种令人惊诧又浮泛诗意的独特景象，自然可以理解历朝历代的诗家词人，何以会留下无以数计的吟诵灞河柳色的诗章。而我所亲历的柳树下的风景，是我的同学在河堤上柳荫下读书，或是于微明中在河堤上跑步做早操。却几乎看不到单男独女谈情说爱的场景，其实灞河水畔柳荫之下野草丛中最是卿卿我我的佳地。在我印象最深的是，每逢周六下午回家，出学校后门便跨上河堤，打开我正在阅读着的小说，一路读过去，不用操心脚下的绊磕，更不用担心撞人碰车，那个时代的汽车很少，连拖拉机也是稀罕的机械，偶尔有人骑自行车过往，总是骑车人绕着步行者。这道于解放前修建的灞河长堤，堤面上可以对开汽车，属于那个国穷民更穷的战乱年代的非凡工程了。照例，周日下午返校时，一踏上河堤，便接着读小说，享受在柳荫里，却几乎全没有感觉了。

也有令人痛切的记忆，我在这儿读高中的三年，正遭遇着共和国历史上最不堪的“三年困难时期”，饥饿的感觉是那个时代人的共同体验。每到鹅黄的柳叶刚刚冒出，不仅村里和镇上的居民争相捋取，我和同学也爬树攀枝，很小心地捋下嫩不堪捋的叶片，在一位当地同学的家里煮熟，用温水浸泡一夜，把柳叶里的苦汁排除，再一勺一勺分配给全班每一个同学。作为农村出身的学生，自幼年我就吃惯了多种野菜野果，却从来也没听说过柳树叶子可以当作饭菜吃的事。想来也很自然，寻常那些诸如荠荠菜、灰灰菜和洋槐花、构树絮儿、榆钱儿等野生物，早成为饥饿年月的抢手货，被抢挖抢摘一空，便把肚子的填充物扩大到柳树枝上的叶子。当我攀枝捋采柳叶以及嚼食变成黑色的柳叶时，完全缺失了“年年柳色”的诗性浪漫，只有肠胃得到填充的满足。

匆匆间二十年过去，交上上世纪八十年代，我又回到灞桥古镇。曾经读书的母校在灞桥的南桥头，后来供职的文化馆在灞桥北头的古镇上。刚进灞桥古镇不久，便遇上早春河堤上一派鹅黄的柳色，傍晚时分就散漫在河堤上沙滩里，眼看着那鹅黄的柳叶一天天变得金黄，变成浅绿，又变成深绿色。有文学朋友来，我便以柳色喧哗，招引他到河堤上散漫，无论说正经事无论闲聊，无论是鹅黄的柳叶抑或是绿云般的柳色，都令朋友陶醉。然而，好景不长，大约是我到古镇的第二或第三年，我发现柳树的叶子发生了异变，一棵又一棵柳树的叶子由深绿变成一种枯焦的黄色，刚刚入秋便落叶了，第二年就再也吐不出那诱人的鹅黄了。每当我周六回家和周日下午返回灞桥，骑着自行车在灞河南岸的长堤上行进时，便看到一种惨不忍睹的景象，死去的柳树已被人齐根锯断，留下一个圆圆的树茬子；一棵又一棵合抱粗的柳树的庞大的树冠上的叶子，呈现着如同肝病患者的枯黄色，不久也该被锯断了。未过三年，灞河南岸北岸的柳树死光灭绝了。这些柳树是上世纪四十年代筑成这道河堤之后栽下的，三十多年的树龄，又得着灞河水的滋润，棵棵都长到合抱粗的树干，成为守护河堤的天然屏障；庞大的树冠互相连接，构成一道绵延几十里的绿色云雾；壮观而又不失柔美的柳色，年年月月，成为关中地区独有的一道风景。短短的两三年间，灞河的柳色消失了；没有了柳色的灞桥和灞河，如若李白有灵，该会发生怎样的喟叹？我听说受害于某种病毒，也有人说是空气中的有害的工业废气。我似乎凭本能判断偏重于后者，那个时代关于空气污染还是一个陌生的话题。无论如何，灞桥和灞河的柳色却消失了。

我现在和朋友漫步着的灞河长堤，依旧是那道老堤，面目却全非了。这儿已经被改造被装点成公园了，得着灞河水的滋润，正儿八经被命名为“灞河湿地公园”，河堤内外种植着各种花草树木，其中不乏颇为稀罕的品种，长堤外侧和河堤堤面，是两条笔直规整的通车和行人的大道，多条小径曲里拐弯，从堤外沟通着堤顶，又弯转到内侧的河滩；河边原来的沙滩，也是奇花异草连片相间，栅栏围护的木板小桥通到水边；水边长着密不透风的野生苇子，有水鸟在水中自由自在地凫游。我几乎难以想象，也一时很难从印象里的灞河转换为眼前的景致。

我还是偏重这个时月里的灞河柳色。河堤内侧的滩地上和河水两边的苇丛里，有连片的柳树，还有独撑一方柳色的单株，不像是人为的栽植，而是自然的野生物。我和朋友倚在柳树干上闲话，那一株株柳树已经有半抱粗了，柳叶刚刚从鹅黄转换为嫩绿，散发的清爽之气弥漫在空气中，令我有一种发迷似的陶醉，记忆里缺失的柳色终于得到补偿了……年年又有柳色了。

在灞水岸边柳色之中漫步，和朋友少不得说到李白的词句"年年柳色，灞陵伤别"。汉唐时期的灞桥是长安城的东大门，迎接贵客好友到此等候，以示敬重；送别也送到灞桥桥头，依依不舍挥手；更有那些冒犯者被贬到远方，亲朋好友送别到灞桥，就不仅是伤心伤情的告别，而是撕心裂肺的生离死别了。可以想见几百年的王朝更迭中，灞河的河水里、石桥上、柳荫下落过多少泪水。

站在柳色中的长堤上，隐约可以眺见灞陵。灞陵里安卧着汉文帝，陵墓选在白鹿原西端的北坡上，坡根下便是自东向西倒流着的灞水，史称灞陵，白鹿原随后也有了另一种称谓——灞陵原。灞桥距文帝陵不过三四公里，李白不说灞桥伤别而说灞陵伤别了。《史记》里的灞陵原又称"灞上"，泛指白鹿原以及原下的灞河小河川，灞桥也在其中。

我现在看到的灞河，河水边依依着青春男女，祖孙三代散漫在柳色之中，偶尔碰见多年不见的熟人，握手叙旧，也都是轻松欢悦的腔调，大约谁在这样的柳色里，都不会有撇不开的心事。这里已经没有伤别，依旧着年年柳色。

2012 年 4 月 6 日　二府庄

难忘一渠清流

在村子里的初级小学校念书到四年级期满，算是毕业了。要继续深造，需要通过升学考试，到所辖学区的高级完全小学接着读五、六年级。严峻的前提是，必须通过考试得以录取。初级小学是复式教学，一个教室里四个年级的三四十个男女学生，由一位既是教师也兼校长的青年老师独统这一方乡村教育领地。他很负责任，在我们毕业前夕已经打听到准确的招生消息，属于西安市辖区离我家最近的两所高级小学都不招生，却有蓝田县辖的一所高级小学招生。我家所在的地域属西安市辖的最东头一个村子，再往东就属蓝田县辖的地域了；往北是灞河，河北边也是蓝田县辖地，正对着我们村子的灞河北边的油坊镇上有一所高级小学，距家不过三里地。我和同村的两个同班同学搭伙儿涉过灞河，抱着碰运气的心理找到那所小学，再找到管招生的老师说明来意，竟破例允许不属蓝田县辖的我们报名应考……考试的结果，我们三人有一个落榜，我竟有幸得中。这是一九五三年的事，我十一岁。

即将开学的时候，天降暴雨，灞河涨起洪水，多日不退，我几乎天天乃至一天三次跑到河边，看河水落下去的情状。直到水落到我可以蹚过的时候，开学已过一周了。父亲送我上学，他肩头扛着一袋面粉，我背着一捆被卷，走进学校大门时竟然忍不住心跳。学校给北边岭上和南边白鹿原上的远路学生安排住宿，并设有学生灶，把自家磨好的面粉交来，再交大约一元人民币的副食费，只有盐和醋两种调味品，酱油属于奢侈品，不供，更谈不到蔬菜或肉了。

父亲回家之后，我进入教室上课，陌生是不消说的，麻烦发生在晚上。作为我们五年级新班的教室是新建的一幢房子，房内用木板铺楼，作为睡觉的宿舍，尚未完全做好，工匠正在赶做尾巴活儿，把我们班临时安排在一个既老又低矮的教室里，晚上就睡在桌子上过夜。我初来乍到，不知底里，天尚未黑，课桌被人并拢占定了，连长条坐凳都被合并各有其主。我把剩下的三条木腿活络的板凳并拢起来，铺开被子，自然是一半做褥一半做被，又找来一块旧砖做枕头，睡下了。睡到不知什么时候，我有从悬崖跌下的恐惧，惊醒后半天反应不过来，迷迷蒙蒙还以为在自家炕上，摸到左右的木板凳，才顿时醒悟，我是从以凳做床的板凳上掉到地上了。我爬起来，眼前黑咕隆咚，那时候尚未通电，照明需学生自备油灯。我刚来一天，还未来得及买油置灯。摸着黑把掉在地上的被子拎起来，才发现三条并拢做床的长条凳分开了，我掉到地上时夹在木凳之间，也就明白是木凳的腿子太活络而难以固定，才造成这场虚惊。这是我第一次离家出门在外过夜的经历，竟铸成永久记忆。

到第二或第三、四天，我的紧张心情才逐渐缓解，也才敢把这个学校的前院后院走了一遍看了个明白。大门朝南临街，将一排作为教室的房子中间留一间作为通道。进入校内，西边一排低矮的房子，是老师的餐厅和学生灶，还有储藏杂物用房；北边是一排教室，中间夹着校长和几位教师宿办兼用的单间房；东边就是新建成的即将启用的我们班的教室了。四面被连排房子联结，中间是一方甚为宽敞的空地，下课后便被拥出教室的学生渲染得生动活泼。最令人难忘的一景，是从围墙外引进一渠清流，从北边那一排教室前折拐到我们的教室门外，再向西折拐到大门通道，从石板铺盖的地下流出学校，穿过街道流进对面的村子。这条水渠的水一年四季都清澈无滓，是地下渗出的一股颇为丰盛的清泉，大约流过许多许多年了，渠边上粗大的小叶杨树即可见证。北排教室外的水渠边，有小块竹林，是冬天里校园内的一抹绿色。竹林边，还有一大丛玫瑰花。北排房子中间也有一条通道，出去后便是偌大的操场，只有一副木制篮球架，再无任何体育设施。操场东北角还有两座教室，供低年级学生学习。操场西边是土打围墙的厕所。北围墙紧靠着一条沙石出路。我出围墙门站在公路边上，平生第一次看到大卡车。那些从北岭和南原上来的同班同学，晚饭后常不约而同走出北围墙后门，站在公路边等待过往的汽车看风景。那时候汽车很少，往往等半个多小时，未必能看到一辆汽车，小车几乎没见过。后来我才知道，这是关中通中国南方的唯一一条公路。

我很快便和同学混熟悉了。大约是年龄造成的不同兴趣，我和那些年龄接近个头也相差不多的小同学很自然地聚拢为友。我的学习不是太用功，把老师讲的课本内容听懂了，很顺利地做完作业，就不再翻揭书本了，课余便尽着性情玩。那时候尚未使用钢笔，必备一支大字毛笔和一支小楷毛笔，一个砚台或墨盒，每天写一张大字，两天写一页小楷字，连算术作业的洋码字也是用小楷毛笔书写。我现在还后悔那时候把大仿字和小楷字只当成作业去完成，没有认真用心地练习书法基本功。我们班有一位个头不高却很老气的同学，毛笔字写得好到被老师划归为柳体，即大书法家柳公权的笔体风格。我常见他在课余独自写毛笔字，用粗糙的黑麻纸钉成一个大厚本子，一张一张地写，左手边就放着一本柳公权的字帖，做临摹。我第一次听说大书法家柳公权的名字，第一次见到字帖，皆源于此。我和不少同学写毛笔字还处于描“影格”的初始阶段，“影格”是班主任杜老师写的，放在纸下，再在上面白纸上照着描摹。杜老师后来把给学生写“影格”的事转嫁到那位同学身上，他在全班同学面前说：谁要用“影格”，别找我，让 ××× 同学写，他比我写得好。可惜，我忘记了这位同学的名字。

学校最火的体育运动是篮球比赛。班级之间搞得热火朝天，却是那些年龄大个头也高的学生。如我一样年龄小个头又矮的同学，流行一种小皮球的玩耍，比赛人数和规则与篮球完全一致。我曾经热衷到入迷的程度，一个篮球场，很难有给玩小皮球的学生尽兴的机会。我在闲余时就踢毽子，仅仅一条灞河之隔，我们河南边的村子里的小孩儿，几乎人人会踢用鸡毛扎的毽子，女孩儿也踢，而河北岸的同学却把我的毽子当作稀罕物，无人会踢，许多同学竟然没见过。不过，他们好奇地试踢几回之后就索然了，我一个人玩不出兴趣，就又找机会和他们一起打小皮球了。

我是顶着“毛盖”发型走进这所高级小学的。还有北岭南原偏僻乡村的同学也蓄着这种乡村未成年男孩儿传统的发型，即前脑上蓄留一绺长发，苫住了前额。在已经普及了所谓“一边倒”和“平头”等文明发型的学校里，常常遭到讥笑。班主任杜老师倡议男同学每人交一毛钱，买回推子、剪刀和梳子，亲自动手，把我和其他所有蓄着“毛盖”发型的同学的头发剪掉了，一律变革为新式文明发型。他随之培养了两个心灵手巧而又热心服务的男同学做理发师，给全班男生义务理发。我后来由此番发型革命约略可以感知当年辛亥革命男人剪辫子的心理。

从教室门口流过的清湛湛的水，是我们寄宿学生洗脸的再好不过的水了。因为是地下涌泉，夏天清凉，冬天又显得温热，洗手洗脸是一种享受。半夜从楼上宿舍下来小解，出门便对着水渠撒个痛快，尿被水流冲走，不留任何遗味。记得某年初夏，我似乎睡醒后还有点儿迷糊，下楼后刚站到水渠边，看到前方站着一个没有脑袋的人，吓得折身跑上楼去，躺进被窝再无法入睡。第二天早晨起来在水渠边洗脸时，才看出那个无头的“鬼”是那丛含苞待放的玫瑰。我把这场虚惊写成作文，受到杜老师的表扬，不仅在全班通篇读完，而且对几处生动描写做了点评。这是我的作文获得的第一次评论，而且以阅读的形式公开“发表”在全班同学面前，难以忘记。

在油坊街高级小学的两年寄宿生活，几乎记不起任何不愉快的事。唯一的缺憾，春末初夏时节遇到暴雨，灞河涨起洪水，周六回不了家。寄宿的同学和学校老师都回家了，只留下我和灞河南岸三五个同学，好生恓惶。我常站在河边，看着南岸走动的大人和小孩儿，清晰到可以辨认出张三李四来，却总无法回到母亲身边，忍不住滴泪。尤其是升中学考试的关键时候，遭遇洪水，不能回家，不仅口袋无钱，关键是我穿着一双鞋底快要磨透的布鞋，踏上行程三十华里的沙石公路，很快就把脚后跟磨破流血了……

2009 年 3 月 2 日　二府庄

我的秦腔记忆

在我最久远的童年记忆里顶快活的事，当数跟着父亲到原上原下的村庄去看戏。

父亲是个戏迷，自年轻时就和村子里几个戏迷搭帮结伙去看戏，直到年过七旬仍然乐此不疲。我童年跟着父亲所看的戏，都是乡村那些具有演唱天赋的农民演出的戏。开阔平坦的白鹿原上和原下的灞河川道里，只有那些物力雄厚而且人才济济的大村庄，不仅能凑足演戏的不小开销，还能凑齐生、旦、净、末、丑的各种角色。我们这个不足四十户人家的村子，演戏是连想也不敢想的事，我和父亲就只有到原上和原下的那些大村庄去看戏了。

不单在白鹿原，整个儿关中和渭北高原，乡村演戏集中在一年里的两个时段，是农历的正月二月和伏天的六月七月。正月初五过后直到清明，庆祝新年佳节和筹备农事为主题的各种庙会，隔三岔五都有演出，二月二是传统习惯里的龙抬头日，形成演出高潮，原上某个村子演戏的乐声刚刚偃息，原下灞河边一个村子演戏的锣鼓梆子又敲响了，常常发生这个村和那个村同时演出的对台戏。再就是每年夏收夏播结束之后相对空闲的一个多月里，原上原下的大村小寨都要过一个各自约定的“忙罢会”。顾名思义，就是累得人脱皮掉肉的收麦种秋的活儿忙完了，该当歇息松弛一下，约定一个吉祥日子，亲朋好友聚会一番，庆祝一年的好收成。这个时节演戏的热闹，甚至比新年正月还红火，尤其是风调雨顺小麦丰收家家仓满囤溢的年份。

我已记不得从几岁开始跟父亲去看戏，却可以断定是上学以前的事。我记着一个细节，在人头攒动的戏台下，父亲把我架在他的肩上，还从这个肩头换到那个肩头，让我看那些我弄不清人物关系也听不懂唱词的古装戏。可以断定不过五六岁或六七岁，再大他就扛架不起了。我坐在父亲的肩头，在自己都感觉腰腿很不自在的时候，就溜下来，到场外去逛一圈。及至上学念书的寒暑假里，我仍然跟着父亲去看戏，不过不好意思坐父亲的肩膀了。

同样记不得跟父亲在原上原下看过多少场戏了，却可以断定我那时候还不知道自己看的戏种叫秦腔。知道秦腔这个剧种称谓，应在上世纪五十年代中期离开家乡进西安城念中学以后，我十三岁。看了那么多戏，却不知道自己所看的戏是秦腔，似乎于情于理说不通。其实很正常，包括父亲在内的家乡人只说看戏，没有谁会标出剧种秦腔。原上原下固定建筑的戏楼和临时搭建的戏台，只演秦腔，没有秦腔之外的任何一个剧种能登台亮彩，看戏就是看秦腔，戏只有一种秦腔，自然也就不需要累赘地标明剧种了。这种地域性的集体无意识就留给我一个空白，在不知晓秦腔剧种的时候，已经接受秦腔独有的旋律的熏陶了，而且注定终生都难能取代的顽固心理。

在瓦沟里的残雪尚未融尽的古戏楼前，拥集着几乎一律黑色棉袄棉裤的老年壮年和青年男人，还有如我一样不知子丑寅卯的男孩儿，也是穿过一个冬天开缝露絮的黑色棉袄棉裤，旱烟的气味弥漫不散；伏天的“忙罢会”的戏台前，一片或新或旧的草帽遮挡着灼人的阳光，却遮不住一副副淌着汗的紫黑色裸膀，汗腥味儿和旱烟味儿弥漫到村巷里。我在这里接受音乐的熏陶，是震天轰响的大铜锣和酥脆的小铜锣截然迥异的响声，是间隔许久才响一声的沉闷的鼓声，更有作为乐团指挥角色的扁鼓密不透风干散利爽的敲击声，板胡是秦腔音乐独有的个性化乐器，二胡永远都是作为板胡的柔软性配乐，恰如夫妻。我起初似乎对这些敲击类和弦索类的乐器的音响没有感觉，跟着父亲看戏不过是逛热闹。记不得是哪一年哪一岁，我跟父亲走到白鹿原顶，听到远处树丛笼罩着的那个村子传来大铜锣和小铜锣的声音，还有板胡和梆子以及扁鼓相间相错的声响，竟然一阵心跳，脚步不自觉地加快了，一种渴盼锣鼓梆子扁鼓板胡二胡交织的旋律冲击的欲望潮起了。自然还有唱腔，花脸和黑脸那种能传到二里外的吼唱（无麦克风设备），曾经震得我捂住耳朵，这时也有接受的颇为急切的需要了；白须老生的苍凉和黑须须生的激昂悲壮，在我太浅的阅世情感上铭刻下音符；小生和花旦的洋溢着阳光与花香的唱腔，是我最容易发生共鸣的妙音；还有丑角里的丑汉和丑婆婆，把关中话里最逗人的语言做最恰当的表述，从出台到退场都被满场子的哄笑迎来送走……我后来才意识到，大约就从那一回的那一刻起，秦腔旋律在我并不特殊敏感的乐感神经里，铸成终生难以改易更难替代的戏曲欣赏倾向。

我记不得看过多少回秦腔戏了。有几次看戏的经历竟终生难忘。上学到初中三年级，学校在西安东郊的纺织工业重镇边上，住宿的宿舍在工人住宅区内。晚自习上完，我和同伴回宿舍的路上，听到锣鼓梆子响，隐隐传来男女对唱，循声找到一个露天剧场，是西安一家专业剧团为工人演出，而且有一位在关中几乎家喻户晓的须生名角。戏已演过大半，门卫已经不查票了，我和同学三四个人就走进去，直到曲终人散。无论从哪方面说，都比乡村戏台上那些农民的演出好得远了，我竟兴奋得好久睡不着觉。第二天早上走进学校大门，教导主任和值勤教师站在当面，把我叫住，指令站在旁边。那儿已经站着两个人，我一看就明白了，都是昨晚和我看戏的同伴——有人给学校打小报告了。教导主任是以严厉而著名的。他黑煞着脸，狠声冷气地训斥我和看戏的同伙。这是我学生生活中唯一的一次处罚……

二十多年后的一九八〇年，我被任命为区文化局副局长的同时，新任局长就是训斥并罚我站的教导主任。我和他握手的那一刻，真是感慨“人生何处不相逢”灵验了。从和他握手直到我离开这个单位，始终都不曾提及此事。他肯定不记得这件事了，他训斥过可能就置诸脑后了，又忙着训导另一位违纪的学生去了。不过，这个时候的他，已经半老，依然严厉的脸上总是洋溢着微笑，大笑的时候很爽朗。一张棱角严厉的脸无论畅怀大笑还是微笑，尤其生动感人，甚为可爱。

还有一次难泯的记忆。这是“四人帮”倒台不久的事。西安城里那些专业秦腔剧团大约还在观望揣摸文艺政策能放宽到何种程度的时候，关中那些县管的也属专业的秦腔剧团破门一拥而出了，几乎是一种潮涌之势。他们先在本县演出，又到西安城里城外的工厂演出，几乎全是被禁演多年的古装戏。西安郊区的农民赶到周边县城或工厂去看戏，骑自行车看戏的人到傍晚时拥满了道路。我陪着妻子赶过二十里外的戏场子。我的父亲和村里那几个老戏友又搭帮结伙去看戏了。到处都能听到这样一句痛快的观感：“这才是戏！”更有幽默表述的感慨：“秦腔到底又姓秦了！”这种痛快的感慨发自一个地域性群体的心怀。“文革”禁绝所有传统剧目的同时，推广八个京剧“样板戏”，关中的专业剧团和乡村的业余演出班子，把京剧“样板戏”改编移植成秦腔演出，我看过，却总觉得不过瘾，多了点儿什么又缺失了点儿什么。民间语言表达总是比我生动比我准确：“这是拿关中话唱京剧哩嘛！”还有“秦腔不姓秦了”的调侃。

到上世纪八十年代中期，我的经济状况初得改善，便买了电视机，不料竟收不到任何节目，行家说我居住的原坡根下的位置，正好是电视信号传递的阴影区域。我不甘心把电视机当收音机用，又破费买了放像机，买回来一厚摞秦腔名家演出的录像带，我不仅把包括已经谢世的老艺术家的拿手好戏看了个够，我的村子里的老少乡党也都过足了戏瘾，常常要把电视机搬到院子里，才能满足越拥越多的乡党。我后来又买了录音机和秦腔名角经典唱段的磁带，这不仅更方便，重要的是那些经典唱段百听不厌。大约在我写作《白鹿原》的四年间，写得累了需要歇缓一会儿，我便端着茶杯坐到小院里，打开录音机听一段两段，从头到脚、从外到内都有一种无以言说的舒悦。久而久之，连我家东隔壁小卖部的掌柜老太婆都听上了戏瘾，某一天该当放录音机的时候，也许我一时写得兴起忘了时间，老太太隔墙大呼小叫我的名字，问我："今日咋还不放戏？"我便收住笔，赶紧打开录音机。老太太哈哈笑着说她的耳朵每天到这个时候就痒痒了，非听戏不行了……在诸多评说包括批评《白鹿原》的文章里，不止一位评家说到《白鹿原》的语言，似可感受到一缕秦腔弦音。如果这话不是调侃，是真实感受，却是我听秦腔之时完全没有预料得到的潜效能。

我看过、听过不少秦腔名家的演出剧目和唱段，却算不得铁杆戏迷。不说那些追着秦腔名角倾心倾情胜过待爹娘老子的戏迷，即使像父亲入迷的那样程度，我也自觉不及。我比父亲活得好多了，有机会看那些名家的演出，那些蜚声省内外的老名家和跃上秦腔舞台的耀眼新星，我都有机缘欣赏过他们的独禀的风采。然而，在我久居的日渐繁荣的城市里，有时在梦境，有时在一个人独处的时候，眼前会幻化出旧时储存的一幅幅图景，在刚刚割罢麦子的麦茬地里，一个光着膀子握着鞭子扶着犁把儿吆牛翻耕土地的关中汉子，尽着嗓门儿吼着秦腔，那声响融进刚刚翻耕过的湿土，也融进正待翻耕的被太阳晒得亮闪闪的麦茬子，融进田边沿坡坎上荆棘杂草丛中，也融进已搭着圆顶的太阳的霞光里。还有一幅幻象，一个坐在车辕上赶着骡马往城里送菜的车把式，旁若无人地唱着戏，嗓门儿一会儿高了，一会儿低了，甚至拉起很难掌握的“彩腔”，在乡村大道上朝城市一路唱过去……

秦人创造了自己的腔儿。

这腔儿无疑最适合秦人的襟怀展示。

黄土在，秦人在，这腔儿便不会息声。

2008 年 8 月 7 日　二府庄

原下的日子

一

新世纪到来的第一个农历春节过后，我买了二十多袋无烟煤和吃食，回到乡村祖居的老屋。我站在门口对着送我回来的妻女挥手告别，看着汽车转过沟口那座塌檐倾壁残颓不堪的关帝庙，折回身走进大门进入刚刚清扫过隔年落叶的小院，心里竟然有点儿酸酸的感觉。已经摸上六十岁的人了，何苦又回到这个空寂了近十年的老窝里来。

从窗框伸出的铁皮烟筒悠悠地冒出一缕缕淡灰的煤烟，火炉正在烘除屋子里整个儿一个冬天积攒的寒气。我从前院穿过前屋过堂走到小院，南窗前的丁香和东西围墙根下的三株枣树苗子，枝头尚不见任何动静，倒是三五丛月季的枝梢上爆出小小的紫红的芽苞，显然是春天的讯息。然而整个儿小院里太过沉寂太过阴冷的气氛，还是让我很难转换出回归乡土的欢愉来。

我站在院子里，抽我的雪茄。东邻的屋院差不多成了一个荒园，兄弟两个都选了新宅基建了新房搬出许多年了。西邻曾经是这个村子有名的八家院，拥挤如同鸡笼，先后也都搬迁到村子里新辟的宅基地上安居了。我的这个屋院，曾经是父亲和两位堂弟三分天下的“三国”，最鼎盛的年月，有祖孙三代十五六口人进进出出在七八个或宽或窄的门洞里。在我尚属朦胧混沌的生命区段里，看着村人把装着奶奶和被叫作厦屋爷的黑色棺材，先后抬出这个屋院，再在街门外用粗大的抬杠捆绑起来，在儿孙们此起彼伏的哭号声浪里抬出村子，抬上原坡，沉入刚刚挖好的墓坑。我后来也沿袭这种大致相同的仪程，亲手操办我的父亲和母亲从屋院到墓地这个最后驿站的归结过程。许多年来，无论有怎样紧要的事项，我都没有缺席由堂弟们操办的两位叔父一位婶娘最终走出屋院走出村子走进原坡某个角落里的墓坑的过程。现在，我的兄弟姊妹和堂弟堂妹及我的儿女，相继走出这个屋院，或在天之一方，或在村子的另一个角落，以各自的方式过着自己的日子。眼下的景象是，这个给我留下拥挤也留下热闹印象的祖居的小院，只有我一个人站在院子里。原坡上漫下来寒冷的风。从未有过的空旷。从未有过的空落。从未有过的空洞。

我的脚下是祖宗们反复踩踏过的土地。我现在又站在这方小小的留着许多代人脚印的小院里。我不会问自己也不会向谁解释为了什么出去又为了什么重新回来，因为这已经是行为之前的决计了。丰富的汉语言文字里有一个词叫龌龊。我在一段时日里充分地体味到这个词的不尽的内蕴。

我听见架在火炉上的水壶发出“噗噗噗”的响声。我沏下一杯上好的陕南绿茶。我坐在曾经坐过近二十年的那把藤条已经变灰的藤椅上，抿一口清香的茶水，瞅着火炉炉膛里炽红的炭块，耳际似乎萦绕着见过面乃至根本未见过面的老祖宗们的声音，嗨！你早该回来了。

第二天微明，我搞不清是被鸟叫声惊醒的，还是醒来后听到了一种鸟的叫声。我的第一反应是斑鸠。这肯定是鸟类庞大的族群里最单调最平实的叫声，却也是我生命磁带上最敏感的叫声。我慌忙披衣坐起，隔着窗玻璃望去，后屋屋脊上有两只灰褐色的斑鸠。在清晨凛冽的寒风里，一只斑鸠围着另一只斑鸠团团转悠，一点头，一翘尾，发出连续的“咕咕咕……咕咕咕”的叫声。哦！催发生命运动的春的旋律，在严寒依然裹盖着的斑鸠的躁动中传达出来了。

我竟然泪眼模糊。

二

傍晚时分，我走上灞河长堤。堤上是经过雨雪浸淫沤泡变成黑色的枯蒿枯草。沉落到西原坡顶的蛋黄似的太阳绵软无力。对岸成片的白杨树林，在蒙蒙灰雾里依然不失其肃然和庄重。河水清澈到令人忍不住又不忍心用手撩拨。一只雪白的鹭鸶，从下游悠悠然飘落在我眼前的浅水边。我无意间发现，斜对岸的那片沙地上，有个男子挑着两只装满石头的铁丝笼走出一个偌大的沙坑，把笼里的石头倒在石头垛子上，又挑起空笼走回那个低陷的沙坑。那儿用三角架撑着一张钢丝罗筛。他把刨下的沙石一锨一锨抛向罗筛，发出连续不断千篇一律的声响，石头和沙子就在罗筛两边分流了。

我久久地站在河堤上，看着那个男子走出沙坑又返回沙坑。这儿距离西安不足三十公里。都市里的霓虹此刻该当缤纷，各种休闲娱乐的场所开始进入兴奋期。暮霭渐渐四合的沙滩上，那个男子还在沙坑与石头垛子之间来回往返。这个男子以这样的姿态存在于世界的这个角落。

我突发联想，印成一格一框的稿纸如同那张罗筛。他在他的罗筛上筛出的是一粒一粒石子。我在我的“罗筛”上筛出的是一个一个方块汉字。现行的稿酬标准无论高了低了贵了贱了，肯定是那位农民男子的石子无法比的。我自觉尚未无聊到滥生矫情，不过是较为透彻地意识到构成社会总体坐标的这一极。这一极与另外一极的粗细强弱的差异。

这是新世纪的第一个早春。这是我回到原下祖屋的第二天傍晚。这是我的家乡那条曾为无数诗家墨客提供柳枝，却总也寄托不尽情思离愁的灞河河滩。此刻，三十公里外的西安城里的霓虹灯，与灞河两岸或大或小村庄里隐现的窗户亮光；豪华或普通轿车壅塞的街道，与田间小道上悠悠移动的架子车；出入大饭店小酒吧的俊男倩女打蜡的头发涂红（或紫）的嘴唇，与拽着牛羊缰绳背着柴火的乡村男女；全自动或半自动化的生产流水线，与那个在沙坑在罗筛前挑战贫穷的男子……构成当代社会的大坐标。我知道我不会再回到挖沙筛石这一极中去，却在这个坐标中找到了心理平衡的支点，也无法从这一极上移开眼睛。

三

村庄背靠白鹿原北坡。遍布原坡的大大小小的沟梁奇形怪状。在一条阴沟里该是最后一坨尚未化释的残雪下，有三两株露头的绿色，淡淡的绿，嫩嫩的黄，那是青蒿，长高了就是蒿草，或卑称臭蒿子。嫩黄淡绿的青蒿，不在乎那坨既残又脏经年未化的雪，宣示了春天的气象。

桃花开了，原坡上和河川里，这儿那儿浮起一片一片粉红的似乎流动的云。杏花接着开了，那儿这儿又变幻出似走似住的粉白的云。泡桐花开了，无论大村小庄都被骤然爆出的紫红的花帐笼罩起来了。洋槐花开的时候，首先闻到的是一种令人总也忍不住深呼吸的香味儿，然后惊异庄前屋后和坡坎上已经敷了一层白雪似的脂粉。小麦扬花时节，原坡和河川铺天盖地的青葱葱的麦子，把来自土地最诱人的香味儿，释放到整个儿乡村的田野和村庄，灌进庄稼院的围墙和窗户。椿树的花在庞大的树冠和浓密的枝叶里，只能看到绣成一团一串的粉黄，毫不起眼，几乎没有任何观赏价值，然而香味儿却令人久久难以忘怀。中国槐大约是乡村树族中最晚开花的一家，时令已进入伏天，燥热难耐的热浪里，闻一缕中国槐花的香气，顿然会使焦躁的心绪沉静下来。从农历二月二龙抬头迎春花开伊始，直到大雪漫地，村庄、原坡和河川里的花便接连开放，各种奇异的香味儿便一波迭过一波。且不说那些红的黄的白的紫的各色野草和野花，以及秋来整个儿原坡都覆盖着的金黄灿亮的野菊。

五月是最好的时月，这当然是指景致。整个儿河川和原坡都被麦子的深绿装扮起来，几乎看不到巴掌大一块裸露的土地。一夜之间，那令人沉迷的绿野变成满眼金黄，如同一只魔掌在翻手之瞬间创造出来神奇。一年里最红火最繁忙的麦收开始了，把从去年秋末以来的缓慢悠闲的乡村节奏骤然改变了。红苕是秋收的最后一料庄稼，通常是待头一场浓霜降至，苕叶变黑之后才开挖。湿漉漉的新鲜泥土的垄畦里，排列着一行行刚刚出土的红艳艳的红苕，常常使我的心发生悸动。被文人们称为弱柳的叶子，居然在这河川里最后卸下盛妆，居然是最耐得霜冷的树。柳叶由绿变青，由青渐变浅黄，直到几番浓霜击打，通身变成灿灿金黄，张扬在河堤上河湾里，或一片或一株，令人钦佩生命的顽强和生命的尊严。小雪从灰蒙蒙的天空飘下来时，我在乡间感觉不到严冬的来临，却体味到一缕圣洁的温柔，本能地仰起脸来，让雪片在脸颊上在鼻梁上在眼窝里飘落、融化，周围是雾霭迷茫的素净的田野。直到某一日大雪降至，原坡和河川都变成一抹银白的时候，我抑制不住某种神秘的诱惑，在黎明的浅淡光色里走出门去，在连一只兽蹄鸟爪的痕迹也难觅踪的雪野里，踏出一行脚印，听脚下的雪发出“铮铮铮”的脆响。

我常常在上述这些情景里，由衷地咏叹，我原下的乡村。

四

漫长的夏天。

夜幕迟迟降下来。我在小院里支开躺椅，一杯茶或一瓶啤酒，自然不可或缺一支烟。夜里依然有不泯的天光，也许是繁密的星星散发的。白鹿原刀裁一样的平顶的轮廓，恰如一张简洁到只有深墨和淡墨的木刻画。我索性关掉屋子里所有的电灯，感受天光和地脉的亲和，偶尔可以看到一缕鬼火飘飘忽忽掠过。

有细月或圆月的夜晚，那景象就迷人了。我坐在躺椅上，看圆圆的月亮浮到东原头上，然后渐渐升高，平静地一步一步向我面前移来，幻如一个轻摇莲步的仙女，再一步一步向原坡的西部挪步，直到消失在西边的屋脊背后。

某个晚上，瞅着月色下迷迷蒙蒙的原坡，我却替两千年前的刘邦操起闲心来。他从鸿门宴上脱身以后，是抄哪条捷径便道逃回我眼前这个原上的营垒的？“沛公军灞上”。灞上即指灞陵原。汉文帝就葬在白鹿原北坡坡畔，距我的村子不过十六七里路。文帝陵史称灞陵，分明是依着灞水而命名。这个地处长安东郊自周代就以白鹿得名的原，渐渐被“灞陵原”“灞陵”“灞上”取代了。刘邦驻军在这个原上，遥遥相对灞水北岸骊山脚下的鸿门，我的祖居的小村庄恰在当间。也许从那个千钧一发命悬一线的宴会逃跑出来，在风高月黑的那个恐怖之夜，刘邦慌不择路翻过骊山涉过灞河，从我的村头某家的猪圈旁爬上原坡直到原顶，才舒出一口气来。无论这逃跑如何狼狈，并不影响他后来打造汉家天下。

大唐诗人王昌龄，原为西安城里人，出道前隐居白鹿原上滋阳村，亦称芷阳村。下原到灞河钓鱼，提镰在菜畦里割韭菜，与来访的文朋诗友饮酒赋诗，多以此原和原下的灞水为叙事抒情的背景。我曾查阅资料企图求证滋阳村村址，毫无踪影。

我在读到一本《历代诗人咏灞桥》的诗集时，大为惊讶，除了人皆共知的“年年柳色，灞陵伤别”所指的灞桥，灞河这条水，白鹿（或灞陵）这道原，竟有数以百计的诗圣诗王诗魁都留了绝唱和独唱。

宠辱忧欢不到情，
任他朝市自营营。
独寻秋景城东去，
白鹿原头信马行。

这是白居易的一首七绝。是诸多以此原和原下的灞水为题的诗作中的一首。是最坦率的一首，也是最通俗易记的一首。一目了然可知白诗人在长安官场被蝇营狗苟的龌龊惹烦了，闹得腻了，倒胃口了，想呕吐了，却终于说不出口呕不出喉，或许是不屑于说或吐，干脆骑马到白鹿原头逛去。

还有什么龌龊能淹没脏污这个以白鹿命名的原呢？断定不会有。

我在这原下的祖屋生活了两年。自己烧水沏茶。把夫人在城里擀好切碎的面条煮熟。夏日一把躺椅冬天一抱火炉。傍晚到灞河沙滩或原坡草地去散步。一觉睡到自来醒。当然，每有一个短篇小说或一篇散文写成，那种愉悦，相信比白居易纵马原上的心境差不了多少。正是原下这两年的日子，是近八年以来写作字数最多的年份，且不说优劣。

我愈加固执一点儿，在原下进入写作，便进入我生命运动的最佳气场。

2003 年 12 月 11 日于二府庄

儿时的原

这道原·那道原

李巍打电话来，竟有瞬间的惊诧。重温那独有的说着普通话的口音，便感知到一种重逢的欣然，是伴着惊诧的欣然。大约有几年不通音信，依旧储存着这位彩云之南的老朋友的别致的口音，久别重逢的欣然就自然地发生了。他约我散文稿。我不仅贸然应允，而且随口提出让他命题，在我的生活范围内，看他对什么话题有兴趣；如果我确凿也有生活体验，便可谋篇。他说让他想想再说。他想过之后便点题了，让我写少年时期所经历的和白鹿原相关的生活。我当即应诺。这自然是地理概念的白鹿原。原是西北地区特有的一种地理地貌，实际就是一方小小的平原，大约因为规模太小而不能称为通常意义上的平原，故叫作原。有好事者为了区别原与平原，给“原”字左边添加一个“土”字变成了“塬”。其实古人都没有多此一举，白居易一首七绝写到白鹿原：“宠辱忧欢不到情，任他朝市自营营。独寻秋景城东去，白鹿原头信马行。”且不究什么人干龌龊事惹得诗人心烦要到白鹿原上扬鞭驱马畅快抒情。单是说这“原”字原本就没有画蛇添足似的“土”字做偏旁。再如毛泽东的名作《沁园春·雪》里的“原驰蜡象”的“原”字，也未有“土”字做偏旁，而陕北地区也有规模大小不等的多种原，毛泽东把大雪覆盖的一道原拟为蜡象，足见得诗人的情怀和气魄。

西安周边有好多道原，城北有龙首原，自然是因其地形像一条扬头的龙而得名。据说汉高祖刘邦之所以把皇都圈定此地，要借龙脉之气象便是诸种因素中最重要的一点。从西安城端直往南靠近终南山的神禾原，传说远古时生长双穗的谷子，便有了神禾原的名称。曾经的西北王胡宗南在此原为蒋介石修建一座阔绰的行宫，老蒋曾站在原头观望原下的滈河小平原和背倚的终南山的风光。作家柳青于上世纪五十年代初相中此地，在原头一座废弃的破庙里安家落户，兼职深入生活，一住就有十四年，创作出史诗著作《创业史》。悲剧也发生在这道原上，他的夫人熬不住“文革”的迫害，跳入井里饮恨而去了。神禾原东边是少陵原，两原之间有潏河流过。少陵原上有汉宣帝刘询和他的许皇后的陵墓，两座陵墓相隔一段距离，许皇后的陵墓规模较小，便有少陵之谓，且成为这道原的名称。此地在秦时曾设杜县，汉宣帝的陵墓被称作杜陵。然而，此原却是依其皇后的小陵墓而得名少陵原，竟然比皇帝刘询还风光。少陵原东边便是白鹿原，两原之间有颇为宽阔的河谷，发源自终南山的浐河自南朝北流过，河川里曾经有五六千年前的新石器时期母系氏族的人群在此渔猎，也种谷，村落遗址被称为“半坡遗址”，遗址旁边的村庄称半坡，位置在白鹿原的西边坡根下。白鹿原的北坡下，也是一道河川，有灞河自东向西流过，是发源地秦岭的山势造成的倒流河。灞河原称滋水，一个让人感觉温馨的名字，却被要称王称霸的秦穆公改为霸河，以显示其统一中国称霸天下的壮志和野心，后人为霸字添加了三滴水，成为灞河。

汉文帝把他的陵墓选定在灞河河畔的白鹿原西头的北坡上，史称霸陵，亦称霸陵原。“沛公军霸上”即是说刘邦和项羽争夺咸阳时驻军在霸陵原上。霸陵原多见于史籍，民间尚未流行。北宋时，大将狄青在白鹿原西部屯兵养马，从此便将白鹿原改名为狄寨原，一直延续到今天，一个古老的镇子也称为狄寨镇。这道原东西长约五十华里，南北宽约三十华里，自东向西纵断着一条深沟，把此原割裂为南原和北原。我的家在北原的北坡根下，是一个五六十户人家的小村子。出了我家祖屋后门不过十来步，便是白鹿原的北坡坡根；走出我家前门不过五六百米，便可以掬灞河水洗脸了。在我从少年到成年的甚为漫长的岁月里，只知此原叫狄寨原，竟然不知诗性烂漫的白鹿原这个好名称。小说《白鹿原》出版二十年了，褒贬且不论，却把尘封在《竹书纪年》里的白鹿原的名称复活叫响了……

割草·搂麦

出生在农家屋院里的男孩子，从小小年纪就帮父母干农活儿了。我却记不准自己究竟是从几岁开始动手干活儿的，按乡村人归结的普通规律，说男娃子一顿能吃完一个馍馍，就是好帮手了。我据此判断，当在我六七岁的时候。我同样记不清先学会的是哪一种农活儿，却笼统记得我能干的农活儿有拔草、割草、搂柴火、搂麦穗、掰苞谷和剥苞谷等。幼年从事的这些农活儿，有的是我喜欢干的，留下了愉快的记忆；有的是难以承受的不想干却不得不干的，便铸成一种伤痛。

我最喜欢干的农活儿是割草。我家和隔壁一家同族本门人家合养一头黄牛。牛喜食青草。每当春天青草长出来，我便背上柳条编织的小号笼子，提上割草的短把儿镰刀，下到灞河河川或上到白鹿原坡去割草了。当时不知白鹿原的名称，只说上坡割草。割草总是结伴去，几乎没有一个人独自行动的行为，除了结伴搭伙儿热闹有趣，还有至关重要的一条，便是安全。那时候沟梁纵横的原坡上还有狼族活跃其间，常常就有某人在某道坡梁或某条沟谷里撞见了狼，甚至还有某村的小孩儿被狼叼走的骇人听闻的灾祸发生。父亲总是在我出门割草时提醒，不要单个儿上坡，找俩伴儿一搭去。

村子里和我同龄或不差上下年岁的伙伴不过三四个，今日我找他，明日他会来找我，三四个人聚齐了，便商量确定到哪一条沟或哪一道梁去割草，说着谝着嘻嘻哈哈便走出村子了。麦子收罢进入伏天的酷热季节，阳光如喷火，伙伴们不约而同在坡梁下的沟道里遮蔽了阳光的背阴处坐下来，玩一种抓掷石子的游戏，或者打扑克，直玩到太阳西斜，才抓起短把镰刀去割草。最富诱惑的快活事是逮蚂蚱。蚂蚱有麦蚂蚱和秋蚂蚱，前者是生长在麦子地里的，到麦子成熟时也发育完成了，趴在麦穗上发出吱吱吱的叫声，我曾和小伙伴们在麦子地里逮蚂蚱，着急处就忘记了已经黄熟的麦子，踏倒了麦子，招来麦田主人的叫骂。不过，这种麦蚂蚱叫声很单调，很快就把兴趣转移到秋蚂蚱这灵虫上来了。所谓秋蚂蚱，是相对麦蚂蚱而言的，在麦蚂蚱完成三次脱壳可以鸣叫的时候，秋蚂蚱才从埋在地皮下的卵蛋里化育成虫钻出来，满体嫩绿如同刚刚脱壳的绿豆。秋蚂蚱生长在长满酸枣刺棘的田坎上、荒坡上和坟地里，捕捉很难。我和伙伴们根本等不得它完成三次脱壳羽化为可以鸣叫的蚂蚱，就在刺棘丛中寻找，常常被刺棘的尖刺刺得脚面和小腿布满血印也不在乎。逮着小小的秋蚂蚱，装进竹篾编的蚂蚱笼子里，每天喂它野谷苗的内芯。眼看着它在小笼子里一天天长大，完成三次脱壳成为一只羽翼丰满的蚂蚱，发出铃铛一样响亮有节奏的歌唱，我常常陷入一种沉醉。这种秋蚂蚱生命力很强，如果喂养精到，往往可以鸣叫到深秋以至霜冻时节才会完结，给平静也显孤寂的农家院子添一缕欢乐的声响……逮秋蚂蚱太专注也太投入，往往忘记了割草，无论逮着秋蚂蚱的兴奋或逮不着的懊丧，都会在拾起短把镰刀开始割草不久便淡化了，只畏怯草割得太少父亲那责备的眼色。

印象里最不愿干却不得不干的农活是搂麦子。我家有十六七亩土地，绝大多数分散在原坡上，只有三五亩可以浇灌的水田分作四五块散布在灞河川道里。养牛积攒的土肥，单是施到一年可收两料的麦子和苞谷的水田里都不够，原坡上的单料麦子根本施不上一次土肥，那麦子长得黄不拉叽的样子，收割时几乎搭不住镰刀，散落在麦茬地里的遗穗就很多了。村子里乡民把这种成色的麦子称作猴毛，把小小的麦穗称作蝇子镘（苍蝇头），把割这种麦子称作薅猴毛。父亲把一块又一块全是猴毛似的麦子薅过，我紧跟其后用粗铁丝做筢刺儿的大筢子把遗落的猴毛搂起来。至今印象最深的是在离村子最远的称作唐家坡顶的那块地，这是我家在原坡上最大的一块地，有两亩还多，周边没有一棵树。我拖着足有一米宽的粗铁丝作筢刺儿的大筢子，一筢紧挨着一筢从东往西搂过去，再从西往东搂过来，却也如同为这块刚刚薅过猴毛的猴子梳头又梳身。这个铁丝筢子倒也不太重，拖起来也不太累，关键是坡地上滚动的热浪太难忍受了，火盆似的太阳就在头顶喷火，被晒了大半天的麦茬子热气蒸腾，拖着筢子过去再拖着筢子过来的过程，是被翻来覆去地炙烤。尽管头顶戴着草帽，头皮和脸皮仍然感觉到难耐的烘烤的灼伤，身上和裸露的小腿更不用说了。从家里带来的沙果叶茶水早已喝光，汗水似乎已经淌干流尽，口干到连一口唾沫也吐不出，看着还有一大半尚未搂过的麦茬地，有种想哭却哭不出来的无奈。看到远处一块坡地上有一个同龄的伙伴也在搂着，心里似乎有一种安慰，农家娃娃都得做这种活儿，且谈不到劳动的单调和无趣，那时候还不懂这些高雅的词汇，尽管切实地承受着……而当某天晚上和父亲坐在院子里吃晚饭，抓起母亲刚刚蒸熟端到跟前的白面馍馍咬下一口时，父亲顺口便会说，白面馍馍香不香？香。爱吃不爱吃？爱吃。明年搂麦子，再甭嘴噘脸吊的了，搂麦子受苦招架不住的那阵儿，想到吃白面馍馍，你就有劲儿了……这是我最初接受的关于劳动的教诲。

祭祖

我生活的村子叫西蒋村，解放初仅三十七户人家，村子东头有一条沟，留着清凌凌的发源自原坡上的泉水，供全村人饮水、洗衣，也浇灌小块田地。沟那边有一个东蒋村，更小，不过二十七户人家，村子之间的距离不足二里路。两个以蒋姓做村名的村子却没有一户姓蒋的人家，我问父亲，父亲说不清楚，问比父亲更年长的老爷爷，竟没有一个人说得清白。我生活的西蒋村几乎全是陈姓，只有两户郑姓的人家。陈姓共有一个老祖宗，我却搞不清老祖宗的大名了，然而，这个陈姓老祖宗当属三十五户陈姓人家的始祖，也当是第一个在西蒋村这块地盘上落脚的人，有族谱为证。

每到大年三十后晌，陈姓的成年男子领着虽然尚未成年却已懂人事的男孩儿齐聚我家，迎神拜祖。父亲早已把不大平整的上房中间的地面用湿土垫平砸实，清扫干净，把我家那张方桌擦洗得一尘不染，放置到后墙中间开着后门的位置；方桌上已经摆置了蜡台和香炉，还有四盘令人馋涎欲滴的油炸的馃子和点心；那幅族谱——俗称神轴——就摆在方桌上，近乎一丈长，平时架放在木楼上，到此时父亲把它拿下来了。待全村陈姓男人聚齐，由陈姓一位辈分最高年龄最长的老者主持仪式，开首是：点蜡上香。这项指令实际是老者发给自己的，话音刚落，他便拿起点燃的火纸，猛吹一口气，那自燃的火纸便冒出火焰来，老者先点着左边的插在蜡台上的紫红色蜡烛，再点着右边一支，再撮三根紫色的香，在蜡烛上点燃，一根一根又一根插入盛着细沙的香炉，双手抱拳，跪拜三匝，然后退居方桌旁边。在老者发出“点蜡上香”的指令时，侍立在方桌两边的父亲和另一位男子便举起族谱——神轴，缓缓地展开，再挂到墙上。也就在此同时，我家街门外便响起鞭炮的响声，夹杂着雷子炮的震天轰响。侍立供桌前的陈姓男人们，依着辈分的高低，一个一个走到供桌前，从香炉里抽出一根紫香（只有主持的老者上头一道香拿三根），在蜡烛跳跃着的火焰上点燃，双手掬着插入香炉，再双手抱拳举到额头鞠躬，然后跪地三叩首。有领着儿子的人，儿子在他右首照着他的动作做下来。我父亲在陈姓的辈分最低，我自然更低一辈了，轮到父亲朝拜列祖列宗的时候，已经剩下不足十个人了（拜过的人都回家去了），我跟着父亲一起鞠躬跪拜，心里顿然也会潮起一种肃穆的感觉。

在我们家祭拜陈氏祖宗的事，据说有两个因由，一是我们家有一幢三间大房，尽管这幢房子已经分为两半，我家和叔父家各占一半，但作为敬奉祖宗展挂神轴却是宽展的，几乎是别无选择的。大约到一九四九年时，村子里只有两三幢这种被称作大房的房子，多数村民都住着单面流水的比较窄小的厦房，厦房既供不起长宽都过一丈的神轴，也容不下祭拜的陈姓族人；再一个因由，据说是我爷爷曾经是村子里说话很有分量的人，尽管辈分低，却不影响他说话的分量，由他保存神轴年终祭拜祖宗就是顺理成章的事了。爷爷大约在父亲刚刚成年时便英年早逝了，尽管父亲不再具备爷爷说话的分量，保护神轴祭拜祖宗的活动依旧在我家顺延。在我有资格跟着父亲跪拜祖宗不过两三次之后，这幅神轴转移到另一户人家，这户陈姓人家盖起了宽敞的三间新瓦房，而我家的老房子已经漏雨了，积雪融化滴溜的水滴浸洇了神轴——陈姓列祖列宗神圣到顶礼膜拜的族谱——那是不可饶恕的罪孽。在我跟着父亲到这户祭奉祖宗神轴的房子里去跪拜的时候，对祖宗的虔诚已发生自觉，却也因不在我家里而隐隐感到一缕空虚……再没过几年，在破除封建迷信的“大跃进”年头里，神轴——陈姓族谱据说被焚毁了，大年三十后晌公祭的事再没有举办过。我也留下了无法补救的遗憾，搞不清陈姓四辈往上的祖宗，更不知进入西蒋村的陈姓始祖的大名了。

原上有个名叫窑村的村子，乡民多姓陈，是从我们村子迁居到原上的窑村的一户陈姓人家繁衍的族群，每到大年初一，他们搭帮结伙从原上下来，到我家（后来到另一家）祭拜祖宗，原上原下两个村子的陈姓后裔相聚一堂。嘘寒问暖，说收成、谝笑话，其乐融融，我和那些跟随父亲来祭拜祖宗的男娃子，已经结伙玩耍了，同宗同祖的血缘，似乎确有某种亲情的天然纽带相系结。

卖菜

白鹿原上的这村那寨和白鹿原下的这寨那村的人家，多有亲戚关系，原上的姑娘嫁到原下或原坡上的某户人家，也多有原下的姑娘嫁到原上某个村寨的人家，亲戚间的往来就很频繁。单就我们这个不足四十户人家的小村庄说，竟然有六七户人家都和原上有这种最亲近的亲戚关系，而我母亲的娘家（我的舅舅家）就在白鹿原西头的五坊村，两个姨妈家也在原上的两个很大的村子。这样，在我尚未懂事也爬不动坡上很陡的土路的时候，据说是由父亲背着我上原，每年正月头上去向舅爷舅奶舅舅舅母拜年。到我能走得动的时候，一大清早起来便跟着父亲母亲出门上路了，从我们村子通舅家的原上的村子有一条斜路，有七八里，尽管天气很冷，走上原头的时候早已浑身淌汗了。

走上原头的感觉是奇异而又新鲜的。天太宽阔了，直到眼睛所能抵达的模模糊糊的终南山的群峰（那时候尚不知终南山的称谓，当地乡民只说南山）；往北看，对面的北岭（即骊山的南端，同样在那时尚不知骊山的称谓，当地乡民只说北岭），竟然遮挡不住天了；原上一马平川，远远近近散落着大大小小的村寨，无论如何望不见东边原的尽头，便有一种神秘感。我之所以会有这种感觉，完全是我生活的小村庄所在的特定地域造成的。我们的村子紧紧倚靠着白鹿原的北坡，站在村子的任何一个角度，满眼都是熟悉不过的坡坎和峁梁，刀裁一样的原顶遮住了天空，往北看，便是骊山的南麓，同样遮住了天空；在南原和北岭之间，蓝的天或阴的天，永远都是窄窄的一条长绺的天空，当地乡民自我调侃说：生在咱这地方，一辈子只看一绺绺天。绺绺，通常是说布条的，一绺布条。在我能够独立走上白鹿原的时候，宽阔的天和平坦无边的地让我发生奇异的感觉就不足为奇了。

在我更生动鲜活的记忆，是上原卖菜。

在我考上中学的时候，家庭的经济来源没有了，父亲种树卖树供我们兄弟俩上学，无奈树长得太慢，供给不上两个中学生的学杂费；村子里已经建立了农业合作社，即使劳动有盈余，也得等到年终合作社决算后才能分配，况且多数人家都是倒贴户。我在父亲完全无法可想的困局里，上完初一第一学期便休学了，后来在政府的帮助下复学，却错过了一个年级。记得是在复学读完初一的那年暑假，出现了学生卖菜挣学费的新鲜事，而且很快形成了一股风气。那些和我一样先后考入初级中学的乡村学生，其实大多数的家境相差不了多少，十个有九个都上不起每月大约要花费十元钱的学生灶，都是背着一袋子馍上学，每天三顿都是开水泡馍，伴着辣椒酱或咸菜。即使如此节俭，每学期开学的十多元学杂费仍然成为每个学生家长的重而又重的负担。这一年的暑假，不知由哪个村子的哪位脑子活泛又灵动的学生闯出一条挣学费的生财之道，从原下的农业合作社的菜园里趸下时令蔬菜，第二天一早挑着菜担上原，到原上的镇子上去卖，赚下钱来，到暑假结束便高高兴兴交学费了。我很快就加入这个刚刚形成的学生卖菜的不大不小的群体中了，心劲儿颇高，不用再担心失学了。

白鹿原上自古缺水，俗称旱原。无论大村小寨的乡民，吃水是最大的困难，靠人力打下的深井，水多不旺，而且是人力所能挖到的极限深层了。吃水历来困难，种庄稼自不待说是靠天吃饭，每年只种一料麦子，不种秋田，在于秋禾更费水，而当地的气候特征恰恰是十年有九年的伏天都缺雨水，蔬菜就更谈不上种植了。原下人调侃原上人说，宁可给你一个馍，不舍得给你一碗水。更有甚者说，原上人早晨起来，为节省洗脸水，夫妻兄弟姊妹面对面吐唾沫洗脸……原下的一个又一个村庄，门前流着丰沛的灞河清流，每个村子都有引灞河水自流浇灌的水田，还有不少稻地。在个体经营时代，几乎每个村子都有一两户心灵手巧善于抚育蔬菜的农民，便有了收入强过普通庄稼的菜园；到上世纪五十年代中期农业合作社建立后，每个社里都有相当规模的蔬菜种植地块，作为合作社的副业。我们村子就有五亩地种植着传统的韭菜、大葱、蒜苗、茄子、辣椒和刚刚引进的洋柿子（西红柿）等，合作社社员把这些蔬菜挑到原上的镇子去卖。原上人自古以来就吃着原下人种的菜。

我在我们村子的合作社的菜园里趸下时令蔬菜，多是大葱、韭菜、茄子和西红柿，总量一般不超过五十斤，这是十五岁的我挑菜上原所能承受的极限重量。

我和村子里的小伙伴一起挑菜上原。天微明便爬起来挑着装满蔬菜的竹笼出门了，走不过一里平地便上坡，目的地是狄寨镇——我尚不知是用北宋大将军名字命名的镇子，大约十华里远，上原后到镇子还有约三华里平路，上原的陡坡路占过大半。我挑着蔬菜，出村子时尚不觉得压迫，很快走过一里平地开始踏上上原的坡路的时候，那装着蔬菜的两只竹条笼便沉重起来，出气也急促了，汗水也冒出来了，直到肩膀疼痛不堪双脚也难以跨步的时候，便招呼伙伴歇一歇……从出家门到上到原顶，少说也要歇四五回，上到原顶的那一刻，肩头的担子几乎是扔到地上的，当即躺倒在地，汗水似乎汹涌而出，喘着粗气的嘴连叫妈的气力都没有了。然而，心里却是一种成功的轻松，最难的坡路爬上来了。待喘息初定，便拿出用布包着的馍来，肚子也咕咕叫起来，吃完一个馍，便挑起两笼蔬菜直奔狄寨镇了。

狄寨镇街道的两边，任由各种商贩自选位置，先到者便先占得街道中间人来人往最稠密的一方地盘。我选定地盘放下装菜的竹条笼，把各色蔬菜都亮出来，便坐在地上迎接买菜的顾客。上世纪五十年代中期的蔬菜价格，我从合作社趸来的时候，韭菜大约五分钱一斤，大葱一角钱，西红柿七八分钱，挑到镇子卖出时的价格都要翻一倍，开始时咬紧牙关不给购菜者讨价还价的机会，如果销售不顺利，便只好忍痛降低售价了。印象深的事是算账麻烦，那时候还用的是十六两为一斤的秤，买主如果买整数的蔬菜很好结账，如果一斤二斤又带着三两四两，结算就犯难了，我便用小木棍在地上划拉乘法运算，往往惹得那些大叔小婶瘪着嘴笑，逗我说这个“土算盘”算的账准不准，然后才掏出钱来付我。如果卖得顺利，到人去集散的时候卖完最后一秤菜，挑起空笼走出集市的时候，便有一种想喊想唱的快乐；如果眼看着街道上的人越来越稀，笼里的蔬菜还剩下不少，便着慌了，很自然地减价，而且大声呼喊着“便宜了减价了快来买呀”之类的吆喝；如果仍然无人问津，便只好和同样没有卖完菜的伙伴重新挑起菜笼，到镇子周边的村子去叫卖，肯定会贴本儿，这是令人丧气的事。

从初中一年级到高中一年级，每年暑假都是以割草和卖菜为主要劳动项目。原上有三个较大的集镇，各有各的集日，除过一个距家太远的集镇，另两个集镇每逢集日，除过下雨天，我都会挑着两笼蔬菜去赶集，多数时日里都可以赚一元上下的人民币，也有赚不到钱乃至亏本儿的倒霉事。无论如何，每到暑假结束背着一袋子馍上学去的时候，口袋里装着我自己卖菜挣来的学杂费，是一种坦然，乃至骄傲。有一年卖菜收入颇丰，母亲竟到供销社买来机织的“洋布”，在镇上的裁衣店为我做了一件四兜的制服，我平生第一次穿上了制服。

木板·秧歌

一九五〇年春节过后的一个晚上，父亲把我叫到方桌前，郑重却也平和地说，你明日格去上学。我也不觉得太惊奇，上学的事在年前已经说过不止一回了，只是明天就要走进学堂的时候，还是有一种说不清楚是紧张或是受制约的异样的感觉。我没有说话。父亲接着把一支新买的毛笔递给我，还有一沓写大字的仿纸，说，你跟你哥合用一个砚台。我哥早我两年上学，笔墨纸砚备全，我接过写大字的毛笔，拔下那个竹筒笔帽，毛笔的竹竿尖头是一撮紫红色动物毛做的笔头，我当即联想到在原坡上割草时撞见的狐狸尾巴的毛，据说好毛笔都是用狐狸的尾巴制作的，称鸡狼毫。

学校设在村子东头的一孔窑洞里。我们的村子倚着白鹿原北坡的坡根自东向西排列，我家是西头倒数第二家，后门外的坡地却是河卵石和河沙的沉积层，这是不知几千乃至几万年前，灞河曾经流过的河床。村子东头却是黄土崖，不见一粒沙石，村民便在崖根下凿成冬暖夏凉的窑洞。这里的窑洞又高又深且宽阔，里边用土坯垒成隔墙，一家两代乃至三代共住一孔窑内。作为学堂的这孔窑，是村子里有房子住的一户人家放置杂物的闲置的窑洞，提供给乡民做学堂，已经使用许多年了。这孔窑洞学堂容纳着二三十个学童，是我村和东蒋村以及处于原坡上的仅有十多户人家的史家坡三个村子的求学的子弟。请来的教书先生的报酬，由上学的学童的家庭分摊，那时候不论钱而论麦子，大约是解放前国民党纸币贬值得和废纸一样，人们常说背一口袋纸币买不来一口袋麦子，乡民们的交易便是以物易物，无论卖地卖树嫁女儿，都以麦子或苞谷为易物。聘请来的教书先生，也是议定一学季给多少斤麦子，具体给多少，我那时不用关心。

我拿着父亲昨晚交给我的毛笔和一沓写大字的仿纸，拘束而紧张地走进那孔窑洞，在自家的方桌旁的自家的长条凳上坐下来。那个时候的乡村学堂，没有公用桌凳，由学童搬来自家的方桌或条桌和凳子上学，有的学童的家长约定合用一张桌子，我家的方桌四边可以坐八个学童，我和我哥之外，另有四五个同村的学童共用一桌。

紧靠窗户是一个土坯垒成的炕。紧靠炕边支着一个方桌。桌上摆着一摞书和一摞纸，还有一个插着粗杆细杆毛笔的笔筒，还有磨墨的砚台。先生正襟危坐在桌边的椅子上。先生很年轻，穿一件淡蓝色长袍，正在给学童写影格。初入学的学童先把先生写好的影格垫在仿纸下面，然后按着影格上的字的笔画在仿纸上照写。我不敢到先生的方桌跟前去，由我哥把一方仿纸送到先生桌上，要求为我写一方影格。约略记得是从一到十最简单的十个字，我把影格铺到仿纸下，模模糊糊可以看到仿纸下的笔画，用蘸了墨汁的毛笔照写起来，尽管横笔不直竖笔歪扭，却总算是我捉笔写出的第一张汉字了。

印象里的先生眉目清秀，却不苟言笑，看去和善的脸上，一旦被哪个学童惹得生起气来，也够怕人的，顺手便抓起摆放在方桌上的足有三尺长的窄木板，抽打那个学童的手掌，打得学童尖声哭叫，他也不会饶恕，说打五板绝不少打一板。我确凿怯惧那把木板，窝着贪玩的野性子，避免了木板击掌的惩罚。我已记不清学习课目的内容，却记得这种延续到一九五〇年春天的老式乡村学堂的格局到秋季就废止了。据说穿蓝袍的先生被政府收编，集中培训去了。人民政府派来了一位新老师，穿着四个兜的干部服，个头高大且粗壮。他到处向乡民申明他是人民教师，要称他是 × 老师，不许再称他先生；对入学的孩子要称学生，不能称学童了；最让乡民们新鲜的是，这位人民教师的报酬由政府每月发给，不用学生家庭分摊，村民们惊喜地说，娃娃念书不掏钱，新社会真好。

我上学的第二个春天，村子里实行了土地改革，我们村子没有划定一户地主或富农的农户，比我们村子少一小半农户的东蒋村划定一户地主成分的人家，土地和财物被分配给穷人了，作为三合院的坐庄建筑——三间大房，收归为公有，议定为初级小学的学校。这样，一九五一年的下学期，我和同学们就在这幢宽敞的大房子里上课了。教室宽敞了，光线也比窑洞亮堂了，却要出村子跑远路上学了，东、西蒋村之间纵着一道不太高的土梁，梁的两边是两条不太深的沟。那时候一天上三次学，我和西蒋村同学便来回翻六次沟和梁，却也从来不觉得累或苦。也是从这学期起始，教室里有了女学生，都是老师耐着心到乡民家里说服开导，应该让女娃上学识字，女学生逐渐多起来了，还有十六七岁的大姑娘也认字求学来了。

每天下午，这位老师领着我们在农民的打麦场上扭秧歌，双手上下轮换甩动，高过肩膀，三步一跳，左右扭摆腰身，动作不复杂，很容易做到，难的是排列的两队不仅要步调节奏一致，而且两队要互相交叉变换队形。后来老师又教给我们一种竹竿秧歌，因为多数学生家里没有竹竿，老师变通为柳条，我们从灞河滩到处都有的柳树上砍下擀面杖粗细的柳树枝，剥掉皮，是洁白的柳杆，再用红颜料涂成红白相间的彩色。按照老师教的竹杆秧歌的舞步跳起来，仍然是三步一跳，右手拿着的竹（柳）杆合着脚步击打左肩再击打右肩，最后击打跳起来的脚掌。同学们个个都练得认真，跳得满头大汗也乐在其中，尤其是打麦场边有许多男女村民和小孩儿围观的时候，大家跳得更认真了，吹着哨子伴着节奏的老师也更来劲儿了。

教育局的管理部门组织了一场秧歌赛，分片举行，原坡地区的初级小学会聚在中心小学，我们的竹（柳）杆秧歌别具一姿，独领风骚，随后被安排到原坡和原上的村子里去表演（还有另外几所学校的秧歌队）。每有节日庆祝活动，我们的竹（柳）杆秧歌都受邀表演。我大约刚交上十岁，跟着老师和同学，攥着一根磨得溜光的竹（柳）杆，扭遍了原下原坡和原上的大寨小村，兜里装着自家的馍或锅盔，所到之处的村子或学校供给开水，歇息下来便吃馍喝水，依旧劲头十足地扭。

直扭到四年级毕业，在当年考高级小学难似考秀才的升学考试中，我竟考中了。当时学习的情况已经基本无记，只留下竹（柳）杆秧歌的记忆。在我后来到原上或原坡的这村那庄走动的时候，偶尔竟会泛出少年时到这里扭秧歌的情景。

2012 年 12 月 17 日　咸宁居

愿白鹿长驻此原

独寻秋景城东去，白鹿原头信马行。

这是白居易一首七绝中的两句。每有机缘上原，心头便会涌出这首绝句，情绪顿时也会畅朗起来。我无法想象千余年前的白居易纵马白鹿原上寻到的是怎样一幅秋色美景，单是眼前的一派绿色，已经让我沉醉了。

一条新修的宽敞的公路盘旋在西边原坡上，两边是层层叠叠的绿树。刚刚从酷暑进入初秋，尽管杨树柳树槐树等树木的树冠呈现着深色和浅色的小小差异，却依然流露着蓬勃的气象。草木清爽的气味，诱使我连续深呼吸。这里曾经是荒坡和梯田。荒坡上长满枣刺和杂草。梯田里一年只种一料麦子，因为缺水缺肥，麦子长得矮小细瘦如同猴子的黄毛，收割时搭不住镰刀，只能用手薅，民间戏称薅猴毛，产量也就可想而知了。大约不过十年前，那种延续了不知多少年的广种薄收乃至无收的景象中止了，退耕还林，便有了这一派让上原和下原的人心旷神怡的绿色。

上原的路大约走到一半，有一道平台，自南到北散落着一个个或大或小的村庄，俗称二道原。民办大学思源学院已成气候，随坡倚势建造成一幢幢楼房，校园里如同精心构设的花园，四季轮番开放的花草和花树，弥漫着种种诱人的香气。这里活跃着来自全国各地的两万余名学子，避开了都市的喧嚣，在这一方天地汲取知识。校方扶持建立了白鹿书院，我常和一些文学朋友到书院交流，尽管他们多是走南闯北见惯了奇山异水的人，也多感佩这一方地域独有的脉象。大约十年前，这所大学的创始人周先生约我参加一个座谈会，把他想在白鹿原的二道原上创办一所民办大学的意图坦陈出来，让大家论证。我那时竟然很激动，一时尚不敢估计这座古原破天荒建立的第一所高等院校的深远影响，却也想到不仅是每年能有多少年轻人完成高等学业，更有对原上乡民文化意识的潜移默化的启示。十年过去，这所学院不仅被评为全国十大民办大学，而且让民办大学由二道原扩展到白鹿原上，挂着种种专业校牌的民办大学已建成十余所，形成了一个颇具规模的民办大学城。就我粗略的印象，一九四九年以前，这道原上只有两三所新式小学；截止到上世纪九十年代，仅有三四所中学，分属三个区县督管；到今天不过十年时间，这里已经形成拥有十余万学子的民办大学城了。从这些民办大学门前经过的时候，我常有不可思议的感慨，变化之快几乎让我不敢相信，随之也生出生不逢时的自怜，如若晚生许多年，就不会留下缺失高等教育的人生遗憾了。

原的西部已经几乎看不到庄稼，传统的麦田消失了，蓬勃着一眼望不透的樱桃树。种植樱桃和小麦的悬殊的收益，是任谁都不会拒绝对樱桃的选择。每到五月樱桃成熟时节，原上原下和原坡的万亩樱桃园里，笑语喧哗，那是西安城里人或呼朋唤友或扶老携幼上原摘樱桃时忘情的声浪。秋天刚刚来到原上，葡萄又熟了。樱桃几乎是家家户户都有种植，而葡萄却是规模化的集中栽培。原上先后建起三家较大规模的果园，两家既种樱桃又种葡萄，还有一家是专门种植葡萄的园子，种植面积有几百亩到过千亩，都是以最严格也最规范的技术措施栽培管理。我曾有幸参观，可谓大开眼界，且不说那些颇为深奥的技术措施，外行的我看到细水浸润的滴灌设施，顿然感知到现代农业和粗放管理的农业的差异来。为了保证果品的品质，一概不用化肥，连复合型的肥料也不用，而是从内蒙古草原收购牧民的牛羊粪，集中窝沤，使其熟化，再从千里外的内蒙古草原运回原上，单是这项投入的工本就令我咋舌了。这样培植的樱桃和葡萄，不仅味美，更让消费者放心，价格也就高出普通果园的樱桃、葡萄几倍。我走在这家葡萄园里，满眼都是紫红的葡萄串儿，嘴里就有口水溢泛。这位种植园主是我的同乡，一位卓有建树的农民科学家，曾获得国务院的褒奖，那是他向乡民传授各种果树管理技术赢得的奖励。他在原上亲自种植葡萄，更带有示范的效应。我更多感佩的却是这道原的变化，自古以来白鹿原缺水，向来不植一株果树，即使庄稼，也只能保证一料小麦的收成，多有的伏旱，秋天的作物十有九年都无收获。更甚者，生活用水都很困难，原下人调侃原上人说，早晨起来，夫妻对面吐唾沫洗脸。现在，每个村子都有深井，自来水通到家家户户，果园也就蓬勃起来了。白鹿原高过渭河平原二百米，昼夜温差大，无论樱桃无论葡萄的甜蜜就享有天时地利的优势了。

绿树掩映着的一个个或大或小的村庄，既是古老的，又是新生的，古老到和这道原的历史一样悠久，新生在于现在的村庄已经完全改换出一派新的风貌，一幢幢二层小楼或平房，从绿树的空隙间显露出来。如果走进村巷，便会看到甚为讲究的一个个农家院的门楼上都有题款。几乎看不到土坯垒墙的传承了千年的厦房了。沟通每一个村庄的道路全部实现了硬化——水泥路面，永久性地告别了泥泞小路。我曾陪《白鹿原》剧组的朋友踏访原上村庄寻找外景地，失望而归，上世纪的白鹿村的影像荡然无存。我不为剧组的失望而失望，倒为原上的乡党而庆幸，他们终于获得了安逸富足的生活，既不为锅里缺米缺面而熬煎，也不为屋漏而愁肠百结了。

写到这里，我突然意识到，每触及一景，便牵出这一景地昨天的景象来。似乎不是有意为之，而是一种自然的不可违逆的心理反应，昨天的贫瘠景象铸存太久，而今天焕然一新的景象来得太快，作为这道原的亲历者，发生今天与昨天的鲜明而又强烈的对比，欣然的感触和感慨就是本能的心理反应了。

因为一只白鹿的出现，这道原便有了象征着吉祥安泰的白鹿的名称。随后，汉文帝葬在白鹿原西北的原坡上，原坡根下流淌着灞水，文史典籍称为灞陵，这道原也被改名为灞陵原，民间却少有人说。自北宋大将军狄青在原上屯兵驯马，这道原又被改换为狄寨原，一直沿用至今，白鹿原的名字早已湮灭以至消亡了。近年间，因为拙作《白鹿原》的发行，这个富于诗意也象征着吉祥安泰的白鹿原的名字又复活了。白鹿原名称的复归，恰当其时，多少代人期盼向往的富裕和平的日子已经实现，却是改革开放的科学而又务实的富民国策实施的结果。

愿白鹿长驻此原。

2012 年 9 月 27 日　二府庄

第三辑

足迹：踏过泥泞几十秋

第一次投稿

背着一周的粗粮馍馍，我从乡下跑到几十里远的城里去念书，一日三餐，都是开水泡馍，不见油星儿，顶奢侈的时候是买一点儿杂拌咸菜；穿衣自然更无从讲究了，从夏到冬，单棉衣裤以及鞋袜，全部出自母亲的双手，唯有冬来防寒的一顶单帽，是出自现代化纺织机械的棉布制品。在乡村读小学的时候，似乎于此并没有什么不大良好的感觉；现在面对穿着艳丽、别致的城市学生，我无法不“顾影自卑”。说实话，由此引起的心理压抑，甚至比难以下咽的粗粮以及单薄的棉衣遮御不住的寒冷更使我难以忍受。

在这种处处使人感到困窘的生活里，我却喜欢文学了；而喜欢文学，在一般同学的眼睛里，往往是被看作极浪漫的人的极富浪漫色彩的事。

新来了一位语文老师，姓车，刚刚从师范学院毕业。第一次作文课，他让学生们自拟题目，想写什么就写什么。这是我以前所未遇过的新鲜事。我喜欢文学，却讨厌作文。诸如《我的家庭》《寒假（或暑假）里有意义的一件事》这些题目，从小学做到中学，我是越做越烦了，越做越找不出“有意义的一天”了。新来的车老师让我们想写什么就写什么，我有兴趣了，来劲儿了，就把过去写在小本上的两首诗翻出来，修改一番，抄到作文本上。我第一次感到了作文的兴趣而不再是活受罪。

我萌生了企盼，企盼尽快发回作文本来，我自以为那两首诗是杰出的，会震一下的。我的作文从来没有受过老师的表彰，更没有被当作范文在全班宣读的机会。我企盼有这样的一次机会，而且正朝我走来了。

车老师抱着厚厚一摞作文本走上讲台，我的心无端地慌跳起来。然而四十五分钟过去，要宣读的范文宣读了，甚至连某个同学作文里一两句生动的句子也被摘引出来表扬了，那些令人发笑的错句病句以及因为一个错别字而致使语句含义全变的笑料也被点出来，终究没有提及我的那两首诗，我的心里寂寒起来。离下课只剩下几分钟时，作文本发到我的手中。我迫不及待地翻看了车老师用红墨水写下的评语，倒有不少好话，而末尾却悬下一句：“以后要自己独立写作。”

我愈想愈觉得不是味儿，愈觉不是味儿愈不能忍受。况且，车老师给我的作文没有打分！我觉得受了屈辱。我拒绝了同桌以及其他同学伸手要交换作文的要求。好容易挨到下课，我拿着作文本赶到车老师的房子门口，喊了一声：“报告——”

获准进屋后，我看见车老师正在木架上的脸盆里洗手。他偏过头问："什么事？"

我扬起作文本："我想问问，你给我的评语是什么意思？"

车老师扔下毛巾，坐在椅子上，点燃一支烟，说："那意思很明白。"

我把作文本摊开在桌子上，指着评语末尾的那句话："这'要自己独立写作'我不明白，请你解释一下。"

"那意思很明白，就是要自己独立写作。"

"那……这诗不是我写的？是抄别人的？"

"我没有这样说。"

"可你的评语这样子写了！"

他冷峻地瞅着我。冷峻的眼里有自以为是的得意，也有对我的轻蔑的嘲弄，更混含着被冒犯了的愠怒。他喷出一口烟，终于下定决心说："也可以这么看。"

我急了："凭什么说我抄别人的？"

他冷静地说："不需要凭证。"

我气得说不出话……

他悠悠抽烟："我不要凭证就可以这样说。你不可能写出这样的诗歌……"

于是，我突然想到我的粗布衣裤的丑笨，想到我和那些上不起伙的乡村学生围蹲在开水龙头旁边时的窝囊，就凭这些瞧不起我吗？就凭这些判断我不能写出两首诗来吗？我失控了，一把从作文本上撕下那两首诗，再撕下他用红色墨水写下的评语。在朝他摔出去的一刹那，我看见一双震怒得可怕的眼睛。我的心猛烈一颤，就把那些字纸用双手一揉，塞到衣袋里去了，然后一转身，不辞而别。

我躺在集体宿舍的床板上，属于我的那一绺床板是光的，没有褥子也没有床单，唯一不可或缺的是头下枕着的这一卷被子，晚上，我是铺一半再盖一半。我已经做好了接受开除的思想准备。这样受罪的念书生活还要再加上屈辱，我已不再留恋。

晚自习开始了，我摊开了书本和作业本，却做不出一道习题来，捏着笔，盯着桌面，我不知做这些习题还有什么用。由于这件事，期末我的操行等级降到了“乙”。

打这以后，车老师的语文课上，我对于他的提问从不举手，他也不点我的名要我回答问题，校园里或校外碰见时，我就远远地避开。

又一次作文课，又一次自选作文。我写下一篇小说，名曰《桃园风波》，竟有三四千字，这是我平生写下的第一篇小说，取材于我们村子里果园入社时发生的一些事。随之又是作文评讲，车老师仍然没有提到我的作文，于好于劣都不曾提及，我心里的底火又死灰复燃。作文本发下来，揭到末尾的评语栏，连篇的好话竟然写下两页作文纸，最后的得分栏里，有一个神采飞扬的“5”字，在“5”字的右上方，又加了一个“+”号，这就是说，比满分还要满了！

既然有如此好的评语和“5”的高分，为什么评讲时不提我一句呢？他大约意识到小视“乡下人”的难堪了，我猜想，心里也就膨胀了愉悦和报复，这下该有凭证证明前头那场说不清的冤案了吧？

僵局继续着。

入冬后的第一场大雪是夜间降落的，校园里一片白。早操临时取消，改为扫雪，我们班清扫西边的篮球场，雪下竟是干燥的沙土。我正扫着，有人拍我的肩膀，一仰头，是车老师。他笑着。在我看来，他笑得很不自然。他说：“跟我到语文教研室去一下。”我心里疑虑重重，又有什么麻烦了？

走出篮球场，车老师的一只胳膊搭到我肩上了，我的心猛地一震，慌得手足无措了。那只胳膊从我的右肩绕过脖颈，就搂住我的左肩。这样一个超级亲昵友好的举动，顿然冰释了我心头的疑虑，却更使我局促不安。

走进教研室的门，里面坐着两位老师，一男一女。车老师说：“‘二两壶’‘钱串子’来了。”两位老师看看我，哈哈笑了。我不知所以，脸上发烧。“二两壶”和“钱串子”是最近一次作文里我的又一篇小说的两个人物的绰号。我当时顶崇拜赵树理，他的小说的人物都有外号，极有趣，我总是记不住人物的名字而能记住外号。我也给我的人物用上外号了。

车老师从他的抽屉里取出我的作文本，告诉我，市里要搞中学生作文比赛，每个中学要选送两篇。本校已评选出两篇来，一篇是议论文，初三一位同学写的，另一篇就是我的作文《堤》了。

啊！真是大喜过望，我不知该说什么了。

“我已经把错别字改正了，有些句子也修改了。”车老师说，“你看看，修改得合适不合适？”说着又搂住我的肩头，搂得离他更近了，指着被他修改过的字句一一征询我的意见。我连忙点头，说修改得都很合适。其实，我连一句也没听清楚。

他说：“你如果同意我的修改，就把它另外抄写一遍，周六以前交给我。”

我点点头，准备走了。

他又说：“我想把这篇作品投给《延河》。你知道吗？《延河》杂志？我看你的字不太硬气，学习也忙，就由我来抄写投寄。”

我那时还不知道投稿，第一次听说了《延河》。多年以后，当我走进《延河》编辑部的大门深宅以及在《延河》上发表作品的时候，我都情不自禁地想到过车老师曾为我抄写投寄的第一篇稿。

这天傍晚，住宿的同学有的活跃在操场上，有的遛大街去了，教室里只有三五个死贪学习的女生。我破例坐在书桌前，摊开了作文本和车老师送给我的一扎稿纸，心里怎么也稳定不下来。我感到愧悔，想哭，却又说不清是什么情绪。

第二天的语文课，车老师的课前提问一提出，我就举起了左手，为了我的可憎的狭隘而举起了忏悔的手，向车老师投诚……他一眼就看见了，欣喜地指定我回答。我站起来后，却说不出话来，喉头哽塞了棉花似的。自动举手而又回答不出来，后排的同学哄笑起来。我窘急中又涌出眼泪来……

我上到初三时，转学了，暑假办理转学手续时，车老师探家尚未回校。后来，当我再探问车老师的所在时，只说早调回甘肃了。当我第一次在报刊上发表处女作的时候，我想到了车老师，应该寄一份报纸去，去慰藉被我冒犯过的那颗美好的心！当我的第一本小说集出版时，我在开着给朋友们赠书的名单时又想到车老师，终不得音讯，这债就依然拖欠着。

经过多少年的动乱，我的车老师不知尚在人间否？我却忘不了那淳厚的陇东口音……

1987 年 8 月 13 日

汽笛·布鞋·红腰带

一个年过五十的人，依然清晰地记得平生听到第一声火车汽笛时的情景。

他当时刚刚勒上了头一条红腰带。这是家乡人遇到本命年时避灾禳祸乞求平安福祉的吉祥物，无论男女无论长幼无论尊卑都要在本命年到来的头一天早晨穿裤子时勒上腰的。那是母亲用自纺的棉线四股合成一股，经过浆洗经过大红颜色的煮染再经过蜂蜡的打磨，然后把经线绷在两个膝盖之间织成的。早在母亲搓棉花捻子和纺线的时候就不断念叨："娃的本命年快到了，得织一条红腰带。"在标志着一年将尽的最后一个月份——腊月——到来之前，母亲已经织好了一条红腰带，只让他试着勒了一下就藏进木板柜里，直到大年三十晚上才取出来放到枕头旁边，叮嘱他天明起来换穿新衣新裤时结上那根红腰带。他那时只是为了那条鲜红的线织腰带感到新奇而激动不已，却不能意识到生命历程的第二个十二年将从明天早晨开始……

半年以后，他勒在腰里的红带已经变成了紫黑色的了，鲜艳的红色被汗渍尿垢以及褪色的黑裤污染得失去了原本的颜色。他依旧勒着这条保命带走出了家乡小学所在的小镇，到三十里外的历史名镇灞桥去投考中学。领着他的是一位四十多岁的班主任老师，姓杜；和他一起去投考的有二十多个同学，这些小学同学中有的已经结婚，那是他们在解放后才迟迟获得读书机会的缘故，他是他们当中年龄最小个头最矮的一个。

这是一次真正的人生之旅。

从小镇小学校后门走出来便踏上了公路。这是一条国道，西起西安沿着灞河川道再进入秦岭，在秦岭山岩中盘旋蜿蜒一直通到湖北省内。这是他第一次走出家门三公里以外的旅行。他前夜激动惶惧得几乎不能成眠；他肩头挎着一只书包，包里装着课本，一支毛笔和一只墨盒，还有几个学生灶发给的混面馍馍，还有一块洗脸擦脸用的布巾，同样是母亲用织布机织下的手工布巾……口袋里却连一分钱也没有。

开始上路他和老师、同学相跟着走，走出十多里路也不觉得累，同学们大都是来自小镇附近村庄，谁也没出过远门，兴致很高心劲儿十足一路说说笑笑叽叽嘎嘎。后来的悲剧是从脚下发生的。他感觉脚后跟有点儿疼，脱下鞋来看了看，鞋底磨透了，脚后跟上磨出红色的肉丝淌着血，血浆渗湿了鞋底和鞋帮。他首先诅咒的便是沙石铺垫的国道上的沙子，全然想不到母亲纳扎的布鞋鞋底经不住沙石的磨砺，随后才意识到是一双早已磨薄了的旧布鞋的鞋底。在他没有发现鞋破脚破之前还能撑持住往前走，而当他看到脚后跟上的血肉时便怯了，步子也慢了。

似乎不单是脚后跟上出了毛病，全身都变得困倦无力，双腿连往前挪一步的勇气都没有了，每一次抬脚举步都畏怯落地之后所产生的血肉之苦。他看见杜老师在向他招手。他听见同学在前头呼叫他。他流下眼泪来，觉得再也撵不上他们了。他企望能撞见一位熟人吆赶的马车，瞬间又悲哀地想到，自己其实原来就不认识任何一位车把式。

他看见杜老师和一位结过婚的小学生大同学倒追过来，立即擦干了眼泪。老师和同学的关心鼓励丝毫也不能减轻脚下的痛楚和抬脚触地时引发的内心的畏怯。老师和大同学不能只等他一人而往前走了。他没有说明鞋底磨透脚跟磨烂的事，不是出于坚强而纯粹是因为爱面子，他怕那些能穿起耐磨的胶质球鞋的同学笑自己穷酸。这种爱面子的心理不知何时形成的，以至影响到他后来的全部生活历程，不愿意在任何人面前哭穷。老师和大同学临走时留给他的一句话是："往前走不敢停。慢点儿不要紧只是不敢停下。我们在前头等你。"

他已经看不见杜老师率领着的那支小小的赶考队伍了。他期望在路上捡到一块烂布包住脚后跟，终于没有发现哪怕是巴掌大的一块碎布而失望了。他从路边的杨树上捋下一把树叶塞进鞋窝儿，大约只舒服了两分钟走出不过十几米就结束了暂短的美好和幼稚。他终于下狠心从书包里摸出那块擦脸用的布巾，相当于课本的两倍大小，只能包住一只脚。洗脸擦脸已经不大重要了，撩起衣襟就可以代替布巾来使用。用布巾包住的一只脚不再直接遭受沙石的蹭磨减轻了疼痛，况且可以使另一只脚踮起脚尖而避免脚后跟着地。他踮着一只脚尖就跛着往前赶，果然加快了行速。走过不知有多少路程，布巾很快又磨透了，他把布巾倒过来再包到脚上，直到那块布巾被踩磨得稀烂而毫无用处。他最后从书包拿出了课本，先是算术，后是语文，一扎一扎撕下来塞进鞋窝……只要能走进考场，他自信可以不需要翻动它们就能考中；万一名落孙山，这些课本无论语文或是算术就都变成毫无用处的废物了。那些课本的纸张更经不住沙石的蹭磨，很快被踩踏成碎片从鞋窝里泛出来撒落到沙石国道上，像埋葬死人时沿路抛撒的纸钱。直到课本被撕光，他几乎完全绝望了，脚跟的疼痛逐渐加剧到每一抬足都会心惊肉跳，走进考场的最后一丝勇气终于断灭了。他站下随之又坐下来，等待有一挂回程的马车，即使陌生的车夫也要乞求。他对念中学似乎也没有太明晰的目标，回家去割草拾柴也未必不好……伟大的转机就在他完全崩溃刚刚坐下的时候发生了，他听到了一声火车汽笛的嘶鸣。

他被震得从路边的土地上弹跳起来。他被惊吓得几乎又软瘫坐下。他的耳膜长久地处于一种无知觉的空白。他的胸腔随着铿锵铿锵的轮声起伏着颤栗着。他惊惧慌乱不知所措而茫然四顾，终于看见一股射向蓝天的白烟和一列呼啸奔驰过来的火车。他能辨识出火车凭借的是语文课本上的一幅拙劣的插图。这是他平生第一次看见火车。第一次听见火车汽笛的鸣叫。隐蔽在原坡皱褶里的家乡村庄，一年四季只有人声牛哞狗吠鸡鸣和鸟叫。列车从他眼前的原野上飞驰过去，绿色的车厢绿色的窗帘和白色的玻璃，启开的窗户晃过模糊的男人或女人的脸，还有一个把手伸出窗口的男孩儿的脸……直到火车消失在柳林丛中，直到柳树梢头的蓝烟渐渐淡化为乌有，直到远处传来不再那么震慑而显得悠扬的汽笛声响，他仍然无法理解火车以及坐在火车车厢里的人会是一种什么滋味，坐在飞驰的火车上透过敞开的窗口看见的田野会是怎样的情景，坐在火车上的人瞧见一个穿着磨透了鞋底磨烂了脚后跟的乡村娃子会是怎样的眼光，尤其是那个和他年岁相仿已经坐着火车旅行的男孩儿。

天哪！这世界上有那么多人坐着火车跑哩而根本不用双腿走路！他用双脚赶路却穿着一双磨穿了鞋底磨烂了脚后跟的布鞋一步一蹭血地踯躅！似乎有一股无形的神力从生命的那个象征部位腾起，穿过勒着红腰带的腹部冲进胸腔又冲上脑顶，他无端地愤怒了，一切朦胧的或明晰的感觉凝结成一句，不能永远穿着没后底的破布鞋走路……他把残留在鞋窝里的烂布绺烂树叶烂纸屑腾光倒净，咬着牙在沙石国道上重新举步，腿上有劲儿了，脚后跟也还在淌血还疼，走过一阵儿竟然奇迹般地不疼了，似乎那越磨越烂得深的脚后跟不是属于他的，而是属于另一个怯弱者懦弱鬼王八蛋的……在离考场的学校还有一二里远的地方，他终于追赶上了老师和同学，却依然不让他们看他惨不堪睹的两只脚后跟。

……

在那场历时十年的大浩劫发生时，他虽未被完全打翻却感到已经走到生命的尽头。那一年又正好是他勒上第二条红腰带开始第三轮十二年的时候。他被划进刘少奇路线而注定了政治生命的完结，他所钟情的文学在刚刚发出处女作便夭折了，家庭的灾难也接踵而至，不是祸不单行而是三面伏击四面楚歌。他步入社会尚无任何生活经验也无丝毫的防卫能力，很快便觉得进入绝境而看不出任何希望，不止一次于深夜走到一口水井边企图结束完全变成行尸走肉的自己。没有促成他纵身一投的缘由，便是他在那最后一刻听到了发自生命内部的那一声汽笛的鸣叫……

在他勒上第三条红腰带开始生命年轮的第四个十二年的时候，恰好又遭遇到一次重大的挫折。如果说上一次的遭遇与红腰带有无什么联系尚无意识，这一次就令他暗暗惊诧了，人类生命本身是否存在着一种神秘的周期性灾变？他不再以一个简单的无神论者的简单态度轻易去判断其有无了。这一次挫折纯粹是自作自受，不能怨天不能怨地更不能怨天下任何人，自己写下一篇对生活做出简单谬误判断的小说而声名狼藉。他曾想告别政坛也告别文学，重新回到学校做一名乡村教师，与农村孩子去交朋友。在那个人生重大抉择的重要关头，他不仅又一次听到了那声汽笛，而且想到了那双磨透了鞋底磨烂了脚跟的布鞋。有什么可畏惧的呢？本来就是穿着磨透鞋底的布鞋走进社会的，最终最糟失掉的大不了也就是又一双破烂布鞋……他走进图书馆，把莫泊桑和契诃夫的小说抱回住屋，昼夜与这两个欧洲人拥抱在一起。

他后来成为一个作家，但不是著名的，却终归算一个作家。这个作家已过“知天命”的年岁，回顾整个儿生命历程的时候，所有经过的欢乐已不再成为欢乐，所有经历的灾难挫折引起的痛苦也不再是痛苦，变成了只有自己可以理解的生命体验，剩下的还有一声储存于生命磁带上的汽笛鸣叫和一双破了鞋底的布鞋。

他想给进入花季刚刚勒上头一条或第二条红腰带的朋友致以祝贺，无论往后的生命历程中遇到怎样的挫折怎样的委屈怎样的龌龊，不要动摇也不必辩解，走你认定了的路吧！因为任何动摇包括辩解，都会耗费心力耗费时间耗费生命，不要耽搁了自己的行程。

1993 年 6 月 18 日草于小寨　6 月 21 日改定

晶莹的泪珠

我手里捏着一张休学申请书朝教务处走着。

我要求休学一年。我写了一张要求休学的申请书。我在把书面申请交给班主任的同时，又口头申述了休学的因由，发觉口头申述因为穷而休学的理由比书面申述更加难堪。好在班主任对我口头和书面申述的同一因由表示理解，没有经历太多的询问便在申请书下边空白的地方签写了“同意该生休学一年”的意见，自然也签上了他的名字和时间。他随之让我等一等，就拿着我写的申请书出门去了，回来时那申请书上就增加了校长的一行签字，比班主任的字签得少自然也更简洁，只有“同意”二字，连姓名也简洁到只有一个姓，名字略去了。班主任对我说：“你现在到教务处去办手续，开一张休学证书。”

我敲响了教务处的门板。获准以后便推开了门，一位年轻的女先生正伏在米黄色的办公桌上，手里提着长杆蘸水笔在一厚本表册上填写着什么，并不抬头。我知道开学报名时教务处最忙，忙就忙在许多要填写的各式表格上。我走到她的办公桌前鞠了一躬："老师，给我开一张休学证书。"然后就把那张签着班主任和校长姓名与他们意见的申请递放到桌子上。

她抬起头来，诧异地瞅了我一眼，拎起我的申请书来看着，长杆蘸水笔还夹在指缝之间。她很快看完了，又专注地把目光留滞在纸页下端班主任签写的一行意见和校长更为简洁的意见上面，似乎两个人连姓名在内的十来个字的意见批示，看去比我大半页的申请书还要费时更多。她终于抬起头来问：

"就是你写的这些理由吗？"

"就是的。"

"不休学不行吗？"

"不行。"

"亲戚全都帮不上忙吗？"

"亲戚……也都穷。"

"可是……你休学一年，家里的经济状况也不见得能改变，一年后你怎么能保证复学呢？"

于是我就信心十足地告诉她我父亲的精确安排计划：待到明年我哥哥初中毕业，父亲谋划着让他投考师范学校，师范生的学杂费和伙食费全由国家供给，据说还发三块钱零花钱。那时候我就可以复学接着念初中了。我拿父亲的话给她解释，企图消除她对我能否复学的疑虑："我伯伯说来，他只能供得住一个中学生；俺兄弟俩同时念中学，他供不住。"

我没有做更多的解释。我的爱面子的弱点早在此前已经形成。我不想再向任何人重复叙述我们家庭的困窘。父亲是个纯粹的农民，供着两个同时在中学念书的儿子。哥哥在距家四十多里远的县城中学，我在离家五十多里的西安一所新建的中学就读。在家里，我和哥哥可以合盖一条被子，破点儿旧点儿也关系不大。先是哥哥接着是我要离家到县城和省城的寄宿学校去念中学。每人就得有一套被褥行头，学费杂费伙食费和种种花销都空前增加了。实际上轮到我考上初中时已不再是考中秀才般的荣耀和喜庆，反而变成了一团浓厚的愁云忧雾笼罩在家室屋院的上空。我的行装已不能像哥哥那样有一套新被子新褥子和新床单，被简化到只能有一条旧被子卷成小卷背进城市里的学校。我的那一绺床板终日裸露着缝隙宽大的木质板面，晚上就把被子铺一半再盖上一半。我也不能像哥哥那样由父亲把一整袋面粉送交给学生灶，而只能是每周六回家来背一袋杂面馍馍到学校去，因为学校灶上的管理制度规定一律交麦子面，而我们家总是短缺麦子而苞谷面还算宽裕。这样的生活我并未意识到有什么不好，因为背馍上学的学生远远超过能搭得起灶的学生人数，每到三顿饭时，背馍的学生便在开水灶的一排供水龙头前排起五六列长队，把掰碎的各色馍块装进各自的大号搪瓷缸子里，用开水浸泡后，便三人一堆五人一伙围在乒乓球台的周围进餐，佐菜大都是花钱买的竹篓咸菜或家制的腌辣椒，说笑和争论的声浪甚至压倒了那些从灶房领取炒菜与热饭的“贵族阶层”。

这样的念书生活终于难以为继。父亲供给两个中学生的经济支柱，一是卖粮，一是卖树，而我印象最深的还是卖树。父亲自青年时就喜欢栽树，我们家四五块滩地地头的灌渠渠沿上，是纯一色的生长最快的小叶杨树，稠密到不足一步就是一棵，粗的可做檩条，细的能当椽子。父亲卖树早已打破了先大后小先粗后细的普通法则，一切都是随买家的需要而定，需要檩条就任其选择粗的，需要椽子就让他们砍伐细的。所得的票子全都经由哥哥和我的手交给了学校，或是换来书籍课本和作业本以及哥哥的菜票我的开水费。树卖掉后，父亲便迫不及待地刨挖树根，指头粗细的毛根也不轻易舍弃，把树根劈成小块晒干，然后装到两只大竹条笼里挑起来去赶集，卖给集镇上那些饭馆药铺或供销社单位。一百斤劈柴的最高时价为一点五元，得来的块把钱也都经由上述的相同渠道花掉了。直到滩地上的小叶杨树在短短的三四年间全部砍伐一空，地下的树根也掏挖干净，渠岸上留下一排新插的白杨枝条或手腕粗细的小树……

我上完初一第一学期，寒假回到家中便预感到要发生重要变故了。新年佳节弥漫在整个儿村巷里的喜庆气氛与我父亲眉宇间的那种根深蒂固的忧虑形成强烈的反差，直到大年初一刚刚过去的当天晚上，父亲便说出来谋划已久的决策："你得休一年学，一年。"他强调了一年这个时限。我没有感到太大的惊讶。在整个儿一个学期里，我渴盼星期六回家又惧怕星期六回家。我那年刚交十三岁，从未出过远门，而一旦出门便是五十多里远的陌生的城市，只有星期六才能回家一趟去背馍，且不要说一周里一天三顿开水泡馍所造成的对一碗面条的迫切渴望了。然而每个周六在吃罢一碗香喷喷的面条后便进入感情危机，我必须说出明天返校时要拿的钱数，一元班会费或五角集体买理发工具的款项。我知道一根丈五长的椽子只能卖到一点五元钱，一丈长的椽子只有八角到一元的浮动区。我往往在提出要钱数目之前就折合出来这回要扛走父亲一根或两根椽子，或者是多少斤树根劈柴。我必须在周六晚上提前提出钱数，以便父亲可以从容地去借款。每当这时我就看见父亲顿时阴沉下来的脸色和眼神，同时，夹杂着短促的叹息。我便低了头或扭开脸不看父亲的脸。母亲的脸色同样忧愁，我似乎可以看；而父亲的脸眼一旦成了那种样子，我就不忍对看或者不敢对看。父亲生就的是一脸的豪壮气色，高眉骨大眼睛统直的高鼻梁和鼻翼两边很有力度的两道弯沟，忧愁蒙结在这样一张脸上似乎就不堪一睹……我曾经不止一次地产生过这样的念头，为什么一定要念中学呢？村子里不是有许多同龄伙伴没有考取初中仍然高高兴兴地给牛割草给灶里拾柴吗？我为什么要给父亲那张脸上周期性地制造忧愁呢……父亲接着就讲述了他得让哥哥一年后投考师范的谋略，然后可以供我复学念初中了。他怕影响一家人过年的兴头儿，所以压在心里直到过了初一才说出来。我说：“休学。”父亲安慰我说：“休学一年不要紧，你年龄小。”我也不以为休学一年有多么严重，因为同班的五十多名男女同学中有不少人都结过婚，既有孩子的爸爸，也有做了妈妈的，这在五十年代初并不奇怪，解放后才获得上学机会的乡村青年不限年龄。我是班里年龄最小个头最矮的一个，坐位排在头一张课桌上。我轻松地说：“过一年个子长高了，我就不坐头排头一张桌子咧——上课扭得人脖子疼……”父亲依然无奈地说：

“钱的来路断咧！树卖完了——”

她放下夹在指缝间的木质长杆蘸水笔，合上一本很厚很长的登记簿，站起来说：“你等等，我就来。”我就坐在一张椅子上等待，总是止不住她出去干什么的猜想。过了一阵儿她回来了，情绪有些亢奋也有点儿激动，一坐到她的椅子上就说：“我去找校长了……”我明白了她的去处，似乎验证了我刚才的几种猜想中的一种，心里也怦然动了一下，她没有谈她找校长说了什么，也没有说校长给她说了什么。她现在双手扶在桌沿上低垂着眼，久久不说一句话。她轻轻舒了一口气，仰起头来时我就发现，亢奋的情绪已经隐退，温柔妩媚的气色渐渐回归到眼角和眉宇里来了，似乎有一缕淡淡的无能为力的无奈。

她又轻轻舒了口气，拉开抽屉取出一本公文本在桌子上翻开，从笔筒里抽出那支木杆蘸水笔，在墨水瓶里蘸上墨水后又停下手，问：“你家里就再想不下办法了？”我看着那双滋浮着忧郁气色的眼睛，忽然联想到姐姐的眼神。这种眼神足以使任何被痛苦折磨着的心平静下来，足以使任何被痛苦折磨得心力交瘁的灵魂得到抚慰，足以使人沉静地忍受痛苦和劫难而不至于沉沦。我突然意识到因为我的休学致使她心情不好这个最简单的推理。而在校长班主任和她中间，她恰好是最不应该产生这种心情的。她是教务处的一位年轻职员，平时就是在教务处做些抄抄写写的事，在黑板上写一些诸如打扫卫生的通知之类的事，我和她几乎没有说过话，甚至至今也记不住她的姓名。我便说："老师，没关系。休学一年没啥关系，我年龄小。"她说："白白耽搁一年多可惜！"随之又换了一种口吻说："我知道你的名字也认得你。每个班前三名的学生我都认识。"我的心情突然灰暗起来而没有再开口。

她终于落笔填写了公文函，取出公章在下方盖了，又在切割线上盖上一枚合缝印章，吱吱吱撕下并不交给我，放在桌子上，然后把我的休学申请书抹上糨糊后贴在公文存根上。她做完这一切才重新拿起休学证书交给我说："装好。明年复学时拿着来找我。"我把那张硬质纸印制的休学证书折叠了两番装进口袋。她从桌子那边绕过来，又从我的口袋里掏出来塞进我的书包里，说："明年这阵儿你一定要来复学。"

我向她深深地鞠了躬就走出门去。我听到背后咣当一声闭门的声音，同时也听到一声"等等"。她拢了拢齐肩的整齐的头发朝我走来，和我并排在廊檐下的台阶上走着，两只手插在外套的口袋里。走过一个又一个窗户，走过一个又一个教室的前门和后门，校园里和教室里出出进进着男女同学，有的忙着去注册去交费，有的已经抱着一摞摞新课本新作业本走进教室，还有从校门口刚刚进来的背着被卷馍袋的迟来者。我忽然心情很不好受，在争取得到了休学证后心劲儿松了吗？我很不愿意看见同班同学的熟悉的脸孔，便低了头匆匆走起来，凭感觉可以知道她也加快了脚步，几乎和我同时走出学校大门。

学校门口又拥来一拨偏远地区的学生，熟悉的同学便连连问我："你来得早！报过名了吧？"我含糊地笑笑就走过去了，想尽快远离正在迎接新学期的洋溢着欢跃气浪的学校大门。她又喊了一声"等等"。我停住脚步。她走过来拍了拍我的书包："甭把休学证弄丢了。"我点点头。她这时才有一句安慰我的话："我同意你的打算，休学一年不要紧，你年龄小。"

我抬头看她，猛然看见那双眼睫毛很长的眼眶里溢出泪水来，像雨雾中正在涨溢的湖水，泪珠在眼里打着旋儿，晶莹透亮。我瞬即垂下头避开目光。要是再在她的眼睛里多驻留一秒，我肯定就会号啕大哭。我低着头咬着嘴唇，脚下盲目地拨弄着一颗碎瓦片来抑制情绪，感觉到有一股热辣辣的酸流从鼻腔倒灌进喉咙里去。我后来的整个儿生命历程中发生过多少这种酸水倒流的事，而倒流的渠道却是从十四岁刚来到的这个生命年轮上第一次疏通的。第一次疏通的倒流的酸水的渠道肯定狭窄，承受不下那么多的酸水，因而还是有一小股从眼睛里冒出来，模糊了双眼，顺手就用袖头揩掉了。我终于仰起头鼓起劲儿说："老师……我走咧……"

她的手轻轻搭上我的肩头："记住，明年的今天来报到复学。"

我看见两滴晶莹的泪珠从眼睫毛上滑落下来，掉在脸鼻之间的谷地上，缓缓流过一段就在鼻翼两边挂住。我再一次虔诚地深深鞠躬，然后就转过身走掉了。

二十五年后，卖树卖树根（劈柴）供我念书的父亲在癌病弥留之际，对坐在他身边的我说："我有一件事对不住你……"

我惊讶得不知所措。

"我不该让你休那一年学！"

我浑身战栗，久久无言。我像被一吨烈性"梯恩梯"炸成碎块细末儿飞向天空，又似乎跌入千年冰窖而冻僵四肢冻僵躯体也冻僵了心脏。在我高中毕业名落孙山回到乡村的无边无际的彷徨苦闷中，我曾经猴急似的怨天尤人："全都倒霉在休那一年学……"我一九六二年毕业恰逢中国经济最困难的年月，高校招生任务大大缩小，我们班里剃了光头，四个班也仅仅考取了一个个位数，而在上一年的毕业生里我们这所不属重点的学校也有百分之五十的学生考取了大学。我如果不是休学一年当是一九六一年毕业……父亲说："错过一年……让你错过了二十年……而今你还算熬出点儿名堂了……"

我感觉到炸飞的碎块细末儿又归结成了原来的我，冻僵的四肢自如了冻僵的躯体灵便了冻僵的心又嗒嗒嗒跳起来的时候，猛然想起休学出门时那位女老师溢满眼眶又流挂在鼻翼上的晶莹的泪珠。我对已经跨进黄泉路上半步的依然向我忏悔的父亲讲了那一串泪珠的经历，我称呼伯伯的父亲便安然合上了眼睛，喃喃地说：“可你……怎么……不早点儿给我……说这女先生哩……”

我今天终于把几近四十年前的这一段经历写出来的时候，对自己算是一种虔诚祈祷，当各种欲望膨胀成一股强大的浊流冲击所有大门窗户和每一个心扉的当今，我便企望自己如女老师那种泪珠的泪泉不致堵塞更不敢枯竭，那是滋养生命灵魂的泉源，也是滋润民族精神的泉源哦……

1993 年 11 月 22 日于渭南

与军徽擦肩而过

进入高中最后一个学期，我的心境心绪便进入一种慌乱，说惶惶不可终日也不为过。去向的把握不定，未来职业的艰难选择，前途的光明与黑暗，像一涡没有流向的混浊的旋流翻腾搅和在心里，根本无法理出一个清晰的流向。我只觉得自己整个儿被那个旋流冲撞翻搅得变轻了。

把书念到高中即将毕业，十二年的读书生活中经历的无以诉叙的经济艰难，此时都被即将结束这种艰难的兴奋所淡漠。仅仅在春节前的高三第一学期结束时，心境和心绪还是踏实的，还是一种进入最后冲刺的单纯和自信，还没有感觉到这种既无法出手又无法伸脚的惶惶和轻松。仅仅过罢春节，重新坐到自己的桌子前的最后一学期，才发觉一切都乱套了。这是高考前的最后四个月，是万米长跑的最后一百米，容不得任何杂念，只需要单纯，只需要咬紧牙关拼尽最后一丝力气冲过那条终点线闯进大学的校门里去。然而我却乱套了，无法凝神，也难以聚力，陷入一种旋流翻搅的无法判断、无法选择，也无法驾驭自己的艰难之中。造成这种混沌心态的直接因由，竟然全都是与军徽有关的事。

刚刚开学不久，突然传达下来验招飞行员的通知。校长在应届毕业生大会上传达了上级文件，班主任接着就在本班做了动员，然后分小组讨论，均是围绕着国防建设的神圣任务和青年个人的责任为主题的。虽然千篇一律，却是真诚的表白、真实的感动和心甘情愿的迫切。想想吧，神秘的驾驶飞机的飞行员，对于任何一个高中毕业生来说，简直是做梦都不敢想的好事，谁还会迟疑或说不呢？从切实的意义上说，所有动员和讨论都是多余的，因为这样的好事美差是争都争不来的。学校领导的用意却在于进行一次普遍的爱国主义教育。其实学校各级领导都知道，这几乎是一个只开花而不会结果的事。因为从本校历史上看，每届高中毕业生都要验招飞行员，结果依旧是零的纪录，从来没有从本校走出一个驾驶飞机保卫领空的学生。然而，仍然满怀热情和忠诚地层层动员，仍然满怀精忠报国的赤诚参加讨论和表白。参加验招的人选是由学校团委具体操办的。出身“地、富、反、坏、右”家庭的学生是没有任何希望可寄的，亲友关系中有海外关系的学生也是没有指望的，家庭和直系旁系亲属中有被杀、被关、被管制过的成员的学生同样过不了政治审查这一关。这是那个绷紧着阶级斗争一根弦的年代里，学生们都已习惯接受的条例，况且，驾驶飞机太了不得了。这样审查下来，一个班能参加身体检查的学生也就是十来个人，除去女生。更进一步也更严格的政治审查还在后头，要视身体检查的结果再定。我是这十余个经政审粗筛通过的幸运者之一，又是被大家普遍看好的几个人中的一个。我那时刚好二十岁，一年到头几乎不吃一粒药，打篮球可以连续赛完两场打满八十分钟，一米七六的个头，肥瘦大体均匀，尤其视力仍然保持在一点五，这在高三年级里是很可骄傲的。尽管知道飞行员要求严格几乎是千里挑一，尽管知道本校历史上尚未出现过一个幸运儿的严峻事实，然而仍怀着一份侥幸和期望。也许，因为挑选太过严格，对所有被挑选者都是一个未知数，于是所有有资格进行测检的人反而都可以发生侥幸。我的侥幸大约在第四项检查时就轻易地被粉碎了。

“脱掉衣服。”医生说。

“再脱。”医生坐在椅子上，歪过头瞅我一眼又说。

“脱光。”医生又转过脸再次命令。

我赤条条站在房子中间。尽管医生是位男性，但毕竟是陌生人，也毕竟是紧绷着阶级斗争之弦，也紧绷着道德之弦的六十年代。我浑身的不自在，完全处于无助无倚的状态下，总想弯下腰去，不由自主地并拢紧夹住双腿，真想蹲下去。医生却不紧不慢地命令说：两腿叉开，站直了，双手平举。

我就照命令做出站姿。

医生从椅子上站起来，先走到我的背后，我感觉到那双眼睛在挑剔，在我的左肩胛骨下戳了戳；然后再走到我的前面，不看我的脸，却从脖颈一路看下去。

他仍然不看我又走回桌前，坐下，就在那个体检册上写起来。我慌忙穿好衣服，站到他的面前，等待判词。他不紧不慢地说："你不用再检查了。"

飞行员与普通兵身体检查的不同之处就在这里，某一项不合格就终止检查。我问哪儿出了问题。他说，小腿上有一块疤。这块疤不过指甲盖大，小时候碰破感染之后留下的，几乎与周边皮肤无异。我的天哪，飞行员的金身原来连这么一小块疤痕都是不能容忍的。我不甘就此终结那个存寄的希望，便解释说，这个小疤没有任何后遗症。医生说，到高空气压压迫时，就可能冒血。我吓了一跳，完全信服了医家之言，再不敢多舌，便赶回学校去，把演算本重新摊开。尽管失败了，许多同学也和我一样破灭了飞行员之梦，然而学校却实现了验招飞行员的零的突破，一个和我同龄的学生走进了人民解放军航空兵飞行员的队列。这个幸运儿就出在我们班里，我和他同窗整整两年半，而且联手进行班际间的乒乓球赛。他顿时成为全校师生最瞩目的人物。班主任按上级指令已经指示他停止复习功课，以保护身体尤其是眼睛。他的两颗把上唇撑起的虎牙，现在不仅不成为缺憾，倒是平添了亮闪闪的魅力。

我的飞行员之梦破灭了，却无太大挫伤，原本就是碰碰运气的，侥幸心理罢了，而真正心里揣着较大希望的，却是炮兵。按照历届毕业生的惯例，每年都要给军事院校保送一批学生。

保送就是免去考试，直奔。政治审查条例虽然和飞行员一样严格，我却并不担心；学习成绩也不是要求拔尖而只需中上水平，我自酌也是不成问题的；身体条件比普通士兵稍微严格，却远远不及飞行员那么挑剔。比我高一级的学生，保送入军事院校的竟有十余名之多，他们大多数我都认识，有几个还是我的同乡，他们在各个方面的状况我是清楚的，我悄悄地把自己与他们比较。我早在验招飞行员之前就做着这个梦了，许多同学也在做着同一个梦了。有人悄悄问过班主任程老师，说还没有开始这项推荐保送军校的工作，但这是迟早的事。做着同一个梦的同学，很自然地就扎到了一堆，私下里悄悄传递着种种有利和不利的消息。而客观的事实是，上一届军校保送学生的工作在去年这个时候早已开始了，今年为什么迟迟不见动静？上一届保送军校的十多名同学，大都去了一所炮兵学院，据说炮院院长还是我们灞桥人。传说今年仍然是对口保送，炮兵便成为一个切实的梦想，令人日夜揪着心。真应了俗谚所说的夜长梦多的话，终于等来了令我彻底丧气的消息。

程老师走进教室，匆匆的样子，神色也不好。他说校长刚传达完上边一个指示，国家正处于经济困难时期，今年高校招生的比例大减。他说到这里时，脸色顿时变青发黑了。他似乎怕同学们不能充分理解“大减”的严峻性，几乎用喊的声调警示我们说，大减就是减少的比例很大！大到……很大很大的程度（上级不许说那个比例）……今年考大学……可能比考举人……还难。整个儿教室里鸦雀无声。我已经不敢再看程老师的脸，也不敢看任何同学的脸，微低了头，眼里什么景物人物都没有了，脑子里一片空白。程老师一只手撑着讲桌，最后又像报丧似的说，军校保送生的任务也取消了。不单陕西，整个儿北方省份的军校保送生都取消了。本来我们班有几位同学是完全够保送军校条件的。现在……你们得加倍用功学习……

我不知道程老师什么时候走出教室的，走出教室的脚步和脸色是什么样子的。他走了以后，教室里许久都没有人动一动，或说一句话。最早做出反应拉开坐凳离开课堂走出教室的，是学习最差的几位同学，他们大约原本就没有考取高校的信心，这下反倒彻底放松了。我没有任何再去和其他同学交流的意图。程老师已经一竿子扎到人心的底层了，还有什么不明白的需要讨论吗？没有了。而停断军校保送生的决定，更是对我蓄谋已久的一个希望的破灭。我从教室走向操场，进入乱争乱抢的篮球场子。我在走出教室时，突然想起初中课本上《最后一课》里的韩默尔先生。程老师向我们宣布招生大减和军校停止保送生的指示的神态，有点儿类近韩默尔先生。

后来的结果完全注释了程老师所说的招生比例大减的内容，全校四个毕业班只考取了八名大学生，我们班竟然剃了光头。仅仅比我们早一年的毕业生，录取比例是百分之五十，而高两级的那一届毕业生，大学录取比例达到百分之九十以上。这是一九六二年。这是历史中被称为“三年困难时期”的一九六二年。

这是我对“三年困难时期”最强烈最深刻的记忆，远远超出对于饥饿的印象。许多年后我从捂盖已久而终于公开的资料上看到，因饥饿死亡于“三年困难时期”的人数之众，完全冲淡了我的那点儿损失，能活下来已属幸运了。

寄托于飞行员和炮兵的幻想彻底破灭了，所有捷径都被堵死，任何选择的机会都没有了，反而没有了选择的游移不定，反而粉碎了也廓清了一切侥幸心理，很快就进入一种别无选择的沉静和单纯。明知那个比例减得“很大很大”，反而激起一种反弹，一种不愿就此完结的垂死挣扎。教室里几乎没有杂音，从早到晚都是安静的，晚自习的灯光彻夜不熄。这个时期的学习大约是我漫长的学生时代最认真最下功夫的一段时日。有一天，教导处通知我和班里几位同学去开会，传达上级指示，对取消保送军校的决定补发新的决定，说保送军校的工作还要继续，但只限于“政治保送”，考试照常参加，考生一视同仁。这项被说得颇为神秘的“政治保送”的文件，在我看来，没有任何实质性的含义，因为考试分数才是关键。只要考分上线，能上军校最好，分配到地方院校也不赖，所以依旧埋头在课桌上做着最后的拼争。

这种近乎垂死的专一心境很快又被扰乱了。本年破例在高中毕业生中征召现役军人。此前的征兵对象只是初中以下的青年，高中毕业生只作为飞行员和军校的挑选对象。道理无须解释，招生任务既然“大大削减”，正好为部队提供了选拔较高文化兵源的机遇，也为高中毕业生增加了一条新的出路。这是一九六二年“三年困难时期”，做出的任何破例的举措，都是能被接受的。

又是校方传达文件。又是团支部、学生会层层动员。又是各班级里的各个学习小组分组讨论。又是人人表态统一认识。连不在征召范围的女生也一样要接受这一整套的动员过程，应召普通士兵的决定，远不及应召飞行员那么众口一词地踊跃。学生中明显地分成两种倾向，那些对高考根本不抱任何侥幸心理的同学，从一听到这个突然发生的意外消息，就表现出一种惊喜，一种不需任何动员说教的坚定，道理也很简单，这是一条提供了新的发展可能的人生之路。班里那些自恃学业优秀的学生陷入了两难之中，既想考入大学，又怕万一落榜，反而连这一条出路也丢掉了。小组讨论中虽然一样表示着“守卫边疆”的决心，眼神和语气中却无法掩饰选择中的两难心态。

我也陷入两难中。我的两难选择不是自恃学业优秀，而是纯属个人的没有普遍意义的小算盘。我在专心做着最后拼命的同时，也做好了落榜之后的准备，仿照柳青深入长安农村深入生活的路子，回到农村自修文学，开始创作。已经基本确定的这“两手准备”被打乱了，我既想参加高考一试，又怕落榜而丢失了当兵的机会；在当兵与回农村自修文学的两项对比中，农村生活条件最不占优势，甚至连饭也吃不大饱。那个时候诱惑农村青年当兵的一个最基本的因素，便是部队上那白花花的米饭和白生生的馒头。我在几经权衡几度反复掂量之后，还是倾向于当兵，在美好的高校和艰苦的农村的三项对照中，只有当兵可能是最把稳的，因为对考取高校的畏怯，因为对农村的艰苦和自修文学的不自信，自然就倾向于当兵一条路了。当兵起码可以填饱肚子，出身农村的孩子自然不会在乎吃苦，又可以穿不用花钱买的军装，说不定还可以在部队干上个班长排长什么的。唯一让我心存叽咕的事，就是整晌整天整月的立正和稍息的走步。那种机械那种呆板那种整齐划一的没完没了的训练，我不喜欢，却终究是小事。

我很快倒向那些热心当兵的同学一族了，自然就不能专心一致地演算数理化习题了。有人打听到接兵的军官已经到达当地武装部的消息，我们便迫不及待地追到区政府所在地纺织城，十余华里的路不知不觉就到了。那位军官出面接待了这一帮二十上下的高中生，很热情，也很客气，又显示着一种胸有成竹的矜持。我是第一次与一位军官如此近距离地对话，他的个头高挑，英武，一种完全不同于地方干部也不同于老师的站姿和风度，令人有一种陌生的敬畏。同学们七嘴八舌询问种种在他看来纯属于 ABC 的问题，他也不烦不躁地做着解答，遇到特别幼稚的问题，他顶多淡淡一笑，作为回答。学生们最关心的问题还是有关身体检验，诸如身高、体重、视力、熊掌脚等最表层也最容易被刷下来的项目。有同学突然提到沙眼，说许多人仅就这一项就丧失了保卫祖国的机会，而北方的人十个有九个都有不同程度的沙眼，最后直戳戳地问：究竟怎样的眼睛才算你们满意的眼睛？

军官先做解释，说北方人有沙眼是不奇怪的，关键看严重程度如何，一般有点儿沙眼并无大碍，到部队治疗一下就好了。究竟什么样的眼睛才是军人满意的眼睛呢？军官把眼光从那位发问的同学脸上移开，在围拢着他的同学之中扫巡，瞅视完前排，又扫巡后排，突然把眼睛盯住我的脸，说：这位同志的眼睛没有问题，有点儿沙眼也没关系。我在这一瞬脑子里呈现了空白，被军官和几十位同学一齐看着，看着我的眼睛，我不知所措了。大概从来也没有被人如此近距离地注视过，大概从来也没有人称我为“同志”。我至今清楚记得第一次被称为同志，就发生在这一次。在我缓过神来以后，我才有勇气提出了第一个问题，腿上的一块指甲盖大的疤痕能不能过关？军官笑笑说不要紧。

既然眼睛被军官看好，既然那块疤痕也不再成为大碍，我想我就不会再有麻烦了，这个兵就十拿九稳当上了。礼拜六回到家中，我把这个过程全盘告知父亲和母亲。父亲半天不说话，许久之后才说，即使考不上大学，回家来务农嘛！天下农民也是一层人哩！我便开始说服父亲。最基本的一个道理，如果不念高中，回乡当农民心甘情愿，念过高中再回来吆牛犁地就有点儿心不甘，部队毕竟还有比农村更多的发展机会……这种父子间的对话，与在学校小组讨论会上的表态，是我的人生中发生过的两面派的最初表现形式。公开的表态是守卫边疆的堂皇，而内心真正焦灼的是个人的人生出路。在我的解说下，父亲稍微松了口，说让他再想想，也和亲戚商量一下。我已经不太重视父亲最后的态度了，因为我已经明确告诉他，已经报过名了。

周日返回学校之后的第三天，上课时候发现了异常，几位和我一起报名验兵的同学的位子全部空着，便心生疑猜。好容易挨到下课，同学才告知今天体检。我直奔班主任办公室，门上挂着锁子。再问，才知班主任领着同学到医院体检去了。我不知发生了什么事，为什么单独扔下我？我便直奔十几里外的纺织城一家大医院，告知说我们班的几位同学已经检验完毕，跟着班主任去逛商场了。我再追到商场，果然找到了班主任，他正借此闲暇，领着爱妻转悠。他对我只说一句话，回到学校再说。对于我急促中的种种发问，他不急不躁，却仍然不说底里，只是重复那一句话。我的热汗变成冷汗，双腿发软，口焦舌燥，迷茫不知所向，无论如何也弄不清突然取消了我体检资格的原因，甚至怀疑是否“政审”出了什么麻烦。我不知怎样走回学校的，躺到宿舍就起不了身了，迫在眉睫的高考前紧张的复习功课，于我都无任何刺激了。

班主任让班长通知我谈话。

班主任很坦率也很平静地告诉我，我的父亲昨天找过他。我自然申述我的志愿，不能单听父亲的。班主任反而更诚恳地说，第一次在高中毕业生中征兵，是试验，也是困难时期的非常举措。征兵名额很少，学校的指导思想是让那些有希望考取大学的同学保证高考，把这条出路留给那些高考基本没有多少希望的同学。班主任对我的权衡是尚有一线希望，所以不要去争有限的当兵的名额。最后，班主任有点儿不屑地笑笑说，人家都争哩，你爸却挡驾，正好。

我便什么话也说不成了。

我又坐到课桌前，重新摊开课本和练习本的时候，似乎真有一种从战场上撤退回来的感觉。我顺理成章地名落孙山了。没有任何再选择的余地，没有人也不需要谁做任何思想工作，回归我的乡村。

我在大学、兵营和乡村三条人生道路中最不想去的这条乡村之路上落脚了，反而把未来人生的一切侥幸心理排除净尽了；深知自修文学写作之难，却开始了；一种义无反顾的存储心底的人生理想，标志是一只用墨水瓶改装的煤油灯。

2002 年 2 月 19 日于原下

收获与耕耘

二十岁，人生进入成年期的标志。

这是一个令人心魄悸颤的年轮。我发觉，当一个人跨入成年的时候，许多人生的重要课题都涌集而至了，而首当其冲的最重大的问题，就是人生道路的抉择。

我二十岁那年，正好高中毕业了。摆在我面前的极为严峻的选择就是：要么进入大学继续深造，要么回到乡村去务庄稼。尽管学校对毕业生的政治思想工作做得相当周密，共青团组织为此举办过形式多样的活动，然而无法从根本上消除这两种选择结果上的巨大差别，说成天壤之别也许不算夸张。如果我们排除掉虚伪的掩饰而认真地面对现实，一个大学生和一个穷乡僻壤的农民之间的差别是有目共睹的。

我十三四岁的时候，对文学发生了兴趣。那时的中学语文课分作汉语和文学两部分，在文学课本里，那些反映当代农村生活的作品，唤醒了我心中有限的乡村生活的记忆，使我的浅薄的生活经验第一次在铅印的文字里得到验证，使我欣喜，使我惊诧，使我激动不已。是的，第一次在文学作品中验证自己的生活经验，在我无疑具有石破天惊豁然开朗的震动和发现。

我喜欢文学了，开始憧憬自己在文学上的希望了。我做过五彩缤纷的好梦，甚至想入非非，然而都不过是梦罢了，从来也没有因为梦想而感到紧迫和压力。只有跨上二十岁的时候，当这种选择像交叉十字道路摆到脚下的时候，惶惑、犹豫、自信与自卑交织着的复杂感情，使我感到了这个人生重要关口选择时的全部艰难。人生的第一个至关重要的驿站啊！

不管怎样，生活老人的脚步不乱。当生活把我这一拨儿同龄人推过第一个驿站的时候，似乎丝毫也不理会谁得了，谁失了；谁哭了，谁笑了；谁得意甚至忘形了，谁又沮丧以至沉沦了。而我面对的现实是：高考落第，没有得也没有笑，没有得意更不可能忘形，我属于失去机会者，或者干脆透彻一点儿说是失败者。然而我没有哭，也没有沮丧或沉沦，深知这些情绪对我都毫无益处。我要用奋斗来改变这一切。

应该感谢生活。

生活老人的脚步不乱，脸孔也一直严峻，似乎并不有意宠爱某一个而又故意冷漠另一个，抱怨生活的不公正只能是弱者的一种本能。生活没有给我厚爱。我自小割草拾柴，直到高中毕业时为了照一张体面的毕业照片才第一次穿上了洋布制服。中学时代我一直从家里背馍上学，背一周的馍馍步行到五十多里远的西安去读书，夏天馍长毛，冬天又冻成冰疙瘩。我当时似乎并不以为太苦，而且觉得能进城念书，即使背馍，也比我的父亲幸福得多了，他压根儿没有这种进城念书的可能。因此，我十分热爱共产党，使我成为我们村子里的第一个高中毕业生。

第一个高中毕业生回乡当农民，很使一些供给孩子念书的人心里攒了劲儿。我的压力又添了许多，成为一个念书无用的活标本。

回到乡间，除了当农民种庄稼，似乎别无选择。在这种别无选择的状况下，我选择了一条文学创作的路，这实际上无异于冒险。我阅读过中外一些作家成长道路的文章，给我的总体感觉是，在文学上有重要建树的人当中，幸运儿比不幸的人要少得多。想要比常人多所建树，多所成就，首先比常人要付出多倍的劳动，要忍受常人难以忍受的艰辛甚至是痛苦的折磨。有了这种从旁人身上得到的生活经验，我比较切实地确定了自己的道路，消除了过去太多的轻易获得成功的侥幸心理，这就是静下心来，努力自修，或者说自我奋斗。

我给自己订下了一条规程，自学四年，练习基本功，争取四年后发表第一篇作品，就算在“我的大学”领到毕业证了。

我主要在两方面进行努力，一是读书，一是练习写作。书是无选择地读，能找到什么就读什么，阅读中自己感觉特别合口味儿的就背。无选择的读书状况继续了好几年，那原因在于我既没有选择读书的可能，也没有什么人指点我读书的迷津，反正是凡能拿到手的古今中外的文学书，就读了。于今想来，这样倒有一个好处，开阔了视野，进行了艺术的初步熏陶，歪打正着罢了。另一方面，不断地写，写完整的作品较少，大量地记生活笔记，每天都有，或长或短，不受拘束，或描一景，或状一物，或写一人一相，日日不断，自由随便。

我几乎在每次换取一个新的生活记事本的时候，开篇都先要冠之一个我很喜欢的座右铭："不问收获，但问耕耘。"这信条里所蕴含的埋头苦干实干的哲理令我信服，也适宜我的心性。这条座右铭排除人时时可能产生的侥幸心理，也抑制那种自卑心理的蔓延，这两种不好的心理情绪是对我当时威胁最大的因素。

在此信条下，我日复一日年复一年地对自己进行最基本的文学修养的锻炼。大量阅读优秀的文学作品，对我特别感兴趣的篇章进行分析和解剖，学习结构和表现的艺术手段。坚持写生活笔记已形成习惯，一本一本写下去，锻炼了文字的表达能力也锻炼了观察现实生活的眼力。我的心境基本上是稳定踏实的。

我的家庭本来就不富裕，如在三年经济困难时期，饱肚成为最大的问题。我没有电灯照明，也没有钟表计时，晚上控制不住时间，第二天就累得难以起床。我只好用一只小墨水瓶改做的煤油灯照明，烧焦了头发又熏黑了鼻孔。每晚熬干这一小瓶煤油，即上炕睡觉，大约为夜里十二点钟，控制了时间。长此而成习惯，至今竟不能早眠。

春秋时节，气候宜人，而冬夏两季，就有点儿难以忍耐。我常常面对冻成冰碴的笔尖而一筹莫展，也常常在夏暑的酷热当中头晕眼花，没有任何取暖和制冷的手段。蚊虫成为天敌，用臭蒿熏死一批，待烟散之后，从椽眼儿和窗孔又钻进来一批。我就在这“轮番轰炸”的伴奏下，继续我的奋斗。

三伏酷暑，蚊虫逞威，燥热难受。乡间的农民，一家人在场头迎风处铺一张苇席睡觉，我却躲在小厦屋里，只穿一条短裤，汗流浃背地写写画画。母亲怕我怄死在屋子里，硬拉我到场边去乘凉。我丢不下正在素描着的一个肖像，趁空儿又溜回小厦屋去了。

为了避免太多的讽刺和嘲笑对我平白无故带来的心理上的伤害，我使自己的学习处于秘密状态，与一般不搞文学的人绝口不谈文学创作的事，每被问及，只是淡然回避，或转移话题。即使我的父亲，也不例外。他常常忍不住问我整夜钻在屋里“成啥精”，我说“谝闲传”！于是他就不再问。

我虽然稳着心在耕耘，然而总期待收获。

我终于得到了第一次收获的喜悦。哪怕是一支又瘦又小的麦穗，毕竟是我亲手培育出来的啊！

我的第一篇散文在《西安晚报》发表了。它给我的喜悦是不言而喻的，然而更重要的是对我的信心的验证。我第一次经过自己的独立的实践使自己相信：没有天才或天分甚微的人，通过不息的奋斗，可以从偏心眼儿的上帝那儿争得他少赋予我的那一份天资。整个儿在此前一段漫长的苦斗期——从开始爱好到矢志钻研文学，我一直在自信与自卑的折磨中滚爬。现在，自信第一次击败了自卑，成为我心理因素和情绪中的主导方面。我验证了“不问收获，但问耕耘”这条谚语，进而愈加确信它对我是适用的。直到一九八一年，历遭劫难之后，我编完第一本短篇小说集《乡村》的时候，竟然抑制不住如潮的心绪，在《后记》里写下这样的话：

农民总是在总结了当年收成的丰歉的原因之后，又满怀希望和信心地去争取下一料庄稼的丰产与优质了，从不因一料收成的多寡而忘乎所以。从这个意义上讲，我争取在尔后的学习创作生活中，耕得匀一点儿、细一点儿、深一点儿，争取有更多更好的收获。

这里所流露出的情绪，仍然首先是耕耘。

没有耕耘就没有收获。出大力气耕耘，流大汗水耕耘，用大力气和大汗水耕耘深一些、匀一些，才可能有丰裕的收获，才可能获得较大一点儿的创作成果。用小力气和点滴汗水所能指望得到的，必是小小的收获或是小小的作品。不想花费苦力和根本不想流汗或是没有足够的耐心进行耕耘，就不会有什么收获可指待，也就不会有创作。

现在，当我能写一点儿作品奉之于世，当我受到社会和喜欢我的作品的读者的较多关心的时候，心理压力反而愈来愈重了。社会正走向开放，生活也日趋复杂；旧的陈腐的一些观念被淘汰，而人对生活的一些基本的信仰却不能变。我希望在自己的心田里继续保持“不问收获，但问耕耘”这样一种情绪，不以物喜，不以己悲，做自己尚要做下去的事；更不能张狂，一旦张牙舞爪起来，就破坏了这种情绪，就泄掉底气了。我原本就是一个农村人，生活把我造就成一个像我父亲那样只会刨挖土地以获得生命延续的农民，完全是顺理成章的事。我在新社会得到读书的机会，获得文化知识以后又使我滋生了一种想成一点儿文学事业的奢望，而且有了一点儿小小的建树，我已意识到自己的责任、社会的和生活的责任，反倒泛不起个人的太多的得意或失意的情绪了。

感谢生活磨炼了我。生活对于我，设置下太多的艰辛和波折，反而使我增加了认识生活的机会，增强了承受压力的负载能力。在这种甚为漫长的人生的第一、第二和第三驿站的艰难行程中，“不问收获，但问耕耘”这条生活哲理给了我多少好处！反过来又使我更深地理解了这个被许多人实践并且证实了的科学箴言。

世界在变化，生活在变化中发展，文学不得不变，不变就会被人民所冷漠。我也要变化，这当然是另一个命题了，然而进行这种变化的我的基本立足点，依然是重在耕耘。

1986年12月

自己卖书与自购盗本

一

已经是十余年前的事了，唯其刺激强烈印象也就深刻，所以至今不能忘记，这就是我第一次自家销售自己的书籍的事。

那年夏末初秋，关中地区依然暑热难耐。一天午后，一位长得颇为俊气的年轻人走进我在乡下祖居的屋院。他操着河南口音，自我介绍说是中原农民出版社的编辑，叫李明性，是来约稿的。

我很感动。我几乎同时产生了对不起人的内疚。我祖居的西蒋村离西安五十多华里，虽然有一路从市内通到郊区的公交车通达这里，而终点站却是设在一所军事院校的门前，离我家大约还有八华里的路程。我每次回作家协会开会或办私事，先骑自行车走过这八华里的土石公路，到军校门口熟人开设的商店或理发店放下自行车，然后再排队等待定时公交汽车进城。我自然会想到，李编辑在西安城里转车之后又乘上了通往我的家乡的远郊公共汽车，下车之后步行八华里才找到我家，其中的辛苦和真诚，就使我感动而又感佩了。

我在八十年代初调进陕西作家协会，搞专业创作。我当时的唯一感觉是我走到了人生的最佳位置，可以把心思和时间全部支配到我从少年时期就痴迷着的文学和创作上头来。我在欣慰和感到幸运的同时也感到了压力：如果我当了专业作家写不出作品怎么办？写不出像样儿的作品怎么办？因为作协专业创作的几个有限的名额是大家都关注着的。尤其令我不大自信的便是自己的底本，太浅太薄了。我没有机缘接受正规的大学中文训练，喜欢上文学之后所能阅读的大多是受着极左文艺思想支配的东西，更不必说“文化大革命”中文艺的怪胎了。我现在所庆幸的一点，就是我比较清醒地把握了自己，在取得专业创作资格的同时，决定回归老家，回老家求得一方清静去读书。开放的中国也开放了文学的诸多禁区，外国优秀作家的杰作涌潮一般摆上了中国所有新华书店的书架，我得努力阅读。通过阅读真正的文学作品，排解以往关于文学的种种谬误，尽快地接近真正意义上的文学本身。另外，我想坐下来，静静地像吃饱了草料的牛一样卧在阴凉下，回嚼二十年的乡村生活。是的，从一九六二年走出学校进入社会到一九八二年调入陕西作家协会搞专业创作，其间整整二十年，我都在自己的家乡西安市郊区的基层工作，对中国农村和中国农民的了解与生活演变，与那些挂职体验生活的专职作家艺术家自然就有诸多的不同了。这二十年的工作经历和生活积累，需要回嚼，需要消化，我想只有回到远离城市喧嚣的乡间，才可以做好。住到乡下祖居之地几年之后，清静果然是清静了，不具实际意义纯属应酬的活动也避开了，文坛上不可或缺的是是非非叽叽咕咕也回避了，然而却使那些有重要事情甚至诚恳扶助的朋友为找我而吃了苦费了周折。面对从大老远的河南辗转来到我家的李明性，真是感动而又内疚不已。

李明性供职的中原农民出版社出一套“中国乡土小说”，第一批包括古华等作家的小说集已经面世。我是被选定的一个，或短篇或中篇或中、短篇混编都可以。这真是天上掉馅饼的好事。我的几个中篇（包括即将发表的）正好，可以编一本中篇小说集。我一一介绍了这几个中篇的内容，他均表示感兴趣。在我看来很不容易的出书的事，就这样意想不到地落到实处了。这是我的第三本短篇和中篇小说集，想来真是令人鼓舞。作品写出来能顺利发表又能顺利地结集出版，我觉得左邻右舍从墙头上弥漫到我家院子再灌进我的写作间的柴烟都是清香的，摆摇着尾巴钻到院子里来觅食的村人的猪和鸡都尤其可爱了。

照例，我只能端给亲爱的慈善如上帝一般的李明性兄弟一碗面条。这是任何陌生的或熟识的朋友到我家来的无可选择的待遇。我那时的两百多块工资和额外的稿费收入，维系着一家六口人的生计，尤其是一个念着中学和一个念着大学的孩子，寄宿学校又增加了学杂费开销。每当进入城市，便能听到作家收入低微的颇能激起我共鸣的议论，而且有欧美以及前苏联作家令人咋舌的高收入做参照。然而回到我的依然贫穷着的乡间，我的两百多元的月薪和“外快”式的稿费，却成为农村人羡慕的优厚收入。我清醒地知道我生活在一个临界上，我只是一个中国陕西的尚不走红的作家，用任何国家的作家和左右的农民做参照，都不大现实。一碗调了油炒葱花的手工面条对我是适宜的，对我的新朋老友虽有点儿委屈，也只能是在心里道一声将就将就了。李明性大概也是真饿了，吃得还很顺畅。似乎他也是农家出身，也是以麦子和玉米习惯了肠胃的，无什么挑剔。

我坚持送他到军校门口的公交车站，用自行车驮着他去。我不忍心让他再走八华里乡村土石路去赶汽车。没有酒肉款待，力气却是足够富裕的，骑车带人的技术也可以自信。这样，我便在自行车后座上载着亲爱的李明性兄弟在我家通往军校车站的乡村土路上愉快地奔驰了。

返回的路上，我才可以舒悦地算计这本书的特殊的经济意义了。我即将动手草拟长篇小说《白鹿原》了，预计三年内完成草稿和正式稿。这就意味着三年时间里要停止中短篇小说的写作，补贴家用的“短平快”式的稿费收入也将断绝，两百多元的工资是很难支付孩子一年涨过一年的学费的。这本中篇小说集的如期（议定一九八八年）出版，三千余元的稿费基本可以应付孩子的学费了（那时的学费尚没有今天这么高）。这样，我就可以稳稳地坐在小书屋里只操心白鹿原上的白鹿家族里那一群人的生计了。

二

当时怎么也不会想到，这件美事后来每况愈下，直到把我陷入一种尴尬一种羞愧的境地。

明性来信说，书已编好，没有发生任何麻烦，只是提议用其中一部中篇小说的篇名《四妹子》作为集子的名字。我自然表示同意。

明性来信说，已经通过终审，封面和装帧正在制作中。因为是套书，封面有一个规定的体例，每一本只是变换色彩和书名的位置。我也很乐意遵守套书的共同的体例，不成问题。

明性来信说，已经开始征订。由他们向全国的新华书店发征订单，等待各家书店反馈之后汇总，这当然需要较长时间的等待。那时候尽管市场经济的理论刚刚提出，但未进入实施和转换，只是在报章和礼堂的报告中传播与讨论。图书发行还是从省店到县店的传统的计划经济形式，图书出版和发行的第二渠道还没有结胎。从明性兄弟到我家来议定此事到现在，我稍微在意的便是这个征订数字。这个数字对我来说才是关键，不是考虑经济利益（那时尚无版税），而是数字过少则难以付印。

终于等到了明性兄弟报告征订数的信，大约九千五百册。但同时告知，社里以为这个数字太不理想，准备再下功夫做彩色单页征订。我当时以为这个数字大可满足了，因为比我前两本书的征订数都要大。考虑到中原社的新打算，我表示同意，自然也希望印数能更大一些。于是又开始了关于征订的第二轮等待，期待一个好的消息。

明性兄弟再告知第二次征订数目的信读罢，我的心就收紧了，花了功夫费了钱财的彩色单页征订的结果，不仅没有期待的令人鼓舞的数字的上升，反而跌落到六千余册，真是令人不可思议的事。更被动的事也相继发生，第一次征订的九千余册的征订单合同因为超过了交货时间而作废，原定的一九八八年出版的计划也只好推移到来年。明性兄弟同时也告知了社里的应对措施，仍按第一次征订的九千余册的数字印刷，一九八九年出书。显然，这样的结果是谁也始料不及的。我在受挫的同时，更感动于中原农民出版社和责编明性兄弟的良苦用心。

中篇小说集《四妹子》，我的第三本书出版了。明性兄弟寄来了样书。在八十年代的总体印刷装帧的水平上，这本书的包装还是挺好的，绿色做底，整个儿封面上潜伏着“中国乡土文学”的若隐若现的字样。拿在手里，翻来覆去地看，有一种无限的欣慰。明性兄弟随之来信告知，由于图书市场的低迷和滞涩，社里面临亏本儿出书的风险，因之稿酬的付款将以书折价，共同分担风险和困难。我自然不会有意见，出版社赔钱为作者出书，已经是很难能的举措了，共同分担风险自然义不容辞。然而想到自己将要亲自销售自己写的书，一缕隐隐的尴尬就潜伏在心底了。

真正令人难堪的事是在书运来的时候。我和单位的司机从西安市邮电局一包一捆地把千余册书装上汽车拉回住宅楼下，再一包一捆地扛上四楼我的二室住宅房间。送走了司机，我一个人瞅着那一堆我的著作的时候，已经不再是尴尬和难堪，而是切切实实感到难以启齿的羞愧了。我的出书的欣慰和面对劳动果实的幸福感全都没有了，甚至不想也不敢多瞅那一堆书，便匆匆地慌乱地逃离作协住宅小院，乘坐远郊公交汽车回到乡下的祖居老屋。

当时的心境有点儿近乎惨烈的感觉，甚至摧毁了我对自己继续从事写作这样一种职业的最基本的自信。

这本《四妹子》里收集的几部中篇小说，有的获得过刊物年度奖，有的发表出来时引起过几多评论，有的被《中篇小说选刊》选载过，所有这些曾经使我心里舒服过的事，现在都变成飘零的树叶一样毫无生气可言了。你可以得奖，你可以被选载，你可以被评论，甚至可以在文坛闹得沸沸扬扬，然而，一进入图书市场，读者还是不买你的书。出了文学圈，陈忠实是何许人也？《四妹子》是什么等级的货色？读者的冷眼便从根本上把什么奖什么好评的话全都扫荡了。想想中国有十二亿人口，接受过中学文化教育的人起码该有三亿或五亿吧？一本《四妹子》仅仅印刷九千余册，还得作者自己去推销，出版社还要积压，这样的作品还得奖，还转载，还得到好评，还有什么意思呢？这样的作品还有什么力量能支撑着你继续炮制出来？

此前一年我刚刚获得了一级文学创作的职称，增加了工资，我也曾经欣慰过，现在都变成一种讽刺了。一级作家写的书没人买没人读，我还怎么津津于作家这个头衔呢？我的老师我的同学我的亲友我的过去一起工作的同事，每当不期而遇或有约相聚，每每都赞许我的毅力我对文学的追求终有所成，尤其是为母校为朋友甚至为祖先争了气争了光云云。我也曾经以谦虚言语作答时确实感受过一种被人尊重的自慰，不无得意。然而在读者面前，我现在才真切地感觉到了羞愧：这样的一级作家，还有什么力量能支撑着你在老师在同学在亲友在同事面前再表现不无得意的谦逊？

这样的尴尬和羞愧终于转入冷静。尴尬也罢，羞愧也罢，都是以前写的《四妹子》造成的我的心理威压，毕竟可以推诿为昨日的羞愧。更揪心的是手头正在写作着的第一部长篇小说《白鹿原》，如果遭遇同样的结局，一面让出版社赔钱出书，一面再让我沿街叫卖，我可能不会再发生羞愧或尴尬，而是目下根本就无法再把这本书写完。道理太简单了，你写书写得劲头兴味十足，写出来没人买没人读，那么写这样的书还有什么意思？对于《白鹿原》的写作便陷入了一种不自信的心态，这是从最初产生构思经过两年准备再到正在写作过程中的第一次灾难性的心理障碍。这样障碍重重的心绪是难以写出理想的文字的，便索性停住。

关于文学和小说创作的原始意义的反省与理解便自然开始了。

促进这种反省的还有一件关于父亲的往事，这时居然也从记忆的脑底浮上面来。那是一九八一年的春天，父亲查出了食道异物，托熟人住进医院而又被推辞出来。七十六岁的老人是经不住那一刀的，于是便接受一位中医治癌名家的救治，每周一次，每次提回七包中草药每天熬煎服用。为了每周一次的这种往返的方便，我把父亲接到我当时供职的灞桥文化馆里，出门不远便是公交汽车站，较之我的老家进城的距离缩短了大半。父亲对这种病似乎不像儿女们那样忧心忡忡，治病也治病，服药也听从医嘱按时按量服药，且表现得平静而坦然，不见慌乱，也不提出任何要求，每天到灞桥古镇上去散步去逛街，在那些刚刚兴起的个体手工业者的小摊儿前闲聊，一把锄头一双大门上安装的铁门环的时价，他仍然兴致勃勃。有一天，他对我说：听说你现在写作都有些名气了，我还没看过哩，拿些给我看看。以往，我很少给父亲看我发表的小说特写之类，我就把我发表过的短篇小说，包括得过全国奖和报刊奖的都端给他了。那时候我刚刚编完平生的第一本书，定名为《乡村》，正在陕西人民出版社邢良俊同志的案头审阅着哩，尚无一本属于我的单集拿给父亲。

两天过后，父亲把那些刊发有我的小说的杂志和报纸交给我，不好意思地说：你还是给我找几本古书吧！我当时心里就凉了半截，父亲并不喜欢我的小说又不好挫伤我写作的兴趣。我从文化馆图书馆给他借了一套《明史》，他就或坐或躺在床上戴着老花镜读起来，除了吃饭上厕所，就那么读着。我当时就回忆起从小见惯的这种姿势，雨天和冬天的不能下地干活儿的日子，父亲躺在祖居的土炕上，头下枕着一块他自己从灞河滩上捡回的方方正正的河卵石，读着书页残断的《说岳全传》《七侠五义》《三国演义》等古董。我当时把这种情况做了一个有利于自己的解释，父亲是一位读过私塾的能写一手毛笔字会打算盘的农民，自然与现代白话文的审美有距离了。我并不太在乎父亲对我小说的冷淡，有奖项和不少的评论支撑着我的自信，继续写着我的小说。现在，我在反省我的写作的时候，父亲的往事也形成一种威压了。

作家为什么要写小说？小说这种文学形式最初产生的诱因和最基本的功能是什么？小说是写给谁的？小说无论在中国在东方在西方国家，为什么历久而不衰，凭什么活着？

这显然是被逼入羞愧境地的我关于小说写作的内反省。从当年文坛上关于各种主义和流派的气氛活跃的争论里退入小说创作的原始意义的反省，就变得单纯明晰起来。作家之所以写作，就是要把自己关于现实和历史的体验用一种自以为美妙的艺术形式表述出来，与读者进行交流。这种体验从生活层面的体验进入更深一层的生命层面的体验，而表述的形式也是由艺术的表现和艺术的体验显示着差异的。无论生活体验抑或生命体验，致命的是它的独特性，是唯独自己从现实生活历史生活以及自身经历中所产生的独有的体验。独有的体验注定了体验的独特性和独到之处，从根本上就注定了某部（篇）作品的独立个性，自然不会重复别人也不会重复自己，这是中外古今作家的所有杰出著作的最根本的成因。

读者为什么要读小说？现代娱乐方式的丰富和便捷为什么不能取代小说？通俗的畅销书且不说它，意蕴深刻的雅文学中的小说杰作同样以几十万几百万册发行销售，而且以多种文字翻译传播到各个国家和不同习性的民族之中。人们阅读小说，就是要享受电影电视所感受不到的文字的乐趣，通过阅读验证自己的生活体验，领悟自己尚未领悟到的属于作家的独到的体验。如果说作家的体验是肤浅的，甚至低于读者的体验，读者为什么要读这样的小说呢？读者的拒绝阅读，自然是作家的悲哀，因为作家写作的原本意义——与读者的交流无法完成。

作家靠独特的体验（生活的生命的和艺术的）创作小说。读者才是作品存活的土壤。

从这个意义上反省，我终于从《四妹子》自销的羞愧境地重新爬出，重新审视案头正在操作着的《白鹿原》稿，审视《白鹿原》的全部构思和表述形式，包括读者直观的文字。

我后来总是想到自销《四妹子》的羞愧造成的挫伤对促成我反省的决定性意义，尤其是在第一部长篇《白鹿原》写作的关键时刻发生。我也想到了蒋子龙先生十余年前的一句名言：与其对反映生活的作家发怒，莫如去改造生活（大意）。我把子龙兄的博大的意蕴缩小到我的写作，与其抱怨不欣赏自己作品的读者水平太低，莫如反省自己到底给了读者什么货色。

三

《白鹿原》终于完稿了。那是农历一九九一年腊月末的一天下午，写完以鹿子霖死亡做最后结局的句子，我似乎没有激动，站也没站起来，依然坐在那只小竹凳上，把钢笔顺手放到书桌和茶几兼用的小圆桌上，顿时陷入一种无知觉状态。久久，我从小竹凳上欠起身撅起屁股移坐到挨着后腰的沙发上，似乎有热泪涌出，可能为自己，也兼着为一个被我尽情诅咒嘲弄的生命的悲惨结束。一年后有记者采访问及画上最后一个句号时的感受，我说似乎从一个悠长的隧道摸着爬着走出来，刚走到洞口看见光亮时，竟然有一种忍受不住光明刺激的晕眩。这是真实的，准备了两年，写作了四年，六年里，我与一个世纪前的白鹿原上的男女走过漫长的历史隧道，把他们从母腹中接生出来，再一个个送进坟墓——以他们各自不同的告别世界的方式。白鹿原解放了，编造《白鹿原》故事的我也终于解放了。

白鹿原人四十余年前欢庆解放的方式是集会，放炮放铳子敲锣打鼓扭秧歌；我的庆祝方式便是尽快离开这间囚牢似的小书房，到灞河边上去舒展一下腰腿。我走出屋院下了塄坎到了河滩里。几年来，我无以数计有多少次沿着这条路走向灞河，今日往上游走，明日朝下游转，风雨霜雪，四季转换，都在我眼里一轮又一轮地变幻着，从来也没有这个冬天的傍晚的散步令人轻松舒悦。冬季枯水季节的灞河，沙滩尤为开阔，没有技能的那一类笨拙的农民只好靠下苦力挣钱，撑起一张铁丝编织的罗网，过滤建筑用的沙石出售给那些建筑单位。我从他们旁边走过，打一声招呼，有的许是因为这种单调而费力的劳动太寂寞，故意对我说几句打诨的话。我无法告诉他们，我刚刚干完了一件活儿，那活儿颇类似这种过滤沙石的劳动，一串串从罗网上滚落下来的石子，恰如我写在稿纸上的一行行方块汉字。

我一直沿着河堤走出十华里，那儿是河堤的堤首工程，河水拐了一个大弯，直抵南岸的坡根，路就绝了。冬天依然有小巧的水鸟在沙滩上嬉戏。我转着走着，看夜幕一道一道笼罩下来。一天又尽了，无论如何在我是一个难以忘记的日子。返回的路上，我总觉得无以抒发心中的那种解脱负累的愉快，在点着一支烟的同时也点着了脚下的茅草。河堤上长着绿毡似的茅草，干旱的冬季里见火即燃。河风从西边吹过来，欢跃的火焰就顺着河堤向东蹿去，蔚为壮观。我在看着那忽起忽落忽高忽低的自由恣肆的火焰的时候，胸膛里终于鼓动起来了。

回到家中，我打开了屋子里所有的电灯，把一只大灯泡挂到小院的一棵花树枝杈上；打开了那台一直陪伴着我的小录音机，放开了秦腔名家的唱段，我开始为自己煮一碗面条。

总算结束了，无论成功与失败。成功的结束自然是我的期待，值得以这样的方式庆祝；失败的结束，也值得庆祝，因为毕竟是结束了。无论最后的结局如何，完结了就该这么放一把野火听几段秦腔喝几盅西凤酒吃一碗面条了，自己为自己六年的行程的完结庆祝一回。

说不关心《白鹿原》的结果是虚伪的，是酸溜溜的清高。前头所说的那种心态是短暂的，是刚刚走出隧道刚刚卸下负累刚刚放下钢笔的感觉，短暂到只有半个下午和一个夜晚。第二天早晨起来就开始担心这部书出版的可能性，以及出版以后的读者反应或根本出版不了，当如何过后半生的日子。

其实在接近写完的时候就已经想着这个结局了。妻子曾经问：“如果出版不了怎么办？”我毫不含糊地说：“我来养鸡。”

如果不是因为非文学因素的制约，而纯粹是出于文学本身的审视而不够资格出版，我就打算中止写作这种职业。我想我能办好一个养鸡场，即使最科学的养鸡技术学起来绝不会比写小说更复杂。我想我出售一筐一筐鸡蛋的感觉，肯定要比自己销售《四妹子》一书更坦然更自信，起码不会陷入尴尬和羞愧。我已经挂上五十岁了，到这个年龄写出的小说还令出版社作难又赔钱，还得自个儿去推销，难道真要如范进一般迂腐到发疯吗？我想把文学只是当作一种爱好，当然也不是说一声丢开就可以丢开的，毕竟追求了大半生了。但得把位置调换一下，把专业写作重新摆到业余的位置上来，把养鸡摆到主业的首要位置。在一片此起彼伏的母鸡下蛋的叫鸣声中，我可以继续欣赏艾特玛托夫、海明威、马尔克斯们的温柔的情怀和优美的文字。况且，也该改变一下家庭的经济状况了，创作那一碗饭因为自身能力不济而吃不饱，该当找到可以吃饱的另一碗饭，这是很简单的道理。鸡族里头偶有一种只会下软蛋的鸡，也许是缺钙，也许是这一只鸡自身的生理缺陷，生下的蛋没有硬壳，只有一层薄薄的软皮包着蛋白蛋黄。这种蛋无法上市，只能自家食用。我销《四妹子》的最道不出口的感受，就把自己归于类似于这种鸡的作家了。

我如约为人民文学出版社何启治兄写了信，报告长篇已经写完，询问书稿是邮寄我送还是他取。回信说将派人来取稿。高贤均和洪清波两位按约定的时间到达西安。我在把那一摞装订整齐的手稿交给他们时，鼻腔有点儿发酸，涌到口边的一句话还是咽了回去。那句话是：我连生命都交给你们了。想到这话可能有副作用，会使他们感到压力，也想到作品毕竟不是靠吃了多少苦费了多少时辰而判断优劣的。之后我便进入一种闲适的等待的日子。按照惯例，长篇出版需经过三级审稿，这部五十万字的书稿，单是阅读也需两个月。既然我的打算和主意已经确定，审阅结果只是决定我的两手准备中的一种，所以还可以说处之泰然。

意料不及的是，从交出稿件到收到高贤均先生的第一封表态的信，刚刚二十天。信里说到他和洪清波离开西安赴四川的火车上和在四川开会的闲暇里先后读完了书稿，回到北京的当晚便给我写了这封信。恕我略去高贤均信中关于《白鹿原》稿阅读评价的内容，而我的第一反应却是：我可以不去养鸡了，上帝！

《白鹿原》文分两期在《当代》连载。一九九二年年末的第六期刊出时，我到临近的一家邮电局去购买，售书的人说已经售完本期《当代》。这家邮局每期只定售十本，这期是卖得最快的。我赶到市中心的邮电大楼去，那里每期定售四十本的《当代》也已告罄。售书的人说，这期发了一篇《白鹿原》，卖得特快，而且许多人已经预订了下一期刊物。她拿出一页登记着预订者名字的纸条，问我要不要登记预订。我看了那纸条上预订者的名字和单位，没有我认识的文学圈里的熟人，也几乎没有纯文学单位里的人。我大为欣慰，《白鹿原》将从此进入真正的普通读者之中，《四妹子》自销的尴尬和羞愧的阴影现在才开始被扫除被驱散。

此前，《白鹿原》文在《当代》面世前，我在《陕西日报》文艺部主任田长山家里和他共同炮制一篇消息稿，即告诉尚关注我的长篇的朋友一个准确的消息。那篇书讯式的消息稿不足一百字，我们两人抠来敲去弄了一个小时，不要自吹亦不敢溢美，甚至连创作的艰难过程也索性不提，内容简介简单到无法概括的地步。最终就只是一则书讯，平实简约的书讯，目的就是告知《白鹿原》文发表和出版的时间。我唯一自己出马为自己张扬的就是这一则书讯，自信不属于过火的炒作和运筹。

《白鹿原》书面世后的评论恕我不提。

《白鹿原》书于一九九三年七月在西安首次发行销售，十日后盗版书就摆在书摊报亭里。人民文学出版社却是与我一样估计不足，初版征订约一万五千册，已经大为鼓舞，现在才手忙脚乱地加印，从一九九三年六月第一次印刷到十一月连印七次，最终被各种盗本堵住了销售渠道。更具讽刺意味的是，一年后的秋天，我到汉中参加陕西作协举办的“散文笔会”期间，汉中的朋友说市里某几位领导想要我的签名书。我在汉中的大街小巷转了半天，终于在一间私营小书店里找到仅存的两本《白鹿原》书，而且是我从来未见过的分作上、下册的盗版本。我买了下来，就在空白处填写上了购买盗版本的自我调侃的话。此前我是坚决拒绝在盗版本上签名的，使许多读者朋友扫兴。随后我就开了此禁，盗版本照签不误。读者是无辜的，我是无能为力的。我倒有了阿Q式的自慰，总比自销《四妹子》心里要好受些。

更具讽刺意味的一件事发生在一九九六年九月。江苏常州市新华书店约我去签名售书，同去的还有张抗抗，她的《爱情画廊》正销得火爆。我九时到书店，门外已排起一列长队。签名过程中，有人把一本《四妹子》递到我的眼前。我拿起一看，封面上有一个古典式的传统美女的头像，版权页上的各条各款均是中原农民出版社的原版。我起初以为是李明性兄弟将此书重版再印了，细细翻阅之后就有了疑问，印刷和装帧十分粗劣，便怀疑为盗版本，我问那位读者从何处购得此书，他说就是我坐着签名的书店。我不再问，心平气和地为他签了名，我向邀我来常州的市新华书店老板老陈问及此事，他大为惊讶，不知此书为盗版本。我说我也不知。我向老陈讨了两本作为纪念品带回西安。随之给明性兄弟写信询问，他说未做再版，亦不知《四妹子》有盗版本行世。

我终于从尴尬和羞愧的阴影走了出来。

1999 年 1 月 13 日于丈八沟

五十开始

一

孙康宜教授到西安来，走出机场见着面时开口就感慨：哦！我去年给你说想到西安来，现在真的就来了！这种感慨随后在从机场开往西安的汽车上又说了两次，那神情是连她自己都有点儿不可置信的惊喜。孙教授是美国耶鲁大学东亚文学系主任，去年四月我在美国东部海岸城市波士顿结识她的。她确凿说过很想到西安来看看，我自然知道她这样的人想到西安来看什么。现在她真的来了，而且驱车行驶在暮色苍茫的咸阳古原上了，我也有某种难以信真的惊讶，甚而至于生出“地球真小”那种中国的地球公民们的伟人意识式的慨叹了。

汽车在气度恢宏地韵沉雄的咸阳原上疾驰，连片的果林和墨绿的禾苗背后，掩映着一个个或大或小或远或近却一律苍老衰败着的皇家墓冢，久远的辉煌和昔日的威仪，终究被历史的风雨剥蚀得精光，只剩下一堆堆荒草盘结的黄土圪垯。孙康宜教授从窗外收回眼光，突然问我：你不再把五十看作是一个危机的年龄了吧？我不觉一愣，想不到她还记着这个话题，随之也就释然：去年基本达成共识了嘛！她依然很直率又很认真地说：不知你回来以后有无反复？

这是一个有趣的话题。

去年四月在美国时，孙教授和北美华人作家协会联手在哈佛大学办了一次文学讲座，包括她和我在内共有四人演讲，每人一小时，我被排在头一个。我讲完规定的一个钟点，从讲台上走下来直接走出讲演大厅，站在校园的草坪上抽烟。美国的公众场合和绝大多数家庭都不许抽烟，想过过烟瘾就得走出户外。

我刚点烟吸了两口，有一位留学生从讲演厅溜出来走到我跟前，自我介绍之后就提出他想和我单独聊聊。我说我出来仅仅是想抽口烟，很快就要回讲演厅去，还想听听他们三人的讲演内容，想聊得另约时间。他就笑着告诉我："孙教授正批判你哪。她上台开讲头一句就批。"我以为他开玩笑，并不在意。他更认真地说："真的批哪！批你刚才讲的五十危机的观点。"这时又有几位男女留学生相继从讲演厅里溜出来，和我在草坪上交谈，也都通报我挨批的消息。抽完一支烟，我便走回讲演大厅，免得更多的人溜出来影响这个讲座。

讲演全部结束，走在绿茵茵的校园里，孙康宜严肃地对我说："我刚才批判你一个观点了。"我说我已经知道了。她故作惊讶："我批你时你不在场呀，怎么会知道？"随之又释然了："噢噢！有人给你告密了，这么快。”我也开玩笑说：“听说美国人喜欢告密，谁家父母在家里打骂小孩儿，邻居知道了就要拨电话报警。这些中国留学生受美国人的影响了。”玩笑归玩笑，孙康宜接着认真地问：“你怎么会有五十危机的感觉呢？我简直不可理解。我过五十岁时，整个儿感觉是我要重新开始了，我觉得过了五十才获得了完全的自由，可以做我想做的事了。”

她告诉我，她从台湾念书念到美国，博士帽戴上了教授也当上了，直到五十岁时，得到了耶鲁大学东亚文学系主任这样一个职位，这个奋斗历程谁都可以想见其中的艰难。正是在五十岁这个重要的年轮上，她有了一种全新的心理感觉，她不仅可以不再为生计忙迫了，而且可以不受别人的支配只按照自己的生存理想来支配自己了；孩子长大了，不再是家庭负累，而是可以获得情感交流和探讨社会的益助了；更重要的是知识的积累已形成了见解的独立，标志着一种成熟，自信能够发出只属于自己感知的声音了，所以在跨越五十年龄大关时，她说她的整个儿心理感觉是从未有过之好，整个儿是一种要有大作为的重新开始的良好心态……所以对我的五十危机论就“无法理解无法容忍不能不批”。

这是完全合理，因此也完全可以理解的心态，尽管我并未询问她所经历的奋斗的全过程或者最关键的细节，却是以为任何成功者都必然兼备的先天的智慧和后天的艰苦卓绝的努力。谁都可以想到，在美国数一数二的耶鲁大学的东亚文学系的主任一职，不仅不可能靠裙带靠后门靠巴结谋权，稍微一点儿的平庸都是难以指望的。

然而，我的五十危机的谬论又是怎么一回事呢？我想说，我的那种心理感觉也是真实的。

二

五十危机的心理感受产生于四十五岁即一九八七年，亦即我刚刚完成了长篇小说《白鹿原》的基本构思即将开笔起草的时候。按照当时的总体把握，我觉得大约需要三年时间才能完成它的创作，如果预计的这个规划实施顺利，如果这三年中间不发生写作本身以外的各种意外灾变，那么到完成书稿也就挂上五十的虚龄了，而这两个“如果”的可靠性在我感觉里连百分之五十都勉强。

想到此后将一年一年耗过去直熬到五十，心里便有点儿恐惧。

在我的习惯性意识里，五十是一个很大的年龄区标，是进入老年的生命区段的标志，面对一个五十多岁的老人，我就想到这是一位做了爷爷或奶奶的老汉老婆了。这不单是乡下人的习惯性年龄区段的划分标尺，似乎一些国家（中国除外）的共产党领袖公开祝贺生日就是从五十岁开始的，那么也在一定意义上可以看出作为生命的老年区段是有国际公例的。我自然就回顾起迷恋文学的坎坷，少小年纪在作文本上写下头一篇小说似乎只是昨天的故事，然而眨眼就要进入老年行列了；至今尚未写出一部起码让自己满意的作品，怎么就晃过了人生最富于创造活力的青壮年时期，而“一不留神”就会变成老头子了。正是早在此前一年的一九八六年春天，为了进一步了解关中的历史演变，我查阅了《蓝田县志》又赶赴长安县城，住在一家旅馆里继续翻阅厚可盈尺的《长安县志》，朋友李下叔晚上来陪我闲聊，以解除那些糟烂的古本浸淫到我肌骨里的幽微阴腐的气息，记得那晚喝了酒，酒酣言畅之际，他很真诚地说：按你的生活功底，写部长篇还下这么大的功夫，有这个必要吗？我也坦诚相告，下这个笨功夫不是心血来潮，而是已经萌生了的那部长篇小说必须要做的功夫，我想了解我生活着感受着的这一块北方平原的昨天，或者说历史，因为我只能依赖着这些古本县志感知这块土地的昨天究竟发生过什么，我辈以前的父辈爷辈老老老爷辈们以怎样的形态生活着，近代以来剧烈的社会革命历程中，他们的心理秩序经历过怎样的被打乱被粉碎和怎样的重新安排的历程……谈到动情时，便有自信和自卑胶着着的悲凉，少小年纪迷恋文学，几十年过去了，发了为数不少的中、短篇小说，奖也获了多次，但从真实的文学意义上来审视便心虚，因为连一部自己满意的作品还没有。我说，兄弟，想想已经晃过四十四了，万一身体发生不可救治的灾变，死时真的连一本给自己做枕头的书都没有。这是很真实的当时的心态，因为迷恋文学而不能移情的悲哀，从这一点上说来，是完全的内向内指的生存兴趣的悲哀，也是完全的个人生命意义的自私的悲哀。正是在这种纯粹的个人兴趣的自我指向的悲哀中，我激起了为自己做一本真的要告别世界也告别生命兴趣时可以做枕头的书的自信。

直到完成《白鹿原》以后，我又有了属于自己的创作之外的人生体验，人不可以完全自卑，亦不可以完全自信；处于无法摆脱的自卑状态，是根本不可能进行任何创造性劳动的，这是极易被接受的普通的道理；而一个人（尤其是进行创造性劳动的人）如果永远处于自信状态而从来不发生自卑的心理，这个人的创造智慧将不仅得不到最好的发挥，反而会受到损害，道理也很简单，没有一定的自卑就不会有自省，更不会有刻骨铭心的自我批判，因而就很难找准自己新的创造目标和新的创造的起点。自卑未必不好，只是不要一味地自卑；自信是所有创造理想的前提性心理准备，然而自信也必须是经由反省之后重新树立的新的蜕变之后的自信。

当我在自卑的深谷进行几乎是残酷的自我反省再到自信的重新铸成，《白鹿原》的构思已经完成。更切近的对五十岁的感觉的危机，似乎还不在五十以后算不算老头老汉，而在于能否安全抵达五十。三年是一个不短的时间，春夏秋冬寒来暑往萌芽落叶的自然景象交替三次，所可设想的意外事件都可以不予计较，不予理会，包括生计都可以咬牙承受而不吱不声，唯一畏怯的是万一身体发生某种无计祈祷的灾变怎么办，不单是那时的新闻媒体连续报道了几位中年知识分子英年早逝的消息给我造成的心理阴影。平心想来，人的生命里的神秘莫测的灾变的发生只是个常识性的存在，不单是中年知识分子英年夭亡者众，工人农民职员等各种职业的中年人死亡的数字，只是无人认真统计罢了。而五十岁上下属于危险年龄区段，据说是国际医学界的“最新研究成果”，被各类报刊的生活版反复转抄，无论真假都会造成一种心理影响。

我的固执和我的愚蠢既使我受害匪浅，也使我得益匪浅，受害多了也就没有了一一道来的兴致，得益就得在可以做到不会发生听见风声便是雨的轻信。然而，危机的心理却是确确实实由此时产生了。我毕竟经历过几十年的创作，几十年的中国当代文学的风雨；也经历过几十年的社会风雨，几十年的属于自己的经验和体验，生活的体验和生命的体验，都警示着某种意外的可能性。这种可能性不管对我，对从事任何职业有着任何兴趣和追求的每一个生命都潜存着，仅仅只是有幸与不幸的莫可猜测臆断的事情。每个人都在企盼幸运永驻同时也逃避不幸，然而不幸每日每时都降临到那些熟识的或陌生者的头上。我的危机甚至恐惧心态的产生，便是对那些业已发生的不幸的畏怯，因为我还没有做成不幸突然发生到我身上时能够安慰自己的枕头。

当新的一年的艳丽的太阳把阴坡上的积雪悄悄融化的时候，对生理不幸的畏怯心理完全被汹涌着的创造欲望彻底扫荡了。把那种只属于自己的独特体验倾泻出来展示出来，自信那种生命的和艺术的深沉而又鲜活的体验只属于自己，强烈的创造的欲望既使人心潮澎湃，又使人沉心静气。当我在草拟本上写下第一行字的时候，整个儿心理感觉已经进入我的父辈爷辈老老老爷辈生活过的这座古原的沉重的历史烟云之中了。这是一九八八年四月一日。

三

北方乡村的冬夜寒冷而又漫长。然而在我即将跨上五十岁的这一年的冬天，最深刻的记忆却是孤清。这是一九九一年的深冬。

我已经在这间小屋里的小圆桌上爬行了四年。冬天里一只火炉夏天里一盆凉水，《白鹿原》上三代人的生的欢乐和死的悲凉都进入最后的归宿。我这四年里穿行过古原半个多世纪的历史的烟云，终于要回到现实的我了。掀开新的一页稿纸，便有一种“倒计时”的怦然。然而当每天的黑夜降临时，心里的孤清简直不可承受。

我的祖居的家园在一个不足百户人家的村子里。老祖宗选择这块南倚白鹿原北临灞河的风水宝地生息繁衍，在以纺车和石磨为生存的基本手段的农业社会是极富于眼光的选择。有坡地有河川水田，只要灞河不发生断流，河川里就不愁绝收，灞河水是滋润先辈血液的从未枯竭的乳汁。这里虽然距西安城区不足一小时的汽车里程，然而却是天然的偏僻，在兵荒马乱的年月倒是得天独厚少了一些骚扰（绝无桃源之境）。然而先祖们缺乏料知几百年后的子孙的生活前景，却因这个偏僻造成进步的滞缓和生活的诸多障碍。每一家的后院都紧紧贴着白鹿原的北坡，横亘百余华里的高耸而又陡峭的原坡遮挡了电视信号，我兴冲冲买来的电视机无论换上怎样灵敏的接收天线都无济于事，只能当作收音机收听每日的“新闻联播”……

即使在冰封大地万木萧瑟的冬天，只要不是漫天飞雪，农民们便不闲着，他们把鸡窝牛棚猪圈羊栏里的粪便挖出来，捣碎了再用独轮小车推到麦地或棉田里去，或者为小麦冬灌，或者为葡萄园松土翻地，或者挑着菜园里的冬菜去赶集，或者为已经成年的儿女选择配偶。忙是忙着，却是一种冬天里的自然的悠闲缓慢的做派，天黑吃罢夜饭就早早歇下了。整个儿村庄便沉寂下来，偶尔的几声狗吠之后愈加死寂。我在小桌的稿纸上折腾了一天，写作顺畅的欢悦和思绪不顺的忧烦都无法排解；又读不进去任何书，越是临近这部书稿的结束，越是不想读什么书了，也许是我有生以来阅读兴趣最低落的一个冬天。我似乎无法忍受那种挥斥不开的孤清。

我便在无边的孤清中走出屋院，走出沉寂的村庄走向原坡。清冷的月光把柔媚洒遍沟坡，被风雨剥蚀冲刷形成的畸形怪状的沟壑峁梁的丑陋被月光抹平了。我漫无目的地走着，走到一条陡坡下，枯死风干的茅草诱发起我的童趣。我点燃了茅草，由起初的两三点火苗哧溜哧溜向周围蔓延，眨眼就卷起半人高的火焰，迅疾地朝坡上席卷过去，同时又朝着东西两边蔓延；火势骤然腾空而起，翻跃着好高的烈焰；时而骤然降跌下来，柔弱的火苗舔着地皮艰难地流窜，我知道，那是坡地上枯草的薄厚制约着火焰的升跌；遇到茅草尤其厚实的地段，火焰竟然呼啸起来，夹杂着噼噼啪啪的爆响……我在这时候便忘记了一切，周身的血液也涌流起来，舞蹈着的火苗像万千猕猴万千精灵，孤清和寂寞顿然被野火驱逐净了，心里洋溢着畅美和恬静。

我坐在坡地上，点燃一支烟。

书稿就要写完了，最初的对于不幸的畏怯早已烟散了。不是最初设想的三年而是整整四年，因为纯粹的客观的因素而停止了两个冬天的写作，而秋天和冬天恰恰是我写作最适宜的习惯性时月，整个儿写作计划就拖迟了一年，我的耐性经受了锻炼。

这个时候，文坛上正在热烈地讨论文人要不要“下海”的新鲜话题。

我的眼前，可以辨识这儿那儿的一堆堆老墓和新坟。这个小小的村庄里的一代一代的男女死亡以后，他们的子孙邀集族人和乡党在山坡上挖掘墓坑，再把装殓到棺材的尸体抬上山坡埋进黄土，他们生前日夜煎熬着的事，由他们的儿子和孙子继续熬煎；他们平生累断筋骨力争着的生活理想，也只好交由儿子和孙子继续去力争；坡地上无以数计的老墓新坟里的那些到死也没有争取到生活理想的男女无法得知，他们的一代二代乃至八代子孙依然过着和他们一样的光景，甚至还保不住他们在世时的那两亩田地和两间旧房，时光在这不变的坡上和河川停滞了多久多久……

野火烧到了那面陡坡的坡顶，茅草断绝了，火焰也断断续续熄灭了。我又走下一道坡沟，掏出火柴，这条统直的大沟再次腾起野火的壮观景致。

我在沟底坐下来，重新点燃一支烟。火焰照亮了沟坡上孤零零的一株榆树，夜栖在树杈里的什么鸟儿惊慌失措地拍响着翅膀飞逃了。山风把呛人的烟团卷过来，混合着黄蒿、薄荷和野艾燃烧的气味，苦涩中又透出清香。我又一次沉醉在这北方冬夜的山野里了，纷繁的世界和纷繁的文坛似乎远不可及，得意与失意，激昂与颓废，新旗与旧帜，真知与荒谬，谋算与投机，红脸与白脸，似乎都是另一个世界的属于昨天的故事而沉寂为化石了。

十年以前的这样的冬天，我有幸作为专业作家调入省作家协会搞专业创作。我办完了包括户籍和粮油供应等所有关系，同时也就决定回归老家；我得到了专业创作的机缘，整个儿心理感觉就是进入生存理想的最佳境地最可心的状态了；这个机缘于我的全部含义只有一点，往后的时间可以由我自由支配了。

我几乎同时决定回归家园，仅仅是自我判断后的抉择。我的自我判断又基于比较清醒的自省，没有机会接受文学的专业训练，自修所得的文学知识带有很大的实用性和不可避免的残缺性，需要认真读书以弥补先天性不足，需要广泛阅读开阔艺术视野；我在乡村基层工作了整整二十年，我所经历的社会生活和我自己的精神历程，需要冶炼也需要梳理，再也不能容忍自己描摹生活的泡沫而把那些青春和血汗换来的生活积累糟践了。没有拯救作家的上帝，也没有点化灵感的仙人，作家只能依赖自己对生活对生命对艺术的独特而又独立的体验去创作，吵吵嚷嚷自我标榜结伙哄炒都无济于事，非文学因素不可能给文学帮任何忙，文学的事情只能依靠文学本身去完成。出于对文学的如此理解和对自己的弱项的解剖，便决定回到故园老家去，寻一方耳根清净之地去读书去练笔。

在祖居的老屋老老实实住下来，连自己也觉得不可思议。自小学五年级开始上寄宿学校到后来参加工作再到这次回归，整整三十年里，只有礼拜天和寒暑假在这个村子度过，三十年后窝居老屋，重新呼吸左邻右舍的弥漫到我的屋院的柴烟，出门便是世居的族人和乡邻的熟识的面孔，听他们抱怨天旱了雨涝了太失公道的什么狗屁事啦……又是十年！到这一年的最后一个月份过去即将跨上一九九二年的元旦，我正好在这地理上的白鹿原北坡下的祖屋里生活了十年，小说由短篇写到中篇再写长篇，费时四年的书稿即将完成的怦然又发生了。哦！上帝，我终于把握住了属于自己的十年也拯救了自己的灵魂，迈进五十岁了。

四

孙康宜教授对我说的五十危机的理解显然有点儿误差。

尽管这样，反倒是这误差给了我一种启迪，关于五十的习惯性认识，老年年轮对人心理的某种威压，毕竟廓清了。我首当想到的是索尔兹伯里这位美国老头，八十岁时走完了中国工农红军长征之路，而且完成了《长征——前所未闻的故事》一书。这个壮举和这种创造活力，也应该是一个“前所未闻的故事”。八十岁的索氏敏捷的思维，理智而又深刻的论述，捕捉红军壮士个性细节的准确，对复杂的历史事件恰当而入微的剖析，令我感叹不已。应该说，这是我读到的写“长征”的最优秀的一部书，曾经忍不住发出惊叹，闻名于世的“长征”，怎么让一位美国作家写成了，而且是一位八十高龄的老头。面对索氏，五十算是青年。于是，我对孙教授说：“五十开始好。我来写一篇文章，就用这句话做篇名。”孙教授说：“写出来一定寄我看看。”

在西安的几天时间里，孙康宜走东线看了秦始皇兵马俑、兵谏亭和杨贵妃的浴池，顺路在半坡参观了仰韶文化遗址；去西线参观法门寺、武则天陵和汉武帝陵园，又在杨贵妃的墓冢前久久伫立。抽空又在西安的大街小巷转悠了感受了。我没有作陪，司机跟我说，这个孙教授是他所送往参观的客人中最用心最费时的一位，不停地问着记着。在半坡遗址的村落里，在杨贵妃硕大无朋的浴池旁和她被缢死的马嵬坡，在另一个女人——

中国唯一一位女皇高耸的陵墓前，孙教授感受到什么，无须揣测，任何人的任何感受都是合理的独自的。我只是觉得她早出晚归不知疲惫的劲头，整个儿就注释着她的五十开始的宣言。

最后一个参观景点是黄帝陵，我作陪。汽车驰过渭河，在渐次增高的缓坡上前进。从渭河平原到渭北高原过渡的层次一目了然，一方地域独有的气韵总是给人以独特的历史文化和现实格调的强烈感受，平原上的偌大的村落和高原区一排排窑洞，繁衍着延续着一个民族。从那平原上的村庄和高原上的窑洞里，曾经走出过一个又一个杰出的后生，有的甚至走进他们当时的封建政权的中枢，影响过当时的政局和时局。他们的最杰出的贡献和最生动的轶闻，依然在那些树木掩映泥泞遍地的村巷里流传，成为整个儿村庄整个儿县域内的子孙的骄傲，他们的精神和气性也就历经千年百年而依然流贯在乡民之中。我给孙康宜教授介绍说，历史上凡是有能力进入当时政权中心的关中人，祸国殃民的奸佞之徒几乎数不出来，一个个都是坚辞硬嘴不折不摧的丈夫，这块土地滋养壮汉。孙教授说，试举一例。我说，太史公。若举二例，便有牛先生，他是《白鹿原》书里朱先生的生活原型。

直到最近一次打电话来，孙康宜教授说她还想来西安，上次来时太匆促，短短几天的感受，反倒引发起更为强烈更为直接的欲望……末了竟然还追问："五十开始"的文章写出来了吗？

1997 年 1 月

六十岁说

四十五年前读初中二年级时，我在作文课上写下平生的第一篇短篇小说。这篇大约三千字的小说习作是第一次文学创作，不再属于此前作文的意义。我对文学创作的兴趣由此萌发。这种兴趣持续了四十五年。至今依旧新鲜而恭敬。即使“文革”扫荡一切作品和作家的时候，这种兴趣仍然没有转移或消亡，转变为一种隐蔽性的阅读。我说过我的人生的有幸和不幸，正是从在作文本上写作第一篇小说起始的；正是这一次完全出于兴趣性的写作，奠定了文学在我人生历程中的主题词。

近年来，多种媒体和多路记者几乎无一不问及我的人生感悟和文学创作的感悟。我也几乎无一例外地首先向他们解释，我不大使用感悟、悟道一类词，我喜欢启示。即人生历程中得到的启示，文学创作中思想和艺术的启示。正是这些启示，提升着我对历史和现实的思想穿透能力，也提升着我对文学和艺术本真的体验，完成一次又一次创造理想。在这个漫长的艺术探索过程和人生历程中，有两次自我把握和两次反省成为关键性的选择与转折。

一次是在一九七八年之初，当中国文学复兴的春潮涌动的时候，我正在灞河水利工地任副总指挥。我在完成了家乡的这个工程之后离开了，调入文化馆。我那时候对我的把握是，文学创作可以当作事业来干的时代终于出现了。第二次把握是一九八二年。这一年我从业余写作进入专业写作。我曾在一篇文章中写到过当时的直接的唯一的感觉，即进入我的人生最佳生存状态。我几乎在得到专业创作条件的同时，决定回归老家。一是静下心来回嚼二十年的乡村工作和生活，进入写作；二是基于对自己知识的残缺性的估计，需要广泛读书需要充实更需要不断更新，这都需要一个可以避免纷扰的安静环境来实现。我选择了老家农村。直到《白鹿原》书稿完成，正好十年。这两次把握，一次是人生轨道的转换，一次纯粹属于自身生存环境的选择。

两次反省。一次是一九七八年秋天。当新时期文学如雨后春笋般从解冻的文坛发生时，我很鼓舞也很冷静。冷静是出于对自身具体情况的判断。我以为排除“文革”中那些极左思想不难，而要荡涤自有阅读能力以来所接受的极左的非文学的观念不易。我选择了读书，借来了一些世界经典作家的经典作品，以真正的文学来摒弃思维和意识中的非文学观念，目的只有一点，进入文学的本真。这次反省大约持续了四个月，到一九七九年春天，我获得了文学创作和艺术表现的强烈欲望。

我把文学当作事业来干的行程开始了。

第二次反省发生在八十年代中后期，即《白鹿原》写作的准备阶段。我那个时候的思维是最活跃的一段。尤其是文学创作理论中的人物心理结构学说，引发了我对自己以往创作的颠覆。自我的不满意以至自我否定，同时就孕育着膨胀着一种新的艺术创造理想。这种痛苦的反省完全是自发的。发生在《白鹿原》的准备和后来的整个儿写作过程中，对我来说是一个关键。

多年以后的今天回过头来看，在人生的两个重要阶段上，我把握了自己，主要是以自身的实际做出的选择。在艺术追求的漫长历程中，在两个重要的创作阶段上，进行两次反省，对我不断进入文学本真是关键性的。如果说创作有两次重要突破，首先都是以反省获得的。可以说，我的创作进步的实现，都是从关键阶段的几近残酷的自我否定自我反省中获得了力量。我后来把这个过程称作心灵和艺术体验剥离。没有秘密，也没有神话，创造的理想和创造的力量，都是经过自我反省获取的、完成的。

仅仅在半个月之前的一个上午，我完成一篇五千字的散文，在原下老家一个人兴奋不已。仅仅在十天前一个晚上，读完畅广元教授的一本文化文学批评专著，进入一种最欣慰的愉悦。四天前的那个下午，我写完一篇万余字的短篇小说，竟然兴奋不已。两天前的晚上，在杨凌参加杨凌文联成立的会场里，见到残疾人作家贺绪林，听说他的一部三十万字的长篇即将由人民文学出版社出版，我感动而又感奋，同样愉悦。这样，我几十年来不断重复验证自己，文学创作才是我生存的最佳气场。

直到我走进朋友们营造的这个隆重而又温馨的场合，我依然不能切实理解六十这个年龄的特殊含义，然而六十岁毕竟是人生的一个最重要的年龄区段。按照我们传统文化和传统习俗的意思，是耳顺，是感悟，是悟道，是忆旧的年龄。这也许是前人归纳的生命本身的规律性特征。我不可能违抗生命规律。但我现在最明确的一点是，力戒这些传统和习俗中可能导致平庸乃至消极的东西。我比任何年龄区段上更强烈更清醒的意识是，对新的知识的追问，对正在发生着的生活运动的关注。这既是作为一个作家的生命意义所在，也是我这个具体作家最容易触发心灵中的那根敏感神经的颤动的。

我唯一恳求上帝的，是给我一个清醒的大脑。而今天所有前来聚会的朋友和我的亲人，就是怀着上帝的意愿来和我握手的。

2002 年 7 月 31 日　原下

第四辑

心语：生命中的第一次

最初的晚餐

——《生命历程中的第一次》之一

想到这件难忘的事，忽然联想到《最后的晚餐》这幅名画的名字，不过对我来说，那一次难忘的晚餐不是最后的，而是最初的一次，这就是我平生第一次陪外国人共进的晚餐。

那时候我三十出头，在公社（现今的乡政府）学大寨正学得忙活。有一天接到省文艺创作研究室（省作协）的电话，通知我去参加接待一个日本文化访华团。接到电话的最初一瞬就愣住了，我的第一反应是我穿什么衣服呀。我便毫不犹豫地推辞，说我在乡村学大寨的工作多么多么忙。回答说接待人名单是省革委会定的，这是“政治任务”必须完成。这就意味着不许推辞更不许含糊。

我能进入那个接待作陪的名单，是因为我在《陕西文艺》（《延河》）上刚刚发表过两个短篇小说，都是注释演绎“阶级斗争”这个“纲”的，而且是被认为演绎注释得不错的。接待作陪的人员组成考虑到方方面面，大学革委会主任、革命演员、革命工程师等，我也算革命的工农兵业余作者。陕西最具影响的几位作家几棵大树都被整垮了，我怎么也清楚我是猴子称王地被列入……

最紧迫的事便是衣服问题。我身上穿的和包袱里包的外衣与衬衣，几乎找不到一件不打补丁的，连袜子也不例外。我那时工资三十九元，连我在内养活着一个五口之家，添一件新衣服大约两年才能做到。为接待外宾而添一件新衣造成家庭经济的失衡，太划不来了。我很快拿定主意，借。

借衣服的对象第一个便瞄中了李旭升。他和我同龄，个头高低身材粗细也都差不多。他的人样俊气且不论，平时穿戴比较讲究，我几乎没见过他衣帽邋遢的时候。他的衣服质料也总是高一档，应该说他的衣着代表着七十年代中期我们那个公社地区的最高水平。“四清”运动时，工作组对他在经济问题上的怀疑首先是由他的穿着诱发的，不贪污公款怎么能穿这么阔气的衣服？我借了一件半新的上装和裤子，虽然有点儿褪色却很平整，大约是哔叽料吧我已记不清了。衬衣没有借，我的衬衣上的补丁是看不见的。

我带着这一套行头回到驻队的村子。我的三个组员（工作组）经过一番认真的审查，还是觉得太旧了点儿，而且再三点示我这不是个人问题，是一个“政治影响”问题，影响国家声誉的问题……其中一位老大姐第二天从家里带来了她丈夫的一套黄呢军装，硬要我穿上试试。结果连她自己也失望地摇头了，因为那套属于将军或校官的黄呢军装整个儿把我装饰得面目全非了，或者是我的老百姓的涣散气性把这套军装搞得不伦不类了。我最后只选用了她丈夫的一双皮鞋，稍微小了点儿但可以凑合。

第二天中午搭郊区公共车进西安，先到作家协会等候指令。《陕西文艺》副主编贺抒玉见了，又是从头到脚的一番审视，和我的那三位工作组员英雄所见一致：太旧。我没有好意思说透：就这旧衣服还是借来的。她也点示我不能马虎穿戴，这不是个人问题而是“国家影响政治影响”的大事。我从那时候直到现在都为这一点感动，大家都首先考虑国家面子。老贺随即从家里取来李若冰的蓝呢上衣，我换上以后倒很合身。老贺说很好，其他几位编辑都说好，说我整个儿都气派了。

接待作陪的事已经淡忘模糊了，外宾是些什么人也早已忘记，只记得有一位女作家，中年人，大约长我十岁。我第一眼瞧见她首先看见的是那红嘴唇。她挨我坐着，我总是由不得看她的红嘴唇，那么红啊！我竟然暗暗替她操心，如果她单个儿走在街上，会不会被红卫兵逮住像剪烫发砍高跟鞋一样把她的红嘴唇给割了削了？

那顿晚餐散席之后我累极了，比学大寨拉车挑担还累。

现在，因为工作的关系我常常接待外宾并作陪吃饭，自然不再为一件衣服而惶惶奔走告借了；再说，国家的面子也不需要一个公民靠借来的衣服去撑持了；还有，我也不会为那位日本女作家的红嘴唇被削而操心担忧了，因为中国城市女人的红嘴唇已经灿若云霞红如海洋了。

尴尬

——《生命历程中的第一次》之二

我的宿办合一的住屋的门框上贴着一副白纸对联，内容选用毛泽东的诗章中的摘句：借问瘟君欲何往，纸船明烛照天烧。眉批为：送瘟神。门框右上角吊着一只灯笼，也是白纸糊的。乡间通常是在死了人过白事时才用白纸写对联，那种用白纸糊的灯笼也是专门接灵送鬼的引路灯。自从被大人操纵着的孩子们用这些东西装饰了我的门面的那一刻起，我便立即意识到我死了。我已从轰轰烈烈的人世进入阴气逼人的冥冥之域，成为冥国鬼域的一个小鬼了。

那年我二十四岁。

我完了。我已经无数次地重复过这种自我判断。完了自然首先是指政治上完了，那时候的社会准则和生活法尺都是以政治为“纲”的，“纲”完了“目”还能张吗？作为“目”的文学理想也完了。那时候我刚刚发表过七八篇散文习作，即使这样短促的夭折也都由痛苦的承受转变为乖顺的接受了。然而这阴纸对联和鬼灯整上我的房门，我发觉我原以为完了死了而沉寂的心确凿地又惶惶起来，每一次进门和出门看见这两样丧气鬼氛的东西心里就发怵，都要经受一次心灵的折磨，都在无时无刻昭示着你是鬼而不是人了。我才明白死了的自己还要一张脸，还会尴尬和难堪。

我到现在也搞不明白，我的那样穷困的家庭环境，怎么会给予我如此根深蒂固的爱面子的心理。我期望那些东西尽快烂掉，然而这房子却是雨淋不着风也吹不到的小套间，那些作为冥国鬼域标志的装饰物竟然保存了三个月之久。三个月里，我一日不下八次地接受它对我的心灵的警示和对脸皮的磨砺。

我最怕熟人朋友来看我，结果是最令我尴尬的姐姐和表妹先后都来光顾了。姐姐随姐夫五十年代初去青海支援建设，借了“文革”可以不上班的天赐良机第一次省亲。表妹在新疆上大学为节约路费两年都不敢回乡，逮着可以免费乘车免费吃喝的机会如愿以偿回家乡来了，自然是以革命和造反的堂皇名义归来的。姐姐引着我的小外甥进入房子，那个以调皮捣蛋而出名的小家伙一直抱着我姐姐的腰不敢松手，肯定是在进入房门瞧见鬼物而想到这是阎罗统治下的鬼魅世界了。表妹曾经和我在同一个教室里念初中，她的到来更使我自惭形秽而无地自容。她以一个大学生的昂然享受着免费旅游（串联）的革命优惠，我却已走到生命的尽头……在文化水平上姐姐和表妹尽管构成了高低两极，劝慰我的话却是惊人的一致：“想开点儿，你看看刘少奇刘澜涛都给斗了游了，咱们算啥？”

刘少奇作为国家的象征，刘澜涛则是西北地区的领导人，我过去把他们的著作和讲话稿反复学习过，他们现在却成为我落难后应该活下去的一个参照了。然而我依然对自己万分痛心万分悲伤，我不能再写文章更不敢再投稿了，我还活什么呢？

……

我后来才充分意识到这人生第一次的大尴尬对我的决定性好处。不单是脸皮磨厚了，不单是心理承受挫折的能力增强了，恰恰是作为一个企图反映社会的文学理想所不可或缺的生命体验。生命体验显然不应混同于生活体验。这种生命体验是任何哲学或政治教科书所不能给予我的。如果从个人意愿和自觉性上来讲，我肯定不会自愿选择那种毁灭性的尴尬，然而生活却把我强迫性地踢到那个尴尬的旮旯里，强迫我接受人生的这种炼狱式的洗礼。更值得庆幸的，是在我刚刚步入社会而且比较风顺的二十四岁时。当我后来逃脱尴尬而确信自己并没有完的时候，第一次生命体验便完成了。

后来，用马尔克斯的叙述程式可以说成是多年以后，我又陷入一种人生的大尴尬，我充分而又清醒地能够对自己的过失做出判断，便不像头一次那么慌乱，那么懊悔，那么简单地以为就完了，而能够保持一种沉静的心境，而且能够对自己说，完不完全在自己。尽管是一种清醒的沉静，仍然避免不了在一些特定场合的尴尬，我也清楚这种根深蒂固的爱面皮的痼疾依然附着我。两次大尴尬的经历之后，我完成了这一面和那一面的不同的生命体验，自家的直接体会就是，得按自己的心之所思去说自己的话去做自己的事了。不然——

便不说，更不做。

沉重之尘

——《生命历程中的第一次》之三

八年前的那年春节刚过，浓郁的新年佳节的气氛还弥漫在乡村里，我就迫不及待地赶到蓝田县城去查阅县志。我已经开始了一部长篇小说的孕育和构思。我想较为系统地了解我所生活着的这块土地的昨天或者说历史。县志在我看来就是一个县的历史，又是一个县的百科全书。为了避免一个县可能存在的偏狭性，我决定查阅蓝田、长安、咸宁三县县志；这三个县在地理上连结成片包围着西安，属于号称“自古帝王都”的关中这块古老土地的腹心地带，其用心不言自明。

翻阅线装的残破皱褶的县志时感觉很奇异，像是沿着一条幽深的墓穴走向远古。当我查阅到连续三本的《贞妇烈女》卷时，又感到似乎从那个墓穴进入一个空远无边碑石林立的大坟场。头一本上记载着一大批有名有姓的贞妇烈女们贞节守志的典型事例，内容大同小异事例重复文字也难免重复，然而绝对称得起字斟句酌高度凝练高度概括，列在头一名的贞妇最典型的事例也不过七八行文字，随之从卷首到卷末逐渐递减到一人只给她一行文字。第二本和第三本已经简化到没有一词一句的事迹介绍，只记着张王氏李赵氏陈刘氏的代号了，属于哪个村庄也无从查考，整整两大本就这样实扎扎印下来，没有标点更不分章节。我看这些连真实姓名也没有的代号干什么？

当我毫不犹豫地把这三本县志推开的一瞬，心头似悸颤了一下。我猛然想到，自从这套不断被续修续编的县志编成，任何一位后来如我的查阅者，有的可能注重在“历史沿革”卷，有的可能纯粹为探究“地理地貌”，有的也许只对“物产经济”卷感兴趣，恐怕没有什么人会对那些只记录着代号的两大本能有耐心阅览。我突然对那些无以数计的代号委屈起来，她们用自己活泼泼的肉体生命［可以肯定其中有不少身段（曲线）脸蛋肤色都很标致的漂亮的女儿］，坚守着一个“贞”字，终其一生而在县志上争取到三厘米的位置，却没有什么人有耐心读响她们的名字，这是几重悲哀？

我重新把那三大本揽到眼下翻开，一页一页揭过去，一行接着一行一个代号接一个代号读下去，像是排长在点名，而我点着的却是一个个幽灵的名字。那些干枯的代号全都被我点化为一个个活泼泼的生命在我的房间里舞蹈……一个个从如花似玉的花季萎缩成皱褶的抹布一样的女性，对于她们来说，人的只有一次的生命是怎样痛苦煎熬到溘然长逝的……我庄严地念着，企图让她们知道，多少多少年以后，有一个并不著名的作家向她们行了注目礼。

我无言以对。

我喘着粗气，渐次平静；我又合上那三本《贞妇烈女》卷县志，屋子里的幽灵也全部寂然；看着那三本县志，我深切地感受到了什么叫历史的灰尘，又是怎样沉重的一种灰尘啊！我的心里瞬间又泛起一个女人偷情的故事。我在乡村工作的二十年里听到过许多许多偷情的故事，有男人的也有女人的，这种民间文学的脚本通常被称作“酸黄菜”，历久不衰，如果用心编撰可以搞成东方的《十日谈》。

我至今也搞不清楚，是那三大本里的贞妇烈女们把我潜存的那些偷情男女的故事激活了，还是那些“酸黄菜”故事里的偷情男女把这三本《贞妇烈女》卷里的人物激活了？官办的县志不惜工本记载贞妇烈女的代号和事例，民间历久不衰传播的却是荡妇淫娃的故事……这个民族的面皮和内心的分裂由来已久。

我突然电击火迸一样产生了一种艺术的灵感，眼前就幻化出一个女人来，就是后来写成的长篇小说《白鹿原》里的田小娥。

1995 年 2 月 6 日夜于西安

皮鞋·鳝丝·花点衬衫

第一次到上海，是一九八四年，大概是五月。上海文艺出版社举办“《小说界》第一届文学奖”颁奖活动，我的第一部中篇小说《康家小院》荣幸获奖，便得到走进这座大都市的机缘，心里踊跃着兴奋着。整整二十年过去，尽管后来又几次到上海，想来竟然还是第一次留下的琐细的记忆最为经久，最耐咀嚼，面对后来上海魔术般的变化，常常有一种感动，更多一缕感慨。

第一次到上海，在我有两件人生的第一次生活命题被突破。

我买的第一双皮鞋就是那次在上海的城隍庙购买的。说到皮鞋，我有过两次经历，都不大美好，曾经暗生过今生再不穿皮鞋的想法。大约是西安解放前夕，城里纷传解放军要攻城，自然免不了有关战争的恐慌。我的一位表姐领着两个孩子躲到乡下我家，姐夫安排好他们母子就匆匆赶回城里去了。据说姐夫有一个皮货铺子，自然放心不下。表姐给我们兄姊三人各带来一双皮鞋。父亲和母亲让我试穿一下。我在屋子里走了几步就脱下来，夹脚夹得生疼，皮子又很硬，磨蹭脚后跟，走路都跷不开脚了。大约就试穿了这一次，便永远收藏在母亲那个装衣服的大板柜的底层。直到二十世纪七十年代初，我已经在家乡的公社（乡）里工作，仍然穿着农民夫人手工做的布鞋。

我家乡的这个公社（乡）辖区，一半是灞河南岸的川道，另一半即是地理上的白鹿原的北坡。干部下乡或责任分管，年龄大的干部多被分到川道里的村子，我当时属年轻干部，十有八九都奔跑在原坡上某个坪某个沟某个湾的村子里，费劲儿吃苦倒不在乎，关键是骑不成自行车，全凭腿脚功夫，自然就费脚上的布鞋了。一双扎得密密实实的布鞋底子，不过一个月就磨透了，后来就咬牙花四毛钱钉一页用废弃轮胎做的后掌，鞋面破了妻子可以再补。在这种穿鞋比穿衣还麻烦的情境下，妻弟把工厂发的一双劳保皮鞋送给我了。那是一双翻毛皮鞋。我冬夏春秋四季都穿在脚上，上坡下川，翻沟蹚滩，都穿着它。既不用擦油，也不必打光，乡村人那时候完全顾不得对别人的衣饰审美，男女老少的最大兴奋点都敏感在粮食上，尤其是春天的救济粮发放份额的多少。这双翻毛皮鞋穿了好几年，鞋后掌换过一回或两回，鞋面开裂修补过不知多少回，仍舍不得丢掉，几年里不知省下多少做布鞋的鞋面布和锥鞋底的麻绳与鞋底布，做鞋花费的工夫且不论了。到我和家庭经济可以不再斤斤计较一双布鞋的原料价值的时候，我却下决心再不穿皮鞋尤其是翻毛皮鞋了。体验刻骨铭心，双脚的脚掌和十个脚趾，多次被磨出血泡，血泡干了变成厚茧，最糟糕的还有鸡眼。

这回到上海买皮鞋，原是动身之前就与妻子议定了的重大家事。首先当然是家庭经济改善了，有了额外的稿酬收入，也有额内工资的提升；再是亲戚朋友的善言好心，说我总算熬出来，成为有点儿名气的作家了，走南闯北去开会，再穿着家做的灯芯绒布鞋就有失面子了。我因为对两次穿皮鞋的切肤记忆体会深切，倒想着面子确实也得顾及，不过还是不用皮鞋而选择其他式样的鞋，穿着舒服，不能光彩了面子而让双脚暗里受折磨。这样，我就多年也未动过买皮鞋的念头。“买双皮鞋。”临行前妻子说，“好皮鞋不磨脚。上海货好。”于是就决定买皮鞋了。“上海货好。”上海什么货都好，包括皮鞋。这是北方人的总体印象，连我的农民妻子都形成并且固定着这个印象。那天是一位青年作家领我逛城隍庙的。在他的热情而又内行的指导下，我买了一双当时比较价高的皮鞋，宽大而显得气派，圆形的鞋头，明光锃亮的皮子细腻柔软，断定不会让脚趾受罪，就买下来了。买下这双皮鞋的那一刻，心里就有一种感觉，我进入穿皮鞋的阶层了，类似进了城的陈奂生的感受。[①]

回到西安东郊的乡村，妻子也很满意，感叹着以后出门再不会为穿什么鞋子发愁犯难了。这双皮鞋，只有我到西安或别的城市开会办事才穿，回到乡下就换上平时习惯穿的布鞋。这样，这双皮鞋似乎是为了给城里的体面人看而穿的，自然也为了我的面

---

① 《陈奂生上城》为高晓声成名作。

子。另外，乡村里黄土飞扬，穿这皮鞋需得天天擦油打磨，太费事了；在整个儿乡村还都顾不上讲究穿戴的农民中间，穿一双油光闪亮的皮鞋东走西逛，未免太扎眼……这双皮鞋就穿得很省，有七八年寿命，直到二十世纪九十年代初才换了一双新式样。此时，我居住的乡村的男女青年的脚上，各色皮鞋开始普及。

我第一次吃鳝鱼，也是那次上海之行时突破的。关中人尤其是乡下人，基本不吃鱼，成为外省人尤其是南方人惊诧乃至讥笑的蠢事。这是事实。这样的事实居然传到胡耀邦耳朵里，他到陕西视察时在一次会议上讲道："听说陕西人不吃鱼？"其实秦岭南边的陕南人是有吃鱼传统的，确凿不吃鱼的只是关中人和陕北人。我家门前的灞河里有几种野生鱼，有两条长须不长鳞甲的鲇鱼，还有鲫鱼，稻田里的黄鳝不被当地人看作鱼类，而视为蛇的变种。灞河发洪水的时候，我看到过成堆成堆的鱼被冲上河岸，晒死在苞谷地里，发臭变腐，没有谁捡拾回去尝鲜。直到二十世纪五十年代中期国家第一个五年计划实施时，西安拥来了许多东北和上海老工业区的技术人员与熟练工人，这些人因为买不到鱼而生怨气，就自制钓竿到西安周围的河里去钓鱼。我和伙伴们常常围着那些操着陌生口音的钓鱼者看稀罕。当地乡民却讥讽这些吃鱼的外省人：南蛮子是脏熊，连腥气烘烘的鱼都吃！我后来尽管也吃鱼了，却几乎没有想过要吃黄鳝。在稻田里我曾像躲避毒蛇一样躲避黄鳝，那黑黢黢的皮色，不敢想象入口会是一种什么感觉。

那天在上海郊区参观之后，晚饭就在当地一家餐馆吃。点菜时，《小说界》编辑、现任副主编的魏心宏突然兴奋地叫起来：“啊呀，这儿有红烧鳝丝！来一盘，来一盘鳝丝。”还歪过头问我吃不吃鳝丝，就是鳝鱼丝。我只说我没吃过。当一盘红烧鳝丝端上餐桌时，我看见一堆紫黑色的肉丝，就浮出在稻田里踩着滑溜的黄鳝时的那种恐惧。魏心宏动了筷子，连连赞叹味道真好做得真好。随之就煽动我：忠实你尝一下嘛，可好吃啦，在上海市内也很少能吃到这么好的鳝丝。我就用筷子夹了一撮鳝丝，放入口里，倒也没有多少冒险的惊恐，无非是耿耿于黄鳝丑陋形态的印象罢了。吃了一口，味道挺好，接着又吃了，都在加深着从未品尝过的截然不同于猪、牛、羊、鸡肉的新鲜感觉。盛着鳝丝的盘子几乎是一扫而光，是餐桌上第一盘被吃光掠净的菜。似乎魏心宏的筷子出手最频繁。多年以后，西安稍有规格的餐馆也都有鳝丝、鳝段供食客选择了，我常常偏重点一盘鳝丝。每当此时，朋友往往会侧头看我一眼，那眼神里的诧异和好奇是不言而喻的。

还有两把小勺子，也是此行在上海城隍庙买的，不锈钢做的，把儿是扁的。从造型到拿在手里的感觉，都特别之好，不知在什么时候弄丢了一把，现在仅剩一把，依然光亮如初，更不要说锈痕了。有时出远门图得自便，我就带着这把勺子，至今竟然整整二十年了。

还有一个细节，颇有点儿刻铭的意味。

还是那位年轻作家陪我逛街。我们随意走着，我已记不得那是条什么街什么弄了，只记得街道两边多是小店铺。陪我的青年作家随意介绍着传统风情和市井传闻，我也很难一遍成记，尽管听得颇有趣味。突然看见一个十分拥挤的场面，便停住脚步。一家小店仅一间窄小的门面，塞满了顾客，往里硬挤的人在门外拥聚成偌大的一堆；从里头往外挤的人，几乎是从对着脸拥挤的人的肩膀上爬出来；绝大多数为男性青年，亦有少数女性夹在其中，肌肤之紧密接触也不忌讳了；往外挤着的人，手里高扬着一种白底碎花的衬衫。不用解释，正是抢购这种白底上点缀着蓝的红的黄的橙的小花点的衬衫。

一九八四年春末夏初，上海青年男女最时髦、最新潮的审美兴奋点，是白底花点的衬衫。

十余年后，我接连两三次到上海。朋友们领我先登东方明珠电视塔，再逛浦东新区，令我眼花缭乱，目不暇接，新的景观和创造新景观的奇迹般的故事，从眼睛和耳朵里都溢出来了。我在宝钢的轧钢车间走了一个全过程，入口处看见的橙红色的钢板大约有两块砖头那么厚，到出口处的钢材已经自动卷成等量的整捆，厚薄类近厚一点儿的白纸，最常见的用途是做易拉罐。车间里几乎看不见一个工人，我也初识了什么叫全自动化操作。技术性的术语我都忘记了，只记住了讲解员所讲的一个事实：这个钢厂结束了中国钢铁业不能生产精钢的历史，改变了精钢完全依赖进口的局面。尽管是外行，这样的事实我不仅能听懂，而且很敏感，似乎属于本能性地特别留意，在于百年以来留下的心理亏虚太多了。

从小学生时代直到进入老龄的现在，我都在完成着这种从祖先遗传下来的先天性心理亏空的填垫和补偿过程。我们的第一台名为“解放牌”的汽车出厂了。我们有了自己生产的“红旗牌”轿车。我们的第一颗原子弹爆炸成功。我们的卫星上天了飞船也进入太空了。我们有了国产的彩色电视和国产空调与国产电脑和国产什么什么产品。这样的消息，每有一次都是对那个心理亏虚的填垫和补偿，增加一份骄傲和自信，包括制造易拉罐的这种钢材对进口依赖的打破，也属同感。我便想到，什么时候让欧美人发出一条他们也能“国产”中国的某种独门技术的产品的消息的时候，我的不断完成着填垫补偿心理亏空的过程，才能得到一个根本性的转折。

告别布鞋换皮鞋的过程发生在上海。吃第一口黄鳝的食品革命也始发于上海。这些让我的孩子听来可笑到怀疑虚实的小事，却是我这一代人体验“换了人间”这个词的难以轻易抹去的记忆。还有历历在目的上海青年抢购白底花点衬衫的场景，与我上述的皮鞋和黄鳝的故事差不了多少。在南方和北方、东部和西部都被灰色黑色与蓝色的中山服红卫兵服覆盖着的国家里，一双皮鞋一餐鳝鱼丝和一件白底花点衬衫，留给人的镂刻般的记忆，记忆里的可笑和庆幸，肯定不只属于我一个人。

2004 年 7 月 5 日　二府庄

老陈与陈老

爬山或上楼梯时，会有好心的年轻朋友搀扶我的胳膊。那手上的温暖和力量同时传导过来一种意思，你老了。我一般不太乐意接受这种好心美意的扶助，便婉言谢绝，尽管知道自己已跨入老年划界，心里却在拒绝。

老朋友或新结识的年轻朋友，见面时偶尔会冒出一句“陈老”的称呼，口吻和态度更见真诚。然而这美好的称谓传导给我的意蕴却也是，你老了。我第一次和第十次听到这个称呼，每一次都有某种惶惶然的惊悚。已经到了可以被称呼“某老”的那种状态了吗？在我的习惯性意识里，一般在姓氏后面加一个“老”字的人，往往都是功德卓著或学富八斗的老者，我自觉底虚内空，惶惶然不敢冒充也不敢领受；二般就纯粹指年龄和生理状况了，多是晚辈对那些老得颤颤抖抖的长者的尊称，而不计较文化水准的高低乃至有无的，乡村人也习惯把年迈的人称您老的。我的惊悚的感觉就发端于这一层，还是一种对老的拒绝。

我习惯于被称作老陈。我从三十几岁就被人称呼老陈，其实根本谈不上老，实际还是小伙子。我那时候被调到公社（乡政府）工作，乡村民间把政府机关的男女干部，不管年长年轻通称“老某”。机关院内也有称官衔的，却不普遍，多数人和多数时候互相称“老某”。我在区和乡工作二十年，乡村农民和机关干部差不多都习惯称我老陈。后来调到作家协会，和我年龄相仿的作家朋友都称呼名字，我也直呼他们的名字，连姓氏都省略了，感到自然和亲切。比我年轻一大截的小伙子称我老陈，倒也自然无奇，有趣的是，一些年龄大过我一轮两轮的老同志，也称呼我老陈，让我就觉得有点儿心理负荷了。但时日稍长，也就不在意了，在于我渐渐明白，这个作家协会的人际关系，单是称呼一项，就充分体现着群众团体的别致风俗，“老某”成为一种互相之间的代称。参加过延安文艺座谈会的文学评论大家胡风，年龄和革命资历以及行政级别都是这个院里的老夫，会议上和私下里都被人称作老胡。最早写出人民解放战争史诗《保卫延安》的杜鹏程和短篇小说神手的王汶石，也都是延安老区过来的离休干部，都是以老杜老王为通用称谓。长时间任作协党政领导的李若冰，年龄虽轻过上述几位几岁，在延安是红小鬼，进城后却是老革命了，又是影响广泛的散文大家，也是称为老李，因为人太随和太少架子，有时候还被年轻人直呼其名。在这样的环境气氛里，我被称老陈，比在基层行政机关叫着的老陈还更习惯。我几十年里早已习惯这个称呼了，自己往往也以“老陈”自报家门。

不经意间，老陈变成陈老，两个完全相同的作为我的称呼的汉字调换了排列位置，被谁一旦叫出声来，心里竟有惶惶然的惊悚，甚至如同发生一次内里的小震。

其实，我又何至固执到愚蠢得不承认衰老呢。我在即将六十岁的时候，曾看到朋友推荐的黑泽明的一组据说是经典的短片，名字已忘记了。其中之一演绎的是日本一个山村的老人过世了，村子里的男女盛装打扮，敲锣打鼓弹奏丝竹，唱着悠扬的歌曲跳着舒缓的舞步，从村庄进入田野，送其入土为安。我看到那场景颇为惊异，因为与我所经历过的丧葬的印象截然相反，无论乡村无论城市，都是白色孝衣孝布和白花，还有号啕的哭声和沉痛的悼词。我不知道黑泽明从哪个年代的日本的哪个小山村挖出这个题材，似乎在日本也没有多少普遍性。然而，我在黑泽明的短片里还是得到了关于生命的新的理解，尽管亲属和朋友难以割舍情感，难以摆脱永远的告别所意味着的感情黑洞的悲哀，而终老到死还是应该庆祝的。人不可能永远活在世界上，长生不老的药不仅秦始皇寻找不到，现代科学也研发不出来；如若真找到了或研发出来了，无法想象地球会是怎样一番热闹而又拥挤的情状了。这样从理性常识来说，以鲜艳的盛装让至爱的逝者告别这个世界时有一片热烈的色调，以鼓乐丝竹奏出一路祥和温馨的送别曲，以悠扬的轻歌曼舞颂扬其在世时的建树和美德，给逝者本已悲凉的灵魂添上欢乐的温暖……这个不知朝代的日本小山村的乡民，对待死亡的仪式，不仅更富于理性，也更富于人性的情感。我在那年看过黑泽明的那个短片，对于我以坦然的心态进入六十岁这个老年划界，确是一个理性的铺垫，而且有了颇为自然的接受心理。然而遇到好心的搀扶之手和美意的“陈老”的称呼，心理上却又在拒绝，看来我也是在理性和情感之间不断发生混淆的昏俗之人，四年前的六十岁生日感言里，我唯一的心愿，是希望上帝能给老年的我一个清晰思维的大脑。

其实上帝就是自己。要保持一个清醒的大脑，就需接触新的知识新的理念。我清楚老年人的固执，除了生理因素之外，多是在于对一生经验的依赖，以及对新的观念的排斥，容易形成心理和精神的死水，或曰赘肉。我是在看到罗纳尔多被一身赘肉累得施展不开素有的超凡球艺球技时，联想到人的心理赘肉的。人们以空前的热情关注着身体增肥的赘肉如何削减，也应该以同样的意识重视心理赘肉的形成和消解，尤其是如我一样跨入老年的人。

心理无赘肉，思维当会活跃，心里也会清爽，中国古人推崇的“淡泊”“明朗”等境界，不仅会抵达，而且会超越。我不太把自己困禁在老年圈内，争取多参加青年人的集会也是想接受一种新思维的活力，一种新鲜气象，一种强烈的创造欲望，借以冲刷荡涤自己心里可能形成的死水和赘肉。

2006 年 6 月 22 日　二府庄

饭事记趣

几位朋友聚餐，没有任何正经话题，全是随心所欲，即兴发挥，难免东拉西扯，却多为逗笑开心的生活趣事逸闻。记不得谁说到自己幼年时期经历的艰难生活，为争食半碗锅底铲下的锅巴，曾和长自己两岁的哥哥动手厮打。这种锅巴我也喜食，那是用很细的苞谷糁子熬烧稀饭时，大铁锅底留下的一层沉积糁子，被烙得金黄，用锅铲铲下来，多成卷状，味道甘美且不论，在“三年困难时期”，一天三顿喝苞谷糁子的情状里，吃不上面条，更见不到馍，这种半干的锅巴则耐得住饥饿；父母把这种稀罕吃食全让给孩子，孩子多的家庭，会分给每人半勺，或轮流吃……

由此引发出我有关吃饭的记忆，便凑热闹说了两三件有关吃饭的事，朋友们甚觉有趣，有人便说，你不妨把这些轶事写出来，挺有意思。这话倒让我记住了，而且又触发出几则吃饭的事。我想，人一生要吃多少顿饭，吃过也就忘了；而吃过几年乃至几十年的几顿饭难以忘记，这几顿饭就在人生行程中留下印痕；这种多属饥饿年代的有关吃饭的事，会让今天以营养成分调配吃食的读者感到好笑，也不顾忌了，索性让大家笑一回，何妨……

确凿记得是一九六七年五月末的事。这是“文革”派性闹得最疯狂的时月。我供职的公社（乡镇）农业中学早已停止上课，学生虽然也搞成两派造反组织，却在本公社社区无甚影响，多数学生早回家了。七八个教师也是去留自便，常来的人没有谁夸奖你坚守岗位，常常不来的人也没有谁计较你失职。到了五月末，“靠边站”（罢官）的校长突然挺身而出，通知所有教师返校，他要安排学校收割麦子的事。农业中学属社办公助性质，学校搞勤工俭学，在学校西南边的荒坡上开荒种地，播种了几亩麦子，还栽下不少果树。这方坡地在白鹿原西头的北坡上，紧依着汉文帝的倚坡而建的陵墓，史称灞陵，因坡根下流淌的灞河得名，白鹿原由此也称灞陵原。灞陵的坡形，东西两边有着几处基本对称的凸出和凹进的地形，活脱如展翅飞翔的凤凰，灞陵的民间名称为凤凰嘴。就在凤凰嘴的东侧，有农业中学师生开荒播种的麦田。这方地域向阳，又因坡高缺水，麦子便早熟了。校长尽管作为当权派被冷置着，却操心已经基本黄熟的麦子，着急了。

且不说这七八位教师怎样汗流浃背地收割麦子，再翻沟过梁人背车拉运送麦子，以及人做畜牲拽着碌碡碾打麦子，单说开镰之日的第一顿饭。教师们聚集在离灶房最近的一座教室里，炊事员老头把刚刚蒸熟的馍端到教室里，当众揭去大蒸笼里的垫布，一片冒着热气的白花花的馍晾现出来。校长宣布：大家割麦运麦要出大力气，这馍就随便咥（吃）；这个主意是我拿的，如果违反粮食政策被追查的话，我负责，处罚就处罚我，与大家无关。校长话音刚落，教师们便动手掂起纯麦子面馍咥起来，就着咸菜，喝着稀米汤。我也不甘落后，早掂来一个馍咬下去了，竟顾不得吃咸菜，白面馍本身香味儿的巨大诱惑，让我心无他顾，三下五除二就把一个馍吞咽下去了。大家几乎腾不出嘴来说话，自顾自地吞咬咀嚼着馍，教室里一片静寂，咀嚼馍块的或轻或重的吧唧声便突显出来。大约在大家吃到八九成饱的时候，才有人说起笑话，是以某位先生吞咬馍块的怪异表情为由头，随即引发笑声和互相调侃的轻松气氛。多少有点儿“文革”派别不同“政见”的隐性纠葛，在猛吃狂咥的放浪形骸的欢愉氛围里，暂且忘却了。

有人突然提议，各人自报咥了几个馍，并解释其意图，既不收粮票也不收钱纯属白咥，所以希望如实招来咥了几个。说完，此兄把眼光盯住了我，哈哈着命令：你先报！

我顺口报出：七个。

似乎稍有惊讶之音，却不强烈。随之一个个都报出数来，却没有一个超过我的，连持平的也一个都没有，只有一个人报了六个。多数人都报了五个，男教师只有一个人吃得最少，四个。两个女教师都说吃了三个。我当了一回冠军，平生仅此一回。

参加过几次篮球、乒乓球和象棋赛事，从来没拿过冠军；一顿咥七个馍的纪录，在农业中学教师的范围内未曾被人打破，我自己后来也未能再刷新。

饭后便提着镰刀到凤凰嘴东侧的坡地上割麦子。我感觉到胃里很撑，也很沉。那时候的馍都习惯以二两为规格，再加一碗稀米汤，我的胃里至少装着两三斤重的食物，馍的计量标准的二两，是指干面粉，和水蒸成馍，不会少于四两。当我挥动镰刀割麦子的时候，感觉到了难受，也就伴之而生悔意，吃得太多了。这种因为贪吃而发生的身体负担以及后悔情绪，在我却是久违了的别一番感慨。许多年来，吃饭已经形成习惯，就是抑制住饥饿便罢手也闭口，很少有吃到一满饱的机遇。每月三十斤粮食定量，我通常是以三四四来分配一天三顿伙食的数量的，计量单位是两。这样的配额，连半饱似乎都勉强，自我感觉就是仅仅“压住了饥饿”。尽管这样，三十斤粮票仍然维持不到月底，便从家里蹭来吃食弥补亏空……

我现在的工作点有餐厅，在我看到吃剩的大半个馍和小半碗干面条或米饭被倒入垃圾桶的时候，常常会泛出曾经咥过七个馍的往事来。且不说可惜了粮食这种陈年老话，我也不无庆幸，中国人不仅告别了如我四十多年前丑陋的食量和吃相，而且可以随意扔掉吃剩的馍、米饭和面条，连眼皮也不会眨一眨。

大约是我被抽调到公社（乡或镇）协助工作的第二年冬天，我跟一位领导到白鹿原北坡上的一个村子去驻队，还有当地驻军（军校）的一位教员和一个战士，四个人组成一个工作组，单项任务是重建生产大队一级的党组织——党支部。“文革”把各级党委和基层党支部全部搁浅了，现在要恢复重建。这个村子派性比较复杂，更深层的渊源是三大姓氏的由来已久的积怨。如何化解矛盾，争取在上级规定的时限内，完成党支部重建的任务，说来话长，不是本文的主旨，这里只说一件轻松有趣的一顿饭的事。

下乡驻队在我已经成为习惯性工作，且不说公社机关对干部下乡纪律的严格规范，单就常识而言，到农民家吃派饭不能有任何要求，农民日常吃什么，也就给我等下乡干部吃什么。其实许多人家在轮到为下乡干部管饭的一天，总要比自家平时的饭食做得更好一点儿，他们平时多吃汤水面条，给干部做一碗干面条；平时他们多以苞谷面做馍，给干部吃的馍里，总要掺进一些麦子面粉。这是当地传统习俗，不能慢待客人。每遇到这种优待饭食，我便对主人说，下顿不要这样了，却收效甚微。这回下乡搞建党支部的这个村子，地理环境缺水，每遇干旱便难保收成，村民的粮食多数吃不到新粮下来，我们工作组的几位干部也就更自觉地接受粗食淡饭了。

关中乡村自古一天三顿饭，与别的地区无差异，差异在吃饭的时间。农民天明便起身下地干活儿，上世纪五十年代中期农业合作化之前的个体经营时期是这样，农业合作化集体经营时期依旧遵循着这种生产和生活秩序，干活儿大约到九点十点

（冬夏差别）回家吃早饭，午饭大约在两三点钟，晚饭就是天黑收工以后才吃的。我和工作组的人也是入乡随俗，改变了在公社机关早晨起来先吃早点之后才上班的习惯。这一顿记忆颇深的饭是一顿早饭。

我们四人分成两组，主要考虑农民家庭一次管四个人吃饭负担太重，我和领导为一组，从村子西头到东头一家接一家往过吃；两位军人为一组，从村子东头到西头一家接一家往过吃。无论吃得好吃得差，我们从来不议论，其实没有谁规定不许议论吃食的好坏，也没有人提醒，却都闭口不提，似乎是一种忌讳。那天早晨到早饭时，一位穿戴整齐的青年来叫我吃饭，干净整洁的中山装，浓密油黑的头发梳理得很整齐，谦和的笑容里显示着彬彬有礼，截然区别于农民，尽管难以判断其职业，却可以肯定是一位吃商品粮挣工资的公家人。在靠挣工分生活的绝大多数农民家庭中，谁家有一个能有固定月工资收入的公家人，就意味着这户人家在普遍贫穷的村民中优裕的经济地位。我和我的领导——工作组组长，跟这位公家人去他家吃早饭。

一个老式方桌，周围摆着条凳，我和组长坐下，陪坐也陪吃的就是这位公家人。组长说，让家里人一起来吃嘛！公家人说，你不用管，他们吃他们的。组长也不再勉强。我却有点儿敏感，大约是为我们做了好吃食，却不多，只供我和组长以及公家人吃，其他人包括他的父母和姐妹兄弟都不上桌了，是为着节省。这种情况遇见过不止一户人家，也确实令我吃着不自在。公家人先端来一大碟酸菜和一盘红苕，又端来两大碗苞谷糁稀饭，继之又为自己也端来一碗稀饭，热情地招呼我和组长，吃！快吃！天冷得很，小心饭凉了。我先喝稀饭，稀饭稀到筷子上挂不住苞谷糁。我再吃红苕，全是如同未剥皮的花生那样大的堪称袖珍红苕。吃红苕一般要剥去薄皮，这小红苕捏在指间，尤为难剥，我索性连皮吃了。这些未发育长成的小红苕，内里多丝，那丝如同纤维，韧性很强，咀嚼不碎，又不好意思吐出，我便囫囵咽下了。我吃饭的心情有点儿不好。我家也在农村，每个村子都种植红苕，因为红苕产量大，可以充饥，在困难时期的农村，每个生产队都扩大了红苕种植面积，家家都挖着一口储存红苕的地窖，从初冬一直可以吃到来年初夏即将接上新麦。乡民说，一年到头，红苕坐庄。更有说得损的话，红苕是救命的爷。生产队大量种植多产的红苕，不仅成为村民锅里碗里的主食，红苕的叶子可以窝制酸菜，红苕的蔓和根是喂猪的上佳饲料。我在公家人餐桌上所吃的袖珍红苕，其实是红苕根上不值得采揪的舍弃物，通常都是和根蔓一起晒干粉碎后喂猪的。我猜想这些袖珍红苕的来路，是从生产队分配给他家做饲料用的红苕根上摘下的，或是从挖过红苕的地里捡拾的遗弃物。可见这是一个很节俭的人家。公家人一直陪着组长和我吃饭，不断地招呼我们吃饱吃好。直到我们放下筷子说吃好了，他仍然礼让我和组长再吃几个红苕。

出了公家人的大门来到了村巷，组长说要到老支书家说事，我便跟着他走，谁也不说这顿早饭吃得如何，已成习惯。走进老支书家的大门，迎面看见他正跷着腿坐在方桌旁，捏着一根烟袋抽旱烟，走近了又看到尚未收拾的碗筷和菜碟，还有一盘馍。未等组长开口说事，老支书抢先问：吃好了没？我和组长异口同声说，吃好了。老支书很惊讶地说，哎呀，算你俩有福。我能听出他话里的异味，却仍然说，好着哩好着哩。他哈哈一笑，说，自解放到现在，来到村上的干部，在这家管饭时，谁也甭想吃一顿好饭。组长也笑着说，好着哩。老支书说，不好你也不说不好——你有纪律哩。老支书说，曾经在某年有某个下乡干部在这户人家吃派饭，喝的是挂不上筷子的稀溜溜苞谷糁子，还没有馍，干部喝了一肚子稀汤，不到午饭就饿得撑持不住，跑到他家来，二话不说就伸手在装馍的笼子里抓馍吃。他说他曾经提醒过这户人家的主人，却不奏效，后来便不让他家给外来干部管饭，人家还不依。老支书解释说，干部吃派饭交钱又交粮票，仍怕村民吃亏，生产队给管饭的人家再发一份补贴粮，少则每天一斤，多则二斤，会有余头的，所以村民一般都争着给下乡干部管饭。说到这儿，老支书又问：有馍吃没有？我觉得既不好说没有，也不宜说谎说有，比我老到的组长笑着把话题转移开来，说起工作的事项。老支书还不尽兴，继续说，这户人家在村子里是日子过得相对窝逸的，家里大人都不少挣工分，又特别节俭，尤其是有一位挣钱的公家人，“文革”发生前的大学毕业生，月工资听说在六十块上下……组长再次把话题岔开。

老支书末了还说：这是这家人的家风，我说了你俩就不见怪了。要是肚子饿了耐不到晌午饭，就到我这儿来拿馍……午饭和晚饭依旧，无须赘述。

顺便说一下这位老支书。这是解放后乡村里发展的最早一批中共党员，历任乡村各种干部和支部书记，刚刚进入中年，俗称老支书。老字不指年龄，而是指任期比较长久，“四清”运动整得死去活来，却没有任何问题，最后仍为支部书记。“四清”运动结束不到一年，“文革”又开火了，他又被当作“走资派”打倒了。这个人性格中有一种天然的幽默智慧，面对灾难善于自我解脱，便是自己调侃自己：“四清”运动把我打倒了，又把我拽起来；我还没站稳哩，“文革”又把我日倒了……组长心里有数，这个村子的支部书记非他莫属，关键是化解派性，做好党员和群众工作……喝一顿太稀的稀饭吃一些过碎的红苕，算什么了不得的事嘛。

粉碎“四人帮”之后第二年，刚过完春节上班不久，我被公社（现今的乡或镇）派到一个生产大队（村子）去驻队，任务单纯，调查一个在“四清”运动中被打倒开除党籍的前支部书记的案情。调查小组由三人组成，我被任命为组长，另两位组员都是公社党委从农村临时抽调参与这项工作的，一位是一个村子的现任党支部书记，男性，比我长几岁，另一位是回乡高中毕业生，年龄虽小，有一定文字能力，是做笔录等文字工作不可或缺的人手。这个临时组成的专案小组，是受上级（市和区）的指示做出的，对“四清”运动中被整被打倒被处分的大批干部选几个对象，重新调查其案情，作为试点。这件事非同小可，我们三人小组刚刚入驻那个村子，便惹起一片风声，纷传陈某人要给“四清”中被打倒的某某人翻案了。任谁都能想到这村那寨“四清”中受到打击和处治的干部对这件事的关切之情。

就我亲历的上世纪六十年代农村的风风雨雨而言，一直留有一种也许是偏颇的印象，“四清”运动对集体所有制时期的乡村社会的破坏程度，不仅前所未有，甚至超过后来的“文革”。“文革”的矛盾焦点主要指向公社以上的政府机关，农村里村村都有造反队，首当其冲的自然是生产大队的党支部和大队长，而主管生产决定春播秋收和粮食分配多寡的却是生产小队，造反派一般瞅不上生产队长那个太小的官位。野心大点儿的造反派先夺公社的党政大权，野心更大的造反派头子再夺区或县以至市和省的大权，绝大多数男女社员依旧干农活儿挣工分过日子。“四清”运动之前，对乡村社会破坏最厉害的是“大跃进”吃大锅饭，直接导致“三年困难时期”民不聊生的惨景。然而经过中央及时而又务实的政策调整和纠正，农业生产很快得到恢复，到上世纪六十年代中期，多数生产队基本解决了吃饭问题，呈现出毛泽东此时写的一首词里所说的“莺歌燕舞”的气氛。然而，好景不长，莺尚未歌到尽情处，燕亦未舞到尽兴时，

“四清”运动由试点到全面很快推开，大兵团的人马浩浩荡荡进驻到大大小小的村庄，生产大队和生产队包括会计出纳在内的干部全部被推上被斗席。历时半年的“四清”运动结束，生产大队和生产队的主要干部至少十有七八都被整下台去，撤职不算最重的处罚，更有被开除党籍，还有被经济退赔时连房子也折价抵账的惨事，且有人自杀。我后来看到了更为严重的后遗症，许多村子的生产遭到难以弥补的破坏和损失，这个时期被打倒被处罚的干部，尤其是生产大队的书记和大队长，多是从解放初锻炼成长起来的一批主宰农业合作社的优秀骨干，能力弱或品行差的人早淘汰了。“四清”运动的最后结局，用农民的一句话概括，把那些好干部“一竿子全扫光了”。农村比不得国家机关和工厂企业，可以调换领导干部，而一个村子要成长一个主要的树得起威望的领导干部，确非易事。我所看到的事实是，许多村子在“四清”后安排的新干部，因为能力或品行太差难以胜任而自动辞职；有的不甘辞职却指挥不灵，村子里的各项工作和生产搞得一团糟。这种局面不是一年两年所能改变的，说遗患无穷似不过分。我到这个村子来复查那位被开除党籍的原支部书记的案情，在我确是一种踊跃心态。

这位复查对象，原是本公社的一位先进典型人物，到“四清”运动发生之前，他早已是在本区和西安市都挂了号的模范干部。我做乡村民办教师那几年，已闻知他的大名，却难得接触，不料在他被打倒十余年后，由我来复查他的案情。我也明白，对此人案情的复查，是上级抓的一个“点”，不仅关涉他一个人的命运，更关涉无以计数的“四清”运动中被处治的“四不清”干部的命运，我不仅踊跃，更为谨慎。正是在这次长达两三个月的驻队时月里，我吃了一顿至今难忘的饭。

在公社工作已有十个年头，每个村子都吃过派饭，无论吃得好或差的饭，吃过也都忘记了，我可以自信的是，我从来没有弹嫌过谁家的饭不好吃，倒是对有些特别照顾而做的好饭，我提醒主人不要为我浪费白面。记得有一次吃派饭，竹篮里盛着香气弥散的纯白面锅盔，男主人陪我吃饭，女主人和孩子却不闪面，我也不在意，关中风俗多见如此，自然属男尊女卑的封建遗风。喝完一碗稀饭，还想再喝半碗，陪我的男主人要去为我舀饭，我二话不说便自己闯入灶房去了，眼前的景象令我吃惊：女主人和两个未成年的孩子在灶房里围着一个小桌吃饭，手里拿着纯苞谷面的馍。我的心里就撞了一下，我舀了半碗苞谷糁子稀饭出了灶房，便把装着白面锅盔的竹篮再端进灶房，让两个孩子吃锅盔。两个孩子瞅着白面锅盔，又瞅着他母亲，又瞅着跟脚进来的他父亲的脸，却仍然不伸手抓锅盔。无论男主人和女主人怎样礼让，我已坚决拒绝再吃锅盔，甚至影响了我的食欲。我小时候亲身经历过这种完全类同的情景，轮到我家给下乡的某位干部管饭，也是由父亲陪干部吃专门待客的好饭，只有在干部吃罢告辞之后，我才得以分享剩下的白面锅盔或馍。似乎不完全是好面子的事，是说不清从哪朝哪代传留下来的乡风民俗，在越是穷困的生活里，总要尽力让客人吃得好一点儿……我说此事似有自我表扬之嫌。其实，不单是干部自律，还有我小时候的那种隐秘的记忆，却在这一户人家里重现了，竟有某种触碰的痛感。

又到乡村早饭时辰，一位中年男人来叫我们吃饭。进村不少日子了，这位男人却显得陌生。他家在村子东头，没有围墙也就没有门楼，敞院里坐西向东两间厦房，台阶上放着镢头铁锨等几样常用的农具。进得厦房，男主人招呼我们三人坐下，是三只粗陋不堪的小木凳，没有小饭桌，一碟自家窝制的酸菜和一碟辣椒摆在脚地上。我在坐下前，或者说踏进厦屋门的一瞬，便颇感惊讶：家徒四壁，一览无余，厦屋北头是连接着锅灶的土炕，西墙根有一个用砖块垫着的破损的木柜，再不见一样家具。锅台有一块案板，上边摆着几个碗和擀杖。男主人从操勺的女主人手里接过舀满稀饭的大碗，再一一端给我们三人，然后自己也端着碗在一边陪吃，坐在一块破砖头上。我把稀饭碗搁在不大平整的脚地上，先掂起馍就着酸菜吃，心里却在猜想，这家人怎么把光景过得如此恓惶？这是一个以蔬菜种植为主业的生产大队，绝大多数土地都是有机井保证灌溉的平地，种植着各种时令蔬菜，定点供应西安的某家蔬菜公司，尽管属于统购统销的计划经营，收入远非那些以粮食和棉花为主业的生产队所可比拟。粮棉队几十个村子，工分值高不过五六毛钱，差劲儿的许多村子仅一两毛；而几个以蔬菜种植为主业的村子，工分值最低也不下一块，况且，这些蔬菜生产队由国家供应至少半年的粮食，不愁碗里的稀稠和有无。那些相对贫穷的粮棉生产队的女孩儿，托亲靠友多想嫁到优裕的蔬菜生产队。这户人家的惨淡光景，是我们进入这个村子近一个月以来最令人惊讶的一户。我一时想不明白，他们夫妻二人不残不呆，看模样也不会是偷懒怕干活儿的人，只要出工干活儿，就有工分，就会分红，怎么弄得这样一副穷光景？我便和他拉家常，问一句，他说一句，或者只说半句，后半句没说出来就不再说了。从木木的神情上判断，他不仅不善言语，确凿属于木讷短语的人，但这并不影响出工干活儿挣工分。我想问他的身体状况，刚开了口，他不回答，突然转过身，把端着小碗蹲在我和他之间的小儿子抱离开去，我看见小家伙蹲过的地方留下一摊稀屎。我不便再看，男主人的一个举动却把我惊住了，他顺手从墙根下抓过两只破旧的布鞋，从两边刮擦到中间，把那一摊稀屎刮到鞋里，三两步跨出屋门，扔到院子里去了。我瞥了一眼，用鞋刮过的地方还留着一些稀屎，刮在鞋上的稀屎滴溜在脚地上。主人的这种举动是少见也少有的，一般家庭里多有小孩儿随地拉屎的事发生，大人通常用一把灶灰掩盖，再用铁锨铲除，很干净的。这个木讷的男主人此时才想到用灰撒到残留的屎摊上……我已经感觉到胃里有反应了，隐隐有点儿恶心。我端起碗，把剩下的半碗苞谷糁子稀饭喝了下去，企图把胃里的恶心压住，似乎收效甚微。我当即采取断然措施，让那两位同伙消停吃，我已吃饱先走一步。

走出厦屋门，很快便走进村子中间的主街道，胃里有了更激烈的响动，我越是用心压制，响动反而越是厉害，走到一个堆积牲畜粪的很大的粪堆旁，便爆发出声音很大的呕吐。刚刚吃下的一个馍和一碗苞谷糁子稀饭，全部倾泻出来。我擦了嘴，警惕地往四周看了一圈，倒是没有人，我才放心地走回房东家的住处。待那两位组员回来，见面问我怎么吃得那么少，我含糊其词地岔开了话题，更没有提呕吐的事。我担心由此事演绎出陈某吃不惯贫下中农的饭食，这可是感情甚至上纲为立场的大问题。

空着肚子工作到午饭时间，我们三人一起到那户人家去吃午饭，熟路熟门又是熟人，仍然是坐在小木凳上，盛辣子的小碟和盛盐与醋的小碗仍摆在脚地上，是纯粹的白面做成的汤面条，我连着吃了两碗，感觉到一种满足。出门的时候，似乎胃里又有隐隐的响动，我和两位组员说笑话，企图把注意力岔开，把胃里的不好反应抑压下去。在走到村中那个粪堆旁，胃里一阵天翻地覆的搅动，哇啦一声又倾泻而出，把两位同行的组员吓得一愣，忙问怎么回事。我谎称胃出了点儿毛病。待我定睛一看，正是早饭后呕吐的那块地方，早晨呕吐的残痕仍在。回到住处，两位组员担心我空着肚子耐不到晚饭。我说胃里空一空也有好处。关中农村的晚饭都是天黑时吃，两位组员提醒我该吃晚饭了。我推辞不用，并说胃需要再空一空。他俩不信。

近一个月来三人一起吃饭，没发现我的胃有什么毛病嘛。连着追问之下，我便说了缘由，担心吃了晚饭再吐可受不了。他们便张罗如何解决我的晚餐，想到离此村不过三四里地有一家工厂，厂里有一家小门面的营业食堂，他们自告奋勇要去为我买两个烧饼，我坚决制止了。我怕由此惹出事来，说陈某人吃不下贫下中农的饭，吃了呕吐，到食堂里买饭吃；资产阶级作风和感情的帽子谁戴得起。我不仅坚决制止了他们去买烧饼的举动，而且提醒他们两人坚守秘密，不许把我两次呕吐的事道及外人。我开玩笑说，空着肚子再熬一夜不算什么问题，我已经有"三年困难时期"饿肚子的抗饿功夫了……

让我始料不及的好事接着发生了。公社一位和我年龄相仿的干部突然登门，说是周六放假回家顺路来看我。我这时才想到周末，为了赶规定时间办完此案调查，我们自觉放弃了休假。朋友闲聊间，一位组员向这位朋友说了我饿肚子的事。这位朋友不由分说，便拽着我到他家去。他家和我驻队的村子是邻村，不过两里路。我们三人装作到他家走闲的样子，进门便由他给老婆下令做饭。来不及发酵面团，用死面烙了一张饼子，我吃得确如狼吞虎咽。饭毕，大家约定，不向外人道及老陈吃饭的事，以免造成挑食的不好影响……

调查那位被打倒的"四不清"干部的案情如期完成。这位被冤枉了十余年的老支书被宣布平反，恢复党籍。此后不过两三年，"四清"被整被处分的干部几乎全部平反了。我其实在做了那项调查之后的第二年夏天，调离了工作过十余年的家乡，到西安南郊的文化馆工作。我已感知到文艺复兴的令人鼓舞的气氛，创作的欲望潮涨起来了。

许多年后，和那两位组员以及那位公社干部偶然相遇，便说我的吃饭的故经……

上世纪九十年代中期，受邀第一次访问美国，在耶鲁和哈佛有两次文学创作讲座，算得上正经事，其余时间便是游山逛景了。一个神秘了大半生的美国，在自东往西的车轮加脚步的匆匆一览里，自然说不上深或透的了解，神秘的帷幕却还是扯去了。姑且不说观后感，只说一顿难忘的晚餐。

这顿饭是一位姓杨的女士邀请的，我没有推辞，概出于她和陕西关中一种非同寻常的亲情渊源。此前一年或两年，她到西安时曾得以谋面，她说到来西安的意图时，且不说我惊诧之类的夸张的话，确凿是万万料想不到的。她说她是来寻根，更是拜祖。初听这些话时我毫不惊讶，国门打开之后已有多年，海外华人尤其是台湾同乡回来的人络绎不绝，在我已司空见惯。然而，杨女士说明她寻的祖宗时，我当下竟惊讶得回不上话来。她所寻的祖宗，竟然是隋朝开国皇帝杨坚。杨坚是五岳之一的华山脚下华阴县人，早已了无踪迹，墓葬在关中西府的扶风县。她虽然没有看到有关始祖杨坚的蛛丝马迹，却也未见多少遗憾，心里早有预料，着重在想感知作为皇帝祖宗曾经生活的一方地域的地脉天象。同在华山脚下的华阴县五方乡，却有为杨坚开创隋朝立下汗马功劳的文武全才的杨素将军的坟墓。杨素不仅善于统军打仗，且是一位诗人，隋朝建立后被隋文帝杨坚封为赤泉侯。然而，杨素和杨坚虽都姓杨，却无血缘宗族脉络，杨素的祖宗上溯到西汉时代的杨喜，曾被汉高祖刘邦封为大将军。五方乡的杨素氏族，现存十八座坟墓。这些有关杨姓两家的简况，是我后来获知的。我更惊讶杨女士的乡土情结，从隋朝到现在多少年了，他们一代一代祖传着关中华阴这个“根”；单是她自己，从台湾再到美国，成为美籍华人，却终于实现了到皇帝祖宗诞生的华山脚下走一回的夙愿了。

我按时赴约，是一家中餐馆。我看一眼已经到齐的人，竟然全部都是女性，多为中年，自然都是华人。她先介绍我之后，便一一介绍由她约来的朋友，几乎全是从台湾到美国定居的文化人，多数都出版过散文、小说和诗歌集子，只是名声尚不及我认识的於梨华。都是喜欢写作的人，气氛很快便轻松活跃起来，有人说到她喜欢大陆某作家的作品，有人说到她结识的大陆某位作家，自然也免不了说到她们读《白鹿原》的事。在轻松的气氛里，不觉间过去了近两个小时，饭早已吃完了。在散席前发生的一幕，让我不仅出乎预料，而且惊诧了。

杨女士说了句“那就到这儿”意思的话，在座的女士们，有的翻手提包，有的掏口袋，把一张张美元掏出来放到自己面前的桌面上，杨女士自己也不例外地掏出钱来。我在短暂的发愣的一瞬间便明白了，这顿饭是由进餐者分摊其花费的，也就赶紧掏自己的口袋。杨女士坐在我右边，压住了我往桌子上放钱的手，笑说：你是我们大家请来的客人，你绝不能。在我据理辩解的几句话还没说完，她打断说：在大陆你可能不习惯这样分摊餐费的方式，在这儿（美国）却是通常的事，大家想聚会了，或是接待一位朋友，都是这样做的，唯有被请的客人不能付款，这种分摊餐费的方式，说明你是大家的朋友……

我在回到住处后，心里仍不能淡忘每位进餐者纷纷掏钱包的情景。除了杨女士说的“你是大家的朋友”之外，我又想到她们可能没有报销的途径。她是一个民间文艺团体的主事人，没有公款，她的会员可能只交象征性的一点儿会费，只能做公务性的开销，更多的却是显示对自己参与的这个文艺团体的尊重。我没有问她，仅是我的猜想。

这种猜想又一次得到了验证，是随后在另一家华文文化团体搞过一次创作讲座，讲完后听众就散去了，留下十来个团体的骨干人物，和我共进午餐。就在讲座大厅旁边的一个小屋子和通道上，十来个男女朋友纷纷拎来自己的提袋，从里面掏出早已备好的菜和面包，每人都带着盒装的菜，都是在自己家里做好带来的，几乎没有重样儿，一齐摆到桌子上，任由各人挑拣品尝，不时爆出某男或某女大声的惊叫，说某种菜太好吃了，虽不无夸张，却酿成一种即使高档餐馆也难得的融和气氛。我被重点照顾，让我尝一口这种菜，再尝那种菜……我很自然想到，这个文化团体同样没有经费来源，要搞什么活动而避免不了共餐，便是这种办法……回去的路上，我和同行的朋友说，还是社会主义好。

平生吃过多少回饭，粗粮野菜也罢，鱿鱼海参也罢，多不记得了。上述几顿饭却总也难以忘记，如实写来，供有兴趣阅读的读者一哂。

2011 年 8 月 25 日　二府庄

一个人的邮政代办点

每当和媒体记者或纯粹的朋友叙旧，对我当年窝居乡下十年写作的生活形态多有兴趣，其中和外部世界的沟通方式是一个常被问到的话题，我便如实相告，主要依赖一条邮路，无论写信说事或投寄刚刚写成的小说稿，都是到一个邮政代办点去办理。这是一个仅有一人撑持业务的“邮局”，在我却铸成永久的记忆。

上世纪八十年代初，我在获得专业创作的自以为人生的最佳境地的同时，便决定回归乡下祖居的老家，求得一个耳目清净的环境，却不是陶渊明式的避世隐居。我在这里可以坐下来潜心阅读业已解禁的世界名著；可以平心静气回嚼二十年乡村生活，形成新的作品；我几乎本能地关注着生活运动尤其是乡村世界的变化，自然缺少不得一份报纸，能否每天看到当日的地方报纸，成为一个小小的却也揪心的问题。多年来每天读报的积习已经成瘾，不读似乎就有一种缺失或亏欠。读报之所以成为一个问题，我居住的老家的地理环境的制约是根本原因。

我祖居的村子虽然距西安不过五十华里，却是一个被地理环境限制着的“死角”。村庄位于白鹿原北坡根下，再往北不过两三公里便是闻名古今的骊山南麓，形成一条狭窄的川道，其间自东往西流过一条被秦始皇曾祖改名的灞河（原名滋水）。直到上世纪七十年代中期，才开通了一条沙石公路，我的祖居的村子是这条公路的终点，尽管十天半月也未必能驶来一辆汽车，但是乡民出行推车挑担骑自行车毕竟方便得多了。我回到这样环境的老屋里，首先想到如何能读到当天的报纸。得知这里的邮递员仍旧是我熟悉的那位姓史的乡党，便找到他商量。他做这方地域的邮递员已经多年了，仍然属于邮局聘用的农民工，未能获得邮局正式职工的资格。他负责我所在的这个乡镇东半部的十余个村庄的报纸和信件的投递业务，半边是白鹿原的北坡上的村庄，下边是坡根下一排小村庄，每天要上坡下川跑一圈，可以想见其辛苦。和他说明订报的意图，他笑着解释，东边三个村子没有一户报纸订户，只是在有重要信件时，他才骑车去某个村子。我当即明白，如果我要每天读到当日报纸，就意味着他必须比往常多跑五里路，仅仅是为了给我送一张报纸。我确实于心不忍，便和他商量了一个省事的办法，把我所订的报纸投送到他每天必经的村子的我的一位亲戚家，由我走读上中学的儿子放晚学时顺便捎回来。这样，每天傍晚儿子回家，正好是我停歇工作的时候，坐在祖居的小院里，借着尚未暗淡的天光，打开《参考消息》，看世界的这个和那个角落又发生了什么值得关注的大事和趣闻；还有贴近我生活的《西安晚报》，既有国家大事的新闻，更有城市和乡村的新鲜事与某些人的劣行。我曾在该报上读到一位农村女人首创家庭养鸡场的新闻报道，竟然兴奋不已，随之便搭乘汽车追到西安西边的户县，花了两天时间进行采访，先写了一篇报告文学发表在《西安晚报》上，后又以其某些事迹演绎成八万字的中篇小说《四妹子》，这是我写农村体制改革最用心也最得意的一部小说。

每有或长或短的小说或散文写成，或者要投寄一封信，我便骑自行车赶到八华里远的邮政代办点。这个邮政代办点设在一所军事大学里。这所军事大学始建于上世纪五十年代末，地址选在白鹿原北坡向里深凹的一个大豁口里，据说可以隐蔽空中侦察。军事大学于六十年代初开学，为了这所规模非凡的军事院校通邮的方便，邮政局便在校内设立了一个邮政代办点。这样，我生活的这方地域，破天荒地有了一个可以订阅报纸也可以寄信寄物的邮政机构，当地近十公里内的乡民跟着军校沾光了。我也是受益者之一。

邮政代办点设在军校大门内右侧的一排平房里，仅占一间小平房。我把自行车撑在路边，便拿出要寄的稿件或信件，走到开着的窗口，便看见一张熟悉的面孔，不笑也不惊讶，却在眼神里显示出“你来了”的意象。我便先开口说我要办的事，如果是寄信，便说要几张邮票；如果是邮寄稿件，便把封好的信递给他，让他在桌旁的磅秤上称一下重量，然后在算盘上算出邮资的钱数，我交了钱，他撕下邮票给我。我用他摆在窗台上的糨糊贴好邮票，再把装着文稿的信封给他。他砸上有“挂号”

字样的邮戳，仍然不说话，眉宇和眼神里显示出“办妥了”的意象，我也不便多嘴，点点头便告辞了。

我至今依然记得那张面孔，以及那脸上的表情。那张面孔的脸色微黄偏白，很洁净；眼睛不大也不小，永远是一种平和的神色；鼻梁不高不细更不歪，端正而庄重。他的形象和他的神态，完全专注于案头的工作，多余一句客套话都不说，更不会有东拉西扯的闲话乃至废话了。有一次交办完邮件离开他的窗口时突然想到，他是和我短言少语呢，还是对所有人都如此这般？我便侧立一旁抽烟观望。一位穿戴整齐的军校女学员走到窗口，手里拿着一个包扎规整的邮包送进窗口，肯定是称重量，然后看见她从窗口接过邮包，很认真地贴邮票，之后就把邮包再送进窗口，转身离开了。我大约只听见一两句简短的对话，是说多少邮资的话。一位同样年轻的男军人走到窗口，和那位女军人的过程如出一辙。接着看到一位穿戴不凡的中年女人走到窗口，从衣着打扮和走路的太过自信的姿势，我猜测这是一位军校高干的夫人（此军校属军级级别）。她走到窗口，却不邮寄任何东西（如需邮寄东西，肯定有通讯员代办），只听她嗓门很响亮地向窗口内询问，只听见她的问话声，却听不到窗口里的他的声音，约略可以听得出来，她给远方老家的邮件，怎么还没收到？需要多少日子才能到达 ×× 省 ×× 县 ×× 公社 ×× 村子？不会丢吧……从她离开窗口时的表情判断，得到的是肯定的可以放心的答复，咣当响着的皮鞋敲击水泥路面的声音也是欢愉的。我便跨上自行车走了……这人就是不爱说话。

约略记得一次例外，在我接过邮票往信封上抹糨糊再粘贴的时候，他却主动开口了：“你前日在报上登了一篇文章？”我颇惊讶，他竟关注我的写作了，便毫不迟疑地以“噢”予以肯定。他接着又说了一句：“昨日回局里参加政治学习，我听大家说的。”他没说邮局里的人如何说我这篇小说或散文，倒是我很想听的话题。他却闭口再不说了，也没说他看没看那篇文章。我尽管很想听文学圈外诸如邮局的读者对拙作的看法，看着他已没有再议此事的兴趣，我也压住了想问的话不再问。

在我窝居乡下祖屋写作的十年里，每有或长或短的小说写成，便骑上自行车，骑过后来被车碾得坑坑洼洼的沙石公路，心情却是一种踊跃，每有一篇新作写成，无论是篇幅较大的中篇小说，抑或是短篇小说，乃至三两千字的散文，在送到邮政代办点的这八华里的路途中，都是一种踊跃着的心情，沙石公路上坑坑洼洼致成的连续性颠簸，不仅破坏不了踊跃的好心情，反倒激发着踊跃的连续性。乃至赶到熟悉的邮政代办点的窗口前，和那张熟悉的脸孔对面时，领会到那眼神里又现出“你又来了”的意象，我也不说一句客套话，只把邮件送进窗口，照前办理……我已记不清十年间经他的手寄出过多少文稿和信件，却可以肯定，那十年间的文稿和信件十有八九都是经他的手办理的，寄往本省和外省的编辑朋友。更准确也很难能的是，无论稿件或信件，从来没有丢失过。在上世纪八十年代初到九十年代初，邮寄通讯几乎是我唯一和外部世界交流的渠道，且不说乡村里不敢奢望电话，城市家庭里也是稀罕物。邮政代办点的这位代办员，便成为我实现和外部世界沟通的最可靠的桥梁。

新的世纪刚刚到来，我又回到离别了七八年之久的原下的屋院，一个人住了两年，夜晚坐在院子里看从东原渐渐移向西原的月亮，早晨常常是被飞到屋檐或院中树梢上的鸟叫声唤醒，在我是一种在世界上任何地方都找不到的最踏实也最美好的感觉。写作的欲望潮起时，便在那间小书屋里铺开稿纸。每有或长或短的文章写成，依照七八年前的轻车熟路——轻便自如的自行车和大半生走得最多也最熟悉的家乡路——赶到距家八华里远的军校大门内的邮政代办点，依旧是那间门口墙上挂着绿色邮箱的平房，依旧是打开着的窗户下层的窗口，窗里桌后依旧坐着那位微黄偏白面孔的代办员，变化仅仅是他的头顶出现了白色的头发，毕竟过去七八年了。他在看见我的一瞬，眉眼里现出一缕不易觉察却仍被我觉察到了的诧异的神色，问："你不是进城了吗？"我答："我又回来了。"之后再无话。我交办了寄件，点点头便告辞了。这两年时间里，我到这个一个人操作的邮政代办点的次数，比之前的那十年的频繁来去少得多了，我已有了手机，家里也安装了电话，无论公事或私事，急事或闲事，随时便用话机说清了，几乎不再使用写信的交流手段了，不写信也就不寄信了，只有写成新的文稿，必须赶到一个人操作着的这个邮政代办点的窗口前。我至今不会使用轻便快捷的